草《そう》莽《もう》の臣《しん》

Kotaro Moriyama

森山光太郎

早川書房

草《そう》莽《もう》の臣《しん》

装画　ヤマモトマサアキ
装幀　犬田和楠＋Y．S

目次

序章　風《ふう》濤《とう》

砂浜には、朝霜《あさしも》が降りていた。

かじかむ指先を袖に隠し、益田右衛門介親施《ますだうえもんのすけちかのぶ》は須佐《すさ》湾の波打ちぎわへと歩いた。霜の砕ける小気味いい音が小さくなり、ひきかえに心音が大きくなる。

いつも荒れ狂う日本海は、不気味なほどに静かだった。

この手で、友の愛した弟子たちを殺せるのか。

すでに友の弟子たちは、師の仇を討とうと動き出している。躊躇すれば、殺されるのは右衛門介になるのだろう。

「松陰《しょういん》よ。お前の死は、血の雨となるぞ」

一月前、江戸伝馬町の牢で処刑された友の名を口ずさみ、まだ暗い浜辺に座り込んだ。

吉田松陰という異相の男と出会ったのは、十年前、右衛門介が十六歳の頃だ。灰色の羽織を窮屈そうに着込み、長州の藩校明倫館《めいりんかん》で、山鹿《やまが》流兵学者として教鞭をとっていた。

『これからは藩などと小さなことを言う時代ではない。この国が、世界の中でどう生きるべきかを考えよ。己の小さな益ではなく、日本の大きな益を考えよ』

熱っぽい瞳でそう語る松陰は、国を憂う多くの若者を惹きつけ、高杉晋作や久坂玄瑞《くさかげんずい》といった藩きっての逸材を生み出した。

だが、次代を担う彼らも、いまだ感情を抑えきれぬ若僧なのだ。

「お前の導きがなければ、糸を失った凧のように飛んで行き、やがて皆死んでしまうぞ」

つい十日ほど前、高杉や久坂の呼びかけに応じる形で、全土の松陰門下が、藩の監視の目を振り切り、一斉に姿を消した。狙いは、松陰を見殺しにした右衛門介ら藩政府への報復だろう。藩政府を討ち、師を殺した幕府を斃《たお》すまで、彼らが止まることはない。

彼らを捕らえ殺すか、それとも右衛門介たちが殺し尽くされるか。

肩にのしかかる空気が重かった。

「お前たちが、藩を、幕府さえも滅ぼせるならば、それでもいい」

当役《とうやく》（藩政の責任者）としてあるまじき言葉を呟き、右衛門介は腰の刀に右手を添えた。

銘は国宗《くにむね》。代々、益田家に伝わるものだ。

若い彼らの牙でかみ殺せるほど、藩政を取り仕切る古狸たちは耄碌《もうろく》していない。問題は、その古狸にも、高杉たちを殺す力が無いことだった。両者がぶつかれば、間違いなく長州を二分した泥沼の戦になる。

「日本が滅びるか否かの瀬戸際に、藩の中で争っている暇などないことは、松陰、お前が一番分かっていたはずだ。なぜ、死ぬような真似をした」

友への罵倒を、右衛門介は吐き出した。

氷雨が降りだした。

海面に打ち付けては、消えていく。濡れてゆく羽織は、少しずつ身体を凍えさせ、やがて身動きとれぬほどの痛みになるのだろう。風が吹き始め、平静だった海が一気に猛々《たけだけ》しく荒れた。その唐突な変わりようは、時代の移ろいに重なって見えた。

「あの時も、唐突だったな」

呟き、不安を紛らわすように荒波を睨みつけた。

嘉永《かえい》六年（西暦一八五三年）。アメリカ合衆国海軍東インド艦隊の黒船が浦賀沖に現れたのは、六年前のことだ。率いる将は、マシュー・ペリーという赤ら顔の男だった。

右衛門介たちは、幕府の指示のもと、浦賀に布陣した。土倉から引き出されてきた錆びだらけの大砲を見て、こんなものに国の命運をかけるのかと絶句したのを覚えている。関ヶ原以来、埃を被っていたかのような骨董品で、いつ暴発するとも分からなかった。

黒船に備えられた大砲は、六十四町（約七キロメートル）の飛距離を持ち、ペリーが撃てと命じれば、右衛門介たちは土倉の黴《かび》ごと、消し飛ばされていただろう。徳川幕府の天下普請《てんかぶしん》（全国の大名が参加する土木工事）によって完成し、幕府の武威の象徴たる江戸城も、一夜で灰燼《かいじん》に帰したはずだ。

海外の脅威に、日本が敗北した瞬間だった。

以来、幕府は欧米列強の圧倒的な武力の前に、不平等な条約を強いられ続けている。

絶対だったはずの幕府の弱さを、すべての民が知るきっかけとなった。欧米への恐怖と幕府への不信が、弱い幕府を倒せという声に変わるまで、そう時はかからなかった。

その声は、いまや燎原《りょうげん》の火のごとく全土に広がっている。

松陰の死に抱いたのは、この国が真っ二つに割れることへの恐怖だった。

二分されたこの国は、欧米列強の格好の餌食となり、隣国清のように、阿片の無気力が漂う死に体となるかもしれない。

「……怖いな」

そう呟いたのは、背後から聞きなれた忍び足が近づいてきたからだった。

気づいたことを察したのか、背後の気配がふっと強くなった。

「君が怖がりなのは皆知っているが、今朝は何に怯えている？」

ちらりと後ろを見ると、灰色の綿入れに全身を包む大男がいた。桂小五郎《かつらこごろう》。藩医の家に生まれながら、毛利家中の名門桂家の養子となった麒麟児だ。

同年に生まれ、萩の城下でともに育った。十代の頃から才気煥発。藩主毛利慶親《よしちか》からも目をかけられ、藩費で留学した江戸では、練兵館の塾頭として江戸最強を謳われる剣豪となった。背筋はまっすぐに伸び、腰の名刀備前長船《びぜんおさふね》も様になっている。

近頃は剣を振る暇もなく、昼行燈《ひるあんどん》と呼ばれる自分とは、大違いだった。

「江戸の藩邸にいるべきお前が、なぜここにいる」

この男は、敵か味方か。動揺を隠せず、思わず低い声となった。

桂が苦笑した。

「君が呼んでいる気がして、夜を徹して馬を駆ってきた。そのせいで尻の皮がむけたよ」

「藩政府に届け出もせず、戻るほどのことか？」

「理由は、僕に聞かずとも分かっているのだろう。それこそ、飯も忘れて思い悩むくらいだ」

濡れた砂を踏み、桂が隣に座った。その手には、竹皮にくるまれた握り飯が二つ。

「須佐の君の屋敷に出向いたら、朝餉《あさげ》も食べずに飛び出していったと聞いてな。三食を何よりの楽しみとする当役殿がどうしたのかと、僕にこれを持たせた」

屋敷の者が気を遣って、桂の分も渡したのだろう。

竹皮を開き、桂が声をあげた。

「お、俵型に黒胡麻の握り飯。久しぶりだな」

「江戸の握り飯は三角形だったな」

「ああ。手間はかかるが、やはり僕はこちらの方が好きだな。それに添えられている漬物は長州では珍しい水菜。さすが、二十四歳で国家老《くにがろう》の座につき、食い気に取りつかれた昼行燈とも名高いお方の弁当だな」

「江戸から、わざわざ嫌みを言うために来たのか」

長州が割れるかもしれない事態を前に、当役である自分が食にこだわっていることを非難された気がして舌打ちした。

「ずっと言っているだろう。当役の座は、家柄でついただけでしかない。才で言えば、お前の方がずっと向いている」

「別に嫌みではないさ」

桂が首を横に振った。

「自分のこととなると、本当に視野の狭くなる男だよ、君は」

口に入れた握り飯は、砂を噛んでいるように無味だった。

江戸にいるべき桂が、藩政府に所在を隠すようにこの場に現れたのは、なにも談笑するためではないだろう。

息を短く吸い込み、右衛門介は横目で桂の佩刀《はいとう》を見た。

目を閉じ、開いた。息を短く吸い込む。

「俺を、殺しに来たのか？」

ぽつりとこぼした言葉に、桂が口に運びかけた握り飯をおろした。

「なにゆえ、そう思う」

のんびりとした言葉だった。桂の言葉には、いつも余裕がある。

「松陰の死を知った久坂が、松陰門下生を集めている」

「師を弔うためだろう」

「松陰門下の多くが、師を見殺しにした藩政府に反感を抱いている。若く、二言目には刀で物事を決しようとする者たちが、集まって念仏を唱えるだけではすむまい」

「先生の死で、あいつらも殊勝という言葉を覚えたのかもしれない」

空気が、いきなりささくれ立った。殺気。桂の身体から放たれたものだ。

高杉や久坂が松陰の愛弟子だとするならば、桂は、最大の理解者だった。目的のためには手段を選ばない松陰も、桂の言うことだけはなぜか素直に聞いたものだ。その死に、この剛直な剣豪が慟哭《どうこく》したであろうことも想像に難くない。

「桂、殿への忠誠厚いお前を、俺は信じている」

「人が好《よ》すぎる。君の悪癖だな」

にべもなく桂が言い捨てた。

己の見通しの甘さが、じくりと胸を衝いた。今ここで、桂を殺せるか。桂は、剣をとれば無双。萩に逼塞《ひっそく》していた右衛門介の剣では、その衣にも届かないだろう。

桂の横顔を見て、間合いを計るように右衛門介は刀の下緒《さげお》を撫でた。

「俺が高杉や久坂ならば、松陰を見殺しにした直目付《じきめつけ》（藩主の側近）の長井殿を暗殺する。長井殿の盾を減らすため、事前に益田右衛門介は始末しておくかな」

他人《ひと》ごとのように言ったが、口の中はひどく乾いていた。

「高杉は暴れ牛。奴らであれば、やりかねんな」

お前はそれを裏で操るのだろうという言葉を飲みこみ、右衛門介は歯を食いしばった。息を吐きだす。この数日、寝ずに考え抜いたことだった。

「ただ仇を討つということならば、俺も奴らの処断を迷わなかった。高杉たちは無謀だが、恨みだけで動く馬鹿でもない」

高杉たちの行動には、この国を何とかしようという想いがある。見ていて痛々しいほどに眩しく、純粋な想いだった。だからこそ、殺すという決断が今日までできなかった。

昼行燈、風見鶏といった渾名に相応《ふさわ》しい優柔不断さだと自嘲してきた。

「桂。高杉たちの焦りは、幕府に神君（徳川家康の敬称）の頃の力は無く、欧米に対抗できる強力な主導者がいないことだ。ゆえに、忘れ去られた朝廷を主導者として祭り上げようとしている」

「腐った木を間引かねば、森は死ぬ。もう、幕府は腐っているよ」

「腐った幕府を倒せば、この国が息を吹き返すとでもいうつもりか」

「高杉たちがそう考えたとしても不思議ではないな。古《いにしえ》から続く王家が、民を護るために立ち上がる。なんとも民に喜ばれそうな話ではないか」

「馬鹿なことを言うな、桂。幕府の力はいまだ強い。朝廷が力を得ようと動けば、国内を二分する戦となるぞ。それこそ欧米の思惑通りだろう。フランスが幕府を支援し、イギリスが朝廷か。どちらが勝利したとしても、日本は列強の影響下で生きることになる」

「手をこまねき、共倒れになるよりは幾分ましであろう」

「長井殿は両者を結びつけ、強力な力と成そうとした」

嫌な沈黙が流れた。先《せん》の口を開いたのは、桂だった。

「あまりにも、悠長。この国に、さような時は残されていない」

桂の言葉には、身を切るような切実さがあった。

「今年八月、ロシア帝国のシベリア総督が艦隊を率いて品川に現れ、樺太全域が帝国領であることを認めるよう迫ってきた。当役殿も知っているな」

「幕府の外国奉行は、拒絶したはずだ」

「一度の拒絶で諦めはすまい。ロシアが動けば、帝国の極東進出を警戒するイギリスやアメリカも動く。この国は、次々に国土を切り取られていくぞ」

吠えるような言葉の下に、この六年、萩に逼塞していた右衛門介への非難があった。

「痛みを伴ってでも、今、この国は迅速に大きく変わるべきだ。この国の民を、草莽《そうもう》を、立ち上がらせなければならない。長井殿の考えは見事だが、遅いのだ」

草莽崛起《くっき》。全土の民が立ち上がり、一丸となってこの国を変える。かつて吉田松陰が唱えたことだ。

桂の切れ長の眼が、右衛門介に向けられた。

「長井殿の死は、崛起の幕開けとなりうる。先生の死出の手向けには、相応しい」

低く響いた桂の声が、波の音をかき消すように、右衛門介の心に突き立った。高杉たちの側に立つという宣言だ。桂が、すっと立ち上がった。砂粒一つ落ちない。

立て、と桂の目が言った。果し合いの中で死ねというのか。桂の潔癖さを思い出し、右衛門介は腰を上げた。右足を、わずかに下げる。

「桂。その浅慮が日本を滅ぼすぞ」

「見解の相違だな。今、戦を起こしてでも力ある主導者を見出すことが、唯一の道だ」

止める間もなく、桂が刀の柄に手をかけた。桂の間合い。手足が凍った。

「手をこまねけば、滅びる。右衛門介。僕が聞きたいのは、一人の草莽として、君は長井につくのか、僕たちに力を貸すのか」

「長井殿と言ったら？」

腰を落とした桂が、鯉口をきった。

「松陰先生は生前、自分が死ねば、あとのことは益田右衛門介に聞けと言い残した。草莽を導くか、滅ぼすか、右衛門介の胸三寸だと」

桂の気配が、いきなり猛々しくなった。

「耳を疑ったよ。なぜ君が、とね」

桂の口から放たれたのが嫉妬の言葉だったことに、右衛門介は驚いた。

「右衛門介。君が自らを卑下しようと、老臣たちから昼行燈と罵倒されようとも、益田親施という男に、国家老の座に相応しいだけの才があることを僕は認めている。君にならば、長州を任せられる」

桂の手が、怪しく柄を握りしめた。

「だが、この国の行く末は任せられない。黒船をその目で見ておきながら、この六年、君は何をした。国許に引きこもり、ただ滞《とどこお》りなく藩政を取り仕切っただけ。高杉や久坂は、その身を焦がしながら江戸や京で同志を集めてきた。全ては、この国を、諸国と対等に渡り合えるだけの国にしたいと願ったからだ」

桂が刀をすらりと抜いた。見惚れるほどの所作だ。

それが合図だったのだろう。風防のため、土手に植えられた松の木立から、人影が二つ現れた。腕を組みこちらを睥睨《へいげい》する高杉晋作と、緊張の色を見せる久坂玄瑞。

ここで自分が死ねば、明日は長井ら藩政府上層部が殺される。だが、それは終わりの始まりだ。桂たちが実権を握った長州は幕府に滅ぼされ、彼らは殺し尽くされる。そうして、恨みは全土に広がる。内乱の幕開けとなるだろう。

曇天を見上げた。

うねる雲の流れがぴたりと止まり、天が右衛門介たちを興味深げに覗いているようにも感じた。高杉たちの足音が、すぐそばで止まった。

「高杉、久坂、達者そうだな」

応えたのは、腕組みをしたままの高杉だった。

「先生が死んで、道が明るくなったようでしてね。明かりに導かれるまま江戸を離れたら、いつの間にか懐かしき村塾の前に立っていました。さて、先生は何を求めているのか」

含みのある言葉だった。刀は佩《は》いていない。洒落た黒染めの小袖には、短銃でも仕込んでいるかもしれない。

「長井殿の首ではないと思うが」

「それは、貴方の決めることではない」

間髪容れずそう答えた久坂は、上段に構える桂の間合いに入らぬよう、それでいて桂が仕損じた時、一太刀を入れられるように構えている。ともに、二十歳を越えたばかりとは思えぬほど、その気配は重々しく、いつの間にか右衛門介の羽織の内側は汗でじっとりと濡れていた。

桂の剣であれば、痛みを感じる間もないだろう。ご丁寧に介錯《かいしゃく》の手もある。この国に襲いかかる風濤を思えば、いっそ斬られてしまった方が楽かもしれない。

もとより、自分に国を導く才があるなどと己惚《うぬぼ》れてはいない。

そう思った時、視界に入った桂たちの表情が、右衛門介の胸を鋭く衝いた。普段の冷静さは、かけらもない。考えることを捨て、もうこれしか道がないと思い定めている。

才ある者も、追い詰められれば愚かな道を選ぶ——。

彼らの顔の向こう側に、かつてそう言った吉田松陰の貌《かお》が見えたような気がした。

『君は、選ばねばならない』

いつの日か、村塾の縁側で茶をすすり、微笑む友はそう呟いた。

『旧時代を壊す鎚《つち》となるか、新たな時代を創る石垣となるのか。それとも——』

そう言って、松陰は口をつぐんだ。あの時の微笑みの中には、強い苦みが混じっていたようにも思う。松陰は、右衛門介が高杉たちの敵となるのか、味方となるのか迷っていた。だからこそ松陰は、桂たちの矜持《きょうじ》を踏みにじるような言葉を遺し、ここに導いたのかもしれない。

新時代を創る者たちの障害となるならば、ここで死ねと。

「俺のことを評価していたのか、していなかったのか。厄介な言葉を遺したものだ」

呟き、右衛門介は両手を広げた。

桂の刀の切っ先が、わずかに下がった瞬間を見逃さなかった。砂を蹴り上げ、前に出た。刹那、岩を断ち切るような斬撃がきた。半身になって躱《かわ》し、桂の懐に飛び込む。

「止まれ」

叫び、右手で脇差の鯉口を切った。

抜き打ちで桂を斬れる距離だ。勝てずとも、相討ちにはできる。わずかでも動けば斬る。刀を振り切ったまま、桂が止まった。その顔には驚きがある。昼行燈と侮《あなど》っていた右衛門介の動きに対するものか、己が仕損じたことにか。左手で、懐の銃把を握った。コルト・ドラグーン。黒船がもたらした、力の象徴だ。

「いつもの冷静なお前であれば、俺を殺していた」

雨と混じった汗が、顎から滴り落ちた。最初の賭けには、ひとまず勝った。

懐に手を入れようとした高杉に、銃口を向け、撃鉄を下ろした。その音に、刀を抜こうとした久坂も止まった。

「俺の話が終わるまで、誰一人、動くな」

自分に新しい時代を創る才がないことも、桂たち俊英を率いる力がないことも分かっている。家柄だけで当役の座についた昼行燈。時流の見えぬ木偶坊《でくのぼう》。黒船来航以来、国許に引きこもり、長州だけを守ってきた自分が、そう呼ばれていることも知っている。

松陰には、それが歯がゆく映っていただろう。だが、松陰には松陰の理屈があるように、右衛門介にもまた、右衛門介の理屈があった。この国を護るため、譲れないものが。

松陰も桂も、世界を知った気になっている。その怖さを、分かっていない。

「世界を敵とする現実を、お前たちは知らない」

史《し》は、勝者に不都合な真実が葬られる。そうして、この国からは敗北の記憶が失われていった。不都合な真実が消え、省みることができないからこそ、史は繰り返す。

「愚かな史を繰り返させないことが、俺の、益田家当主としての役目だ」

時代を創る者を護ることこそが、一族の役目だった。

松陰を護れなかった。これ以上、お前たちを死なせるわけにはいかない。祈るような思いの中で、右衛門介は静かに口を開いた。

第一幕

白村江《はくそんこう》

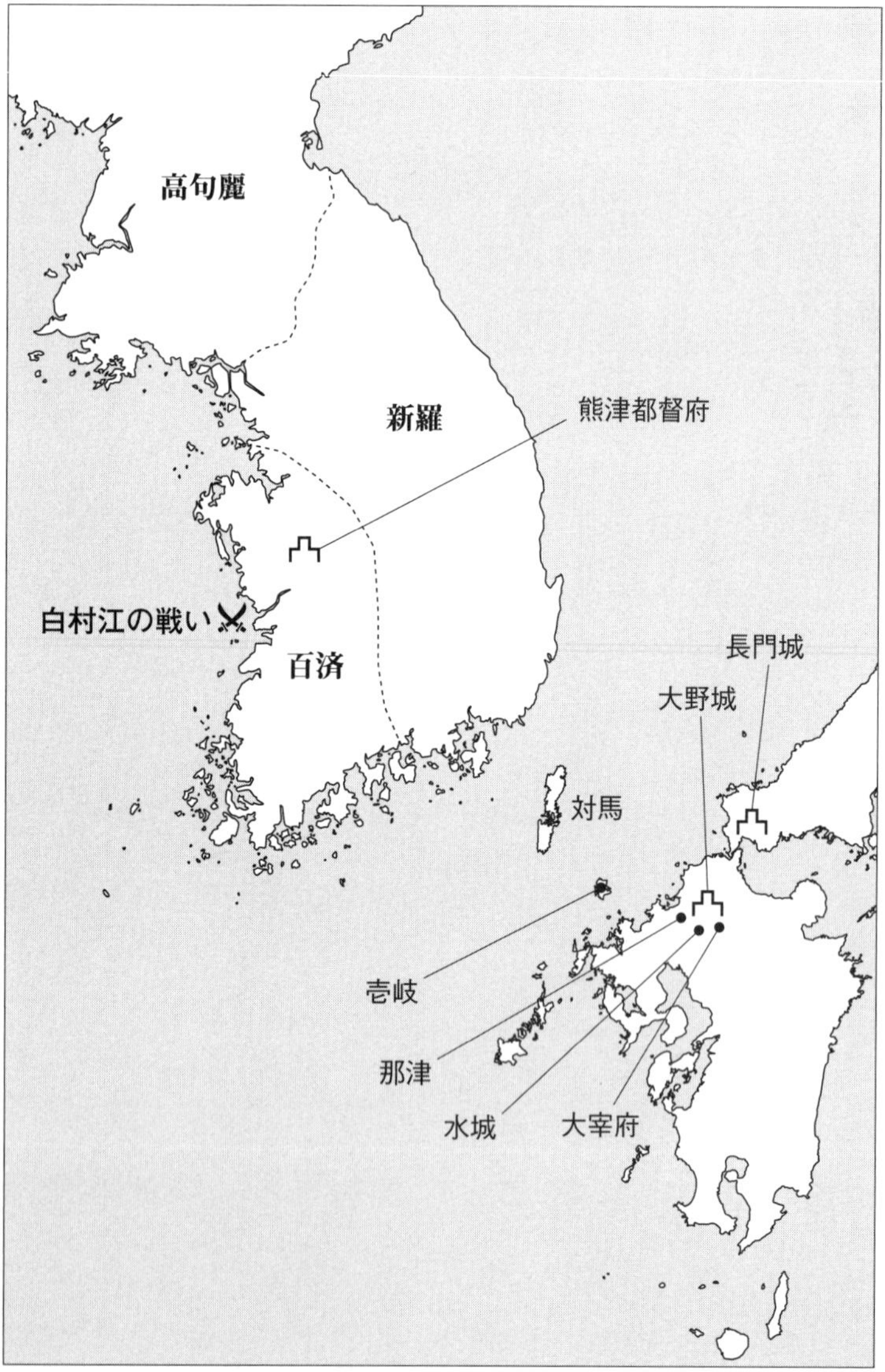

高句麗
新羅
熊津都督府
白村江の戦い
百済
長門城
大野城
対馬
壱岐
那津
水城
大宰府

一

黒々とした海には、焼けた小舟の残骸が、白い斑《まだら》をつくっている。

白村江（現在の韓国の錦江）の流れはひどく緩やかで、視線を上げた中臣鎌足《なかとみのかまたり》の目には、延々と浮かぶ骸《むくろ》が映っていた。

肌に感じる寒気は、遠浅に沈む死者の群れのせいだろう。水膨れした骸の顔は、老いも若きも判別できないほどに腫れあがり、白く濁った数万の瞳が、虚空を睨んでいる。

浅くなった呼吸に、鎌足は思わず空を見上げた。

「……敗北は、私のせいだ」

遥か高い雲が、不意に崩れ落ちた。

目の錯覚だ。拳を握りしめると強い痛みが走り、崩れ落ちたはずの雲が空へ戻った。指の隙間から、血が滲んでいる。赤紫の袍《ほう》の袖、わずかに見える純白の内衣に、鎌足は血をなすり付けた。

腐り始めた肉の臭いが、不意に鼻の奥をついた。

海底まで骸がひしめき合っているのだろう。鉄の挂甲《けいこう》（短冊状の札を重ねた鎧）を身に着けた亡骸《なきがら》も、沈むことを許されずに浮かんでいた。血を好む海獣すら近寄ることができず、ただ朽ちてゆくのを待っている。

なぜ、お前は無謀にも中華の大国に挑んだのだ。

お前は自分の力を過信してはいなかったか。

水面を埋め尽くし、船の舵を奪う骸の群れが、鎌足をそう呪っていた。

白村江で敗れ、唐水軍によって殺された二万七千の日本の兵たちだ。日本と韓土《かんど》にまたがる強大な王国を夢見た将兵は、陸地に上がることすら許されず、待ち受けていた唐水軍によって壊滅させられた。

唐水軍から放たれた火矢が、日本兵の乗る鈍重な平底船を焼き、なんとか逃げ出した兵も、白村江の両岸に布陣した新羅《しらぎ》兵によって斬り殺されたという。先鋒軍一万三千をあわせれば、四万もの兵が海の藻屑となった。岸には、斬り過ぎて折れた剣が、山のように積み上げられていた。

両腕を背中で縛られ、泣き叫びながら処刑されていく同胞の姿が、目に浮かんだ。

「目を、背けるなよ」

波風の音を破るように聞こえたのは、低く静かな声だった。

「亡者の声を、聞け。その怨嗟を聞く責が、我らにはある」

強い潮風を押し返すように、大海人《おおしあま》が鎌足の横に立った。三十代半ばのはずだが、肌には二十代のような若々しさがある。殺されるかもしれぬ降伏の使人に、大海人は自ら名乗りを上げた。和議を結ぶことが、己の功績になると考えているのかもしれない。

政《まつりごと》を担う中大兄《なかのおおえ》の、二つ違いの弟。その瞳には、死への恐怖は微塵もない。王への野望だけが、獰猛に光っていた。

「この光景は、我らの無知と傲慢の果てだ」

「全ては、臣の責にございます」

百済《くだら》の滅びを奇貨として、韓土を攻め取ろうとしたのは、鎌足自身だった。その滅びは、唐の脅威を日本にもたらすことになる。そう恐れた鎌足は、ながく中華の唐から日本を護ってきた。当時飛鳥京で人質となっていた百済王子豊璋《ほうしょう》を、王として韓土に送り込むことを中大兄に進言した。

再興した百済を支配できれば、中大兄は大陸すら支配する空前絶後の王となる。日本王家と百済、その双方に臣下の礼を取ってきた筑紫洲《つくしのしま》（現在の九州）の豪族たちを、王家に屈服させる千載一遇の機会という目算もあった。

国を護り、そして偉大な国にするために仕掛けた戦だった。

猛反対する豪族たちを宥《なだ》め、時に族滅（一族皆殺し）を囁いて脅した。そうして集めた兵は、日本の全兵力と言っていい。

「お主《ぬし》がかき集めた四万の兵は、全て死んだ。百済出征に反対していた豪族たちが、兄上に反旗を翻したとしても、不思議ではないな」

「反旗を翻すほどの力は、もはやありませぬ」

「王家に反抗的だった者たちも皆、ここで死んだ。これも、お主の狙いか？」

思わず大海人へ視線を向けると、その瞳には困難を迎えようとする炎があった。

「老け込むには早いぞ、鎌足」

肺腑を貫くような言葉だった。

「これより、我が国は存亡の時を過ごすことになる。国を護る兵はおらず、敵は強大な唐と新羅。彼らが一声上げれば二十万、三十万の兵が日本になだれ込んでくる。我らは敗者だ。勝者たる唐を拒む力は無い」

「臣には、もはや何も見えませぬ」

「お主に見えぬものが、他の者に見えるものか」

大海人の怒声に、控えていた舎人《とねり》（貴人の従者）たちが顔を蒼ざめさせた。それを無視して、大海人は海を指さした。

「俺は、敵を知るため、自らここまで来た。この敗勢を覆《くつがえ》すことが、我らの務めであろう」

十四近く歳の離れているはずの大海人が、どうしようもなく大きく見えた。

「乙巳《いっし》の動乱の時、お主は兄を助け、自らを王と呼ばせていた蘇我の不届き者を粛清した。躊躇する兄の背を押し、蘇我を後ろ盾としていた古人大兄《ふるひとのおおえ》を攻め滅ぼしたのも、全てお主の策だった」

激動の世を乗り切るには、日本国内だけではなく、大陸まで呑み込まんとするほどの王が必要となる。軟弱な古人大兄を見限った鎌足が出会ったのは、当時二十歳の中大兄だった。唯一の王たらんとする覇気を全身に漲《みなぎ》らせ、鎌足に自らの補佐を命じた。

あの時と同じだ。大海人の纏《まと》う覇気を見て、この人は中大兄の弟なのだと鎌足は思った。つい数年前までは、女ばかり追っていた。艱難《かんなん》は人を変える。鳥肌を感じながら、鎌足は背筋が凍るようにも思った。

百済を滅ぼした唐の次なる狙いは、平壌城《ピョンヤン》（現在の北朝鮮平壌）に都を置く高句麗《こうくり》だ。高句麗に侵攻した時、背後から攻められないためにも、唐は日本を弱体化させようとするだろう。

玉座を巡る争いの火種が、目の前にある。

それだけではない。筑紫洲北部の豪族は、過去幾度となく王家に反旗を翻してきた。畿内以東の豪族たちも、白村江への出兵に反対し王家と争ってきた。鎌足が唐の立場であれば、生きたまま大海人を国へ帰し、王族同士を対立させ、そして王家と豪族を争わせる。

無数の小国となる日本の姿が、鮮明に思い浮かんだ。

敗勢を覆すということは、ばらばらになった国を、一から作り上げるようなもの。神武帝以来、千年かかった難事だった。

大海人の瞳が、ふっとやわらいだ。

「鎌足。私を使え」

「皇太弟《こうたいてい》を？」

聞き返した言葉に、大海人が頷いた。

「二十年前、王家の力は地に落ちていた。蘇我は王を僭称《せんしょう》し、諸国の国造《くにのみやつこ》たちも隙あらば独立独歩を狙っておった。それをわずか二十年で、王家の力を強大にし、有無を言わさず諸国から兵を集めた剛腕を、私は誰よりも知っている。ずっと、傍で見て、学んできた」

幼い頃から知っている大海人の言葉に、心を覆う煙が揺れた。

「鎌足、お主の身体が、心が老いたというならば、俺がその若さとなろう」

大海人の瞳が、水面の骸へ向いた。死者たちが、大海人の言葉を待っているようにも感じ、鎌足は固唾《かたず》を呑んだ。

「俺は王にならねばならぬ。唐の傀儡《かいらい》国家ではない、自らの足で立つ日本の王として、この者たちの子を、親を守らねばならぬ」

王位への野心を、はっきりと口にしたのは初めてのことだ。

大海人は、東宮《とうぐう》（王位継承者）の地位にいる。だが、豪族と進んで交わり武芸に傾倒する大海人ではなく、文武両道の誉れ高く、貴人としての品位も備えた中大兄の実子、大友《おおとも》を推す者も朝廷の中には多い。ここで功績を挙げねばという、焦りもあるのだろう。

敵に付け入る隙を与えかねない、危うい焦りだと思った。

だが、朝廷のほとんどの臣が、唐の強大さに打ちのめされている今、大海人の無謀な反骨心は、一筋の光となるかもしれない。その芽を育てるか、潰すかは鎌足にかかっている。

心を曇らせていた煙が小さくなり、黒ずんだ薪の下で小さな火が灯った。

風が吹いた。追い風だ。船の速さが増した。船着き場には、唐の武人と思しき男たちが見える。無謀な若者たちを教え、この国を導くのは誰か。

迷っていたその答えを、鎌足は自分に言い聞かせるように、心の中で呟いた。

二

熊川《ウンチョン》の河口で下船した鎌足らは、険阻《けんそ》な山に囲まれた泗沘《サビ》城に案内された。

長大な城壁によって包まれた街の最奥に、泗沘宮の瓦が黒く光っている。百済の旧都。唐によって熊津《ゆうしん》都督府が設置され、かつての高官や百済王族もその支配下にあるという。王が儀礼を司《つかさど》る宮城は、唐の役人であふれている。この先の日本の姿ともいえた。

城門には、白村江で唐に捕らわれていた阿倍比羅夫《あべのひらふ》ら、生き残った日本の将軍たちが唐兵に囲まれ、待っていた。

比羅夫は、中大兄や大海人の母斉明《さいめい》帝の右腕として、幾たびもの東国遠征で功をなした日本の武の象徴だ。白村江でも将軍《いくさのきみ》として後軍を統括していたが、惨憺《さんたん》たる敗戦の記憶を拭えていないのだろう。その瞳には、仄《ほの》暗い絶望が宿っている。

兵に囲まれて歩く鎌足たちは、好奇の的だった。敗国の王弟と大臣、そして、兵を率いた将軍たち。誰が真っ先に殺されるのかと、異国の言葉でにやつく者もいた。早くから唐に投降した百済の民だろう。国を裏切り生き延びた者たちの嘲笑に、鎌足は血が滾《たぎ》るのを感じた。

だが、その怒りは、あまりに規律正しい唐兵を見て、一気にしなびた。

城門を守る兵の姿勢は、一人残らず同じだ。大通りを行く隊列の足並みも、気味が悪いほど揃っている。末端の兵に至るまで、異様なほどに訓練されている。普段は農耕に従事する日本の兵とは、比べものにならない。

「敗れるべくして、敗れたな」

先を歩く大海人が、振り返らず呟いた。

「兵だけではありません。城壁の石積みひとつとっても、真似することはできますまい」

大路は寸分違わぬ見事な石で舗装されている。

城門で馬車を止め、わざわざ市街地を歩かせたのは、唐の威容を見せつけることが目的だったのかもしれない。見れば見るほど、日本が勝《まさ》っているところはないと突きつけられる。舌打ちをかみ殺し、鎌足はわずかな動き一つ見逃さぬように城内の観察を続けた。

唐の兵たちは鎌足たちに見向きもせず、武具を丹念に磨き、熱心に高句麗討伐を議論している。機密と思われるような内容も聞こえてきた。傍を行く比羅夫は顔を伏せ、肩を震わせていた。

まるで、鎌足たちがいることに気づいてすらいないようだった。

「顔つきが、似ているな」

不意に大海人の声が聞こえた。泗沘城の守兵の顔立ちが、どこか日本人に似ていることを言ったのだろう。

「靺鞨《まっかつ》（現在のウラジオストク周辺の民族）の兵なのでしょう。我らには、彼らと同じ騎馬の民の血が混じっているとも言います」

「ともに唐に敗れたか。笑えぬな」

それきり口を閉ざし、大海人は足を速めた。

高官たちの屋敷が置かれた区画に入ると、それまでの民の喧騒が嘘のように薄れ、戦後間もないにもかかわらず、甘い麝香《じゃこう》の香りが漂っていた。血の匂いを隠そうとする、その柔らかな匂いが、国の滅びを鎌足に突きつけるようだった。

堅牢な石垣に囲まれた屋敷は、戦時となればそのまま宮城を守る砦となる。

泗沘宮の正門は、平時を強調するためか開け放たれていた。百済王が政をなした中宮殿を挟むように、武を司る東宮殿と政を司る西宮殿がある。かつては、艶やかな装束を身に着けた宮女たちによって、華やかな城だったという。だが、滅亡前夜、唐兵による凌辱を恐れた三千の宮女は、そのことごとくが断崖から身を投げた。

官人たちが忙しく駆け回る宮城には、亡国の空気だけが漂っていた。

石造りの五重塔を横目に通りすぎ、巨大な朱の柱が立ち並ぶ西宮殿へ導かれた。奥に進むほど天井は高くなる。通された広間の壁には兵が並び、正面には椅子が一脚。胡坐《あぐら》をかく男と、傍に立つ男が、拱手《きょうしゅ》する鎌足たちを見下ろしていた。広間の中ほどで跪《ひざまず》き、顔を俯《うつむ》ける。

採光窓からの光が、まるで重さを持っているかのようにも感じた。

「よく来た。倭国。いや日本と言った方がよいのか。ふむ。誠意はあると見える」

穏やかな声が響いた。樫の椅子に胡坐をかく男だ。皇太弟である大海人を見て、機嫌良さそうに頷いた。

「帯方《たいほう》郡刺史《しし》（官長）劉仁軌《りゅうじんき》じゃ。この名は、貴国にとって忘れがたいものであろう」

日に焼けた精悍な顔と、髪と頬をつなぐ髭は、ちぢれ上がっている。潮風に長く当たってきた水軍の将なのだろう。その名は白村江で日本の軍勢を滅ぼした唐将のものだった。

劉仁軌は自ら打ち破った比羅夫らを見渡し、満足げに酒を呷《あお》った。それきり口を閉ざし、代わりに傍に立っていた男が鎌足たちに近づいてきた。

「朝散大夫《ちょうさんたいふ》、郭務悰《かくむそう》です」

ほとんど唇が動いていない。ゆったりとした緋色の漢服は文官らしさを強調しているが、動作の一つ一つに熟達した武人の気配がある。鋭い視線が、値踏みするように鎌足たちを撫でまわした。唐の官職を名乗った郭務悰が鎌足へ向きなおり、相好《そうごう》を崩した。

「間に合ってよかった」

唐の言葉から、日本語へと変わった。

「もう少し遅れれば、我ら大唐十万の兵が筑紫洲になだれ込むところでした。俘虜《ふりょ》の手に穴をあけて縄を通すことも、万余の骸を穴に埋めることも手間がかかる」

笑顔のまま、郭務悰が首を二度叩いた。思わず見返した鎌足に、郭務悰は一度地面に視線を落とし、鼻から息を抜いた。笑みが消えている。

「中臣鎌足殿ですね。噂は聞き及んでおります。朝にあって千里を見渡し、その聡明さは余人に比せず」

敗れた者にかける言葉としては、皮肉以外の何物でもない。感情を押し殺すため、鎌足は舌を噛んだ。

「大化年間の改新の詔《みことのり》。改新とはよく言ったものです。数々の改革は、諸豪族の反発を招いたようですが、新たな国の姿がよく示されていました」

流暢《りゅうちょう》な言葉に、鎌足は息がつまった。大海人も同様だろう。その肩が揺れた。

郭務悰の言葉は、日本の国情そのものだった。大国唐の存在は日本の脅威として、昔から遣唐使を派遣して気にしてきた。だが、唐からすれば、日本など海の果ての取るに足りない蛮夷《ばんい》の小国に過ぎない。

「郭務悰殿は、乙巳の動乱をご存じでしたか」

唐言葉で話しかけた鎌足に、郭務悰が苦笑し、唐の言葉で続けた。

「ええ。その後、鎌足殿が目指した国づくりは、唐を模した良いものでした。蛮夷の住まう島と思っていましたが、我らの真似をする程度の知恵はあるのだと見直しました」

心からそう思っているのだろう。郭務悰に悪びれた風はない。

そこでようやく鎌足は、泗沘城の唐兵があまりに無防備だった理由を理解した。

郭務悰ら唐の将兵は、日本を歯牙にもかけていないのだ。守兵は、鎌足たちを一瞥するだけで、敵意を向けることはなかった。彼らにすれば、日本が唐に首《こうべ》を垂れることは当然なのだ。

俯いた鎌足に、郭務悰が深く頷いた。

「唐に逆らった百済の義慈王《ぎじおう》は、わずか一月で滅びました。義慈王の死後、あなた方は日本で育った皇子豊璋を即位させ、百済を再興しようとしたが、それも半年もたなかった」

「我らは愚かにも、義慈王との友好に報いようとしたまででございます」

「確かに、あなた方は、愚かでした。白村江の戦い。日本の兵四万は、唐水軍わずか七千に滅ぼされた。戦術の未熟、技術の未熟、兵站《へいたん》の未熟。あらゆる面で貴殿らは拙《つたな》かった」

「白村江に浮かぶ骸を前に、我が浅慮を心得ました」

「何より、貴殿らが戒めるべきは、その無知でしょうな」

鎌足の言葉を無視するように、郭務悰が言葉をつづけた。隣に座る比羅夫は固まり、大海人も俯いている。郭務悰が一声上げれば、鎌足たちは即座に殺し尽くされる。大海人の反骨心を懸念しながら、鎌足は視線を郭務悰の足元へと落とした。

「戦にいい塩梅《あんばい》というものはないのです。鎌足殿。始めれば最後、相手を殺し尽くすか、殺され尽くすか。ゆえに、敵を深く知らねばならない」

言葉は柔らかい。だが、そこには氷のような冷たさがあった。

「敗戦から一月も経たずにお越しいただいたことで、刺史も日本への遠征は思いとどまられた。次なる陛下の悲願は、高句麗の滅亡です。いずれここ熊津都督府の兵も、北へと出征するでしょう。率いるのは唐建国の英雄、李勣《りせき》大将軍。今も華北で三十万の兵が日夜調練を繰り返しています」

李勣という名は、鎌足も聞いたことがあった。もとは徐世勣《じょせいせき》という名であったが、唐を建国した李《り》淵《えん》に、その姓を許されるほど重用された百戦常勝の将だ。高句麗平定は、唐の強い悲願であることがその名からも伝わってくる。

「失敗は許されない戦です。ゆえに鎌足殿」

繰り返し名を呼ばれるたび、肩にのしかかる空気が重くなるような気がする。誰が日本を導くのか。白村江に浮かぶ骸を前に、心の中で呟いた言葉を思い出し、鎌足は拳を握った。

口を結び、郭務悰を見上げると、その瞳が炯々《けいけい》と光っていた。

「もしも熊津都督府の方針を受け入れぬとあらば、長門《ながと》（現在の山口県）の海を塞ぎ、那津《なのつ》（現在の博多。那珂川河口）にいる貴殿らの一族を九族まで殺し尽くさねばなりません。鏡王女《かがみのおおきみ》もまた同様です」

それは、鎌足が娶《めと》った姫の名だった。お前を知っているぞという脅しだ。震え、握りしめた拳から、血が流れだした。

「熊津都督府の方針とは？」

「いずれ日本を唐の羈縻《きび》州とします」

大海人が怒りのままに言葉を発する前に、鎌足は一歩前に出た。

羈縻州となることは、滅亡した百済と同じように都督府が置かれ、日本が唐の一地方となることだ。王家の唯一性は失われ、中大兄や大海人らも、飛鳥京周辺を支配する豪族になり下がる。唐に近い筑紫洲の豪族たちは、中大兄らを封じ込めるために唐から強力な官位を授けられるだろう。もとより百済にも臣従していた者たちなのだ。彼らは王家を絶対視していない。

瞬《また》きの間に、様々なことが脳裏を駆け巡った。

熊津都督府の方針を受け入れれば、王家を中心とする国家は間違いなく消え去る。だが、それをここで拒否すれば、唐の水軍が二日と経たず那津に殺到することになる。

口の中から水気が消えた。

これが、無知のまま国を護るために戦ったつもりになって、敗れるということだった。

息を吸い、吐く。三度、繰り返した。

「承知しました。王には私から説明いたします。それでよいですね」

大海人の背からは、怒りが陽炎《かげろう》となって立ち昇っているようにも見えた。

「……頼む」

絞り出すような大海人の声だった。全権としての言葉だ。お前に任せたのだという言葉が、大海人の震える声から伝わってきた。

郭務悰が唐の言葉で劉仁軌へと話し始めた。話し終わると、郭務悰は、再び鎌足へと身体を向けた。

「来年の五月、私が筑紫洲へ赴きます。それまでに百済の民を筑紫洲で受け入れ、食住を整えてください。東国の蝦夷《えみし》を防ぐため、阿倍比羅夫殿は帰国を認めましょう。残る方々は、刺史とともに長安へ向かっていただきます」

背後に控えていた筑紫君薩夜馬《つくしのきみさちやま》や韓嶋勝娑婆《からしまのすぐりさば》らが呻《うめ》き声を上げた。いずれも、筑紫洲の有力な豪族の長たちだ。筑紫洲を、唐に忠実な土地にしようという思惑が透けて見えた。

「ああ、それから鎌足殿。大唐に仕える新羅には、長く続いた戦によって男手も、子を産む女の数も足りてはおりませぬ。此度の戦によって、貴国には寡婦となった者が多くいるはずです」

「戦で良人《おっと》を失った者を、韓土に渡らせよと？」

「話が早くて助かります。蛮夷の女とはいえ、子を産めぬことは無いでしょうからな」

不敵な笑みを浮かべた郭務悰が、肩を竦《すく》めた。

「船はこちらから送りましょう。では、またお会いできる日を楽しみにしております」

劉仁軌が立ち上がり、広間を後にした。続いて郭務悰の足音が響き、そして消えた。

彼らの瞳の中に、自分たちは映っていなかった。日本のことなど、高句麗戦を前にした些事《さじ》でしかないのだろう。

郭務悰と入れ替わるように、数人の奴僕《ぬぼく》が入ってきた。小気味のいい音を立て、石の床を掃いていく。弾《はじ》かれた小石が跳ね、鎌足の木履《ぼくり》にぶつかった。

残された広間には、敗れた者の惨めさだけが響いていた。

三

陽の光を浴びる艶やかな撫子《なでしこ》が、丘一面に広がっている。薫風が鎌足の全身を柔らかく包み込み、陽光はじんわりと身体を温めていた。

例年であれば、もうじき薬猟《くすりがり》（鹿の角や薬草を集める祭礼）の季節だ。

若草の息吹く草原で鹿を狩る男たちと、桔梗《ききょう》の若い根を集める女たちが、互いに隙を見ては頬を染め、淡い想いを歌にする。かつて、美しい姫への恋心を大海人が歌い、宴を大いに盛り上げたこともある。

朝廷が浮ついた空気を漂わせる時期であり、鎌足はそれが嫌いではなかった。

「だが、今は望むべくもない」

匂い立つ甘い香りが、鎌足の身体の強張《こわば》りを癒すことはなかった。

撫子の丘から見下ろせる那津には、おびただしい数の唐の帆船が停泊している。帆船から突き出した渡し板の上を歩き、湊《みなと》には異国の者たちが溢れていた。

「獲物に群がる蟻ではないか」

先年の十月に郭務悰から命じられて以来、百済の難民を受け入れ続けている。

彼らが乗ってくるのは日本で主流の平底の船ではなく、唐水軍が供出した頑丈な軍船だ。荒天にも強く、鎌足たちの想定以上の速さで渡来人の数は増えつつあった。この四カ月で、六千を超える唐官人と百済人が筑紫洲に住み着いたことになる。

韓土に帰る船には、寡婦となった日本の民が載せられ運ばれてゆく。二度と生きて帰れないことを彼女たちは知っている。逃げ出せぬよう縄で繫がれた女たちを送り出すたび、鎌足は血を喀《は》くほど、せめてもと彼女たちの苦しまぬ死を神に祈った。

急激な渡来人の増加は、各地で日本の豪族との諍《いさか》いを引き起こしていた。

唐官人に歯向かった男は、顔の形を失うほどに殴打され、女は森に連れ込まれて二度と姿を現さない。数えればきりがなかった。抵抗すれば、韓土から大軍が襲来する。唐への恐怖と、無力な朝廷への失望が、民の間に満ち始めている。

「王家と民の分断。それが郭務悰の狙いなのだろうな」

郭務悰は、恩蔭《おんいん》（一族の位を継ぐ制度）での登用が主流である唐朝廷にあって、科挙（試験による登用。合格者は千人に一人程度）によって登用されたごく少数の天才だ。貧家の出身でありながら皇帝に寵愛され、若くして朝散大夫まで上り詰めている。長安での栄達を避けて百済に赴いたのは、貴族たちの嫉《そね》みを避けるためだという。郭務悰の敵は長安の高官たちであり、鎌足のことなど眼中にもない。

「それならばそれで好都合だ」

こちらを侮《あなど》っている敵の方が、足を掬《すく》いやすい。自分でも強がりと分かる言葉を吐き、鎌足は舎人が曳いてきた馬に飛び乗った。

那津から大宰府《だざいふ》までは一刻（およそ二時間）。筑紫洲統治のための大宰府の設置は、十年ほど前から議論されてきたが、飛鳥京での政変や東国の蝦夷征討、百済への介入によって遅々として進んでいなかった。だが、白村江に敗れ、郭務悰を迎えるにあたって、中大兄の命令のもと急速にその造営が進んでいた。中でも、那津と大宰府の中間地点に築かれた水城《みずき》は、朝廷の恐怖を表してあまりあった。平地を横一線に塞ぐ水城は、那津に上陸した唐軍を防ぐことを目的としている。

鎌足が韓土に赴いている間に造営されたものだ。自分がいれば、造営を止めたはずだ。戦勝国である唐を刺激するだけであり、何より大宰府以南には王家に反感を持つ者も多く、逃げ場のない場所に、自らを閉じ込めるようなものだった。

水城の検分を終え、大宰府に到着した鎌足を待っていたのは、怒りに身を震わせる大海人だった。鎌足が下馬するのも待ちきれないように、木簡を手に近づいてきた。大海人のあとからは、遅れまいと舎人たちが走ってくる。

「お待ちを」

頭を下げ、鎌足は砂利の上に降りた。

「鎌足。これを見よ」

「郭務悰からですか」

「水城造営の謝罪への返書だ」

鎌足が送った謝罪の書簡への返答だ。そこに水城造営を責める言葉はなく、自らを不利な場所に追い込んだ朝廷の失策を揶揄《やゆ》する言葉だけが並んでいた。郭務悰の憐れむような表情が、文字の間から浮かんでくるようだった。

読み進めていくうちに、大海人の怒りの理由が分かった。

「郭務悰が求めてきたのは、筑紫と対馬を結ぶ烽火台《のろしだい》造営ですか」

水城造営への罰として、費用は全て日本が負担するように記してあった。

完成すれば、大宰府の状況が、即座に熊津都督府に届く。戦勝国としては当然の措置だ。だが、造営を指定された場所が問題だった。

「内通者がいるぞ」

大海人の言葉に、鎌足は墨の文字を見つめた。

百余にも及ぶ烽火台の場所は、帰国した大海人と鎌足が、新たに配置した防人《さきもり》（西日本沿岸守備のための兵士）を監視できる地だった。

防人による防御の構築は、王家の中でも限られた者しか関わっていない。東国兵の徴発は鎌足自身の手によって進めており、その詳細は大海人にすら伝えていない。唐側の窺見《うかみ》（忍びの者）が動いている可能性もあるが、唐麾下《きか》として百済難民を率いる達率《だちそち》（百済の官位。最上位の佐平に次ぐ）に露顕したとも思えない。

大海人の放つ殺気が、鎌足に向けられた。

「このところ、朝廷の政はことごとく唐の後手に回っている。想定以上の速さで増える百済難民は、なぜか遅滞なく迎え入れられ、水城の造営は日本を不利な立場に追い込んだ」

「難民の受け入れに手間取れば、熊津都督府の咎《とが》めを受けましょう」

「熊津都督府に褒められるため、動いている者がいるのではないか？」

吐き捨てた大海人が、眉間に皺を寄せた。

「熊津都督府に随行した人数と、筑紫洲に戻った人の数が違う。巧妙に隠されていたがな。鎌足、消えた者は、いずれもお主の手の者だ」

大海人がじっとこちらを見つめた。大海人の殺気に、周りを囲む舎人たちがにわかに緊張した。使節の全権であった大海人や、中大兄にも隠す形で、鎌足は韓土に人を残してきた。

「私の願いは、王家のもとでこの国が永劫続くことでございます」

「だといいが」

大海人が眉をひそめた。鎌足と大海人の言い争いは、すぐに知れ渡るだろう。それによって大海人は内通者を炙《あぶ》りだそうとしているのかもしれない。このところ、大海人にはそういう強《したた》かさが出始めている。

「戻るぞ」

にらみ合っていた大海人が、不意に背を向けた。

宮殿に戻るように舎人たちを促し、遅れて歩き出した大海人が、三歩ほど進んだところで不意に止まった。大海人の視線が、水城の方角へ向いた。

「水城の造営を見事成功させた大友を、兄上も大いに褒めておられた。幼子の頃から聡明だったが、臣下からも慕われている。蘇我赤兄《そがのあかえ》も裏で水城造営を補佐したようだしな」

それだけ言うと、大海人は頷き、足早に立ち去った。

残された鎌足は、遠ざかる背を見つめた。

最後の言葉を言う時、大海人の表情はひどく血の色を失っていた。わざわざ宮殿の外まで出迎え、鎌足をなじるような会話をしたのは、最後の一言を伝えるためだったのだ。大海人に従う舎人とも距離があった。監視されているのだろう。

息を吐きだした。

「皇太弟は、蘇我赤兄を疑っているか……」

蘇我一族の有力者であり、鎌足が暗殺した蘇我入鹿《いるか》の従弟にあたる男だ。実の兄も鎌足の策によって自死しており、赤兄と鎌足の対立は周知の事実だった。もとより、蘇我一族は唐や新羅との繋がりが深い。敗れた鎌足を追い落とす好機だと、赤兄を唆《そそのか》している者もいる。

入鹿を殺した腰の剣を撫でた時、生臭い血の匂いが漂ったような気がした。

五月、大海人の言葉から一月も経たないうちに、対馬からの早船が那津に届いた。郭務悰率いる船団が対馬に到着し、すぐに那津に向けて発したという。鎌足が肥後の豪族討伐に出征していた最中のことで、指揮を手の者に任せ、急遽大宰府に帰還した。

中大兄自ら出迎えるかどうか、大宰府の朝廷は蜂の巣をつついたような様相となっていた。憔悴《しょうすい》した王家を見せるべきではない。いや、ここは中大兄が出ることによって敗れた国の誠意を見せるべきだ。兄の代わりに自ら出迎えようとする大海人に対し、蘇我赤兄率いる大友派の官人たちは、大海人の勢力伸長を恐れ、それを認めようとはしていない。

夜、鎌足は舎人を連れず、中大兄の待つ東屋《あずまや》へ赴いた。螻蛄《けら》の鳴き声が、じめじめとした暑さを重苦しくしている。

「国の存亡を前に、朝廷は自らのことばかりだな」

聞こえてきたのは、竹筒から水を飲む中大兄の憔悴した声だった。政敵であった蘇我入鹿を暗殺した時から、中大兄は自ら用意した竹筒の水しか飲まない。首肯し、東屋に置かれた椅子に座った。

「大海人を廃し、大友に王位を継がせようとする者が動き出す。そなたの言う通りになったな。乙巳の頃から、そうであった。そなたの言葉は、理を超えた預言のようにも思える」

もしかすると、竹筒の中身は酒かもしれない。中大兄の言葉はかすかに震えていた。

「そなたの言葉を、幾夜にもわたって考え抜いた」

「この国の命運は、皇太弟の不屈にかかっておりましょう」

「大海人か。あ奴は、乙巳の動乱で手を汚していない負い目からか、自ら進んで苦難を選ぶ」

中大兄の独白に、鎌足は小さく頷いた。

韓土から帰還した鎌足は、この先日本が迎える苦境を、中大兄に語った。唐の支配を乗り越え、自立するための術は何か。考え抜いた策を聞いて、中大兄は絶句し、返答を待つように懇願した。誰よりも果断な王が、戸惑っていた。冷酷と語られることの多い中大兄だが、その実は弟を愛する兄であり、我が子を慈《いつく》しむ父でもある。

「余が失うのは、鎌足よ、我が半身たるそなたか。それとも弟か、我が子か」

中大兄が長い息を吐いた。

「全て、お主の思うままにせよ」

苦渋の決断だったはずだ。弟を、我が子を殺すことになるかもしれない。だが、中大兄は兄や父である前に、この国の王だった。

「御意」

深く、頭を下げた鎌足は東屋を後にして、中大兄の名で蘇我赤兄へと使人を走らせた。赤兄を死地に追いやる。殺した入鹿の面影濃い赤兄の顔を思い浮かべ、鎌足は北の七つ星を見上げた。

翌朝、紛糾する朝廷を収めたのは、弱冠十六歳の大友だった。

中大兄の皇子として自分が出迎えれば、誠意を見せることもできる。

堂々たる言葉に、居並ぶ臣はどよめきをあげた。平静を装っていた中大兄が、天井へ視線を向けた。余人には分からぬほどの苦しさが滲んでいる。唐の傀儡《かいらい》となる我が子の命運を思い浮かべたのだ。長くともに戦ってきたからこそ分かる、中大兄の表情の機微だった。

大友の傍では、蘇我赤兄が勝ち誇ったように鎌足を見つめていた。


郭務悰が到着したのは、醒めるような青天の日だった。

那津に到着した郭務悰は、大宰府に興味を示さず、すぐさま各地に人を派遣し始めた。大宰府で饗応の準備をしていた鎌足は、二人の皇子とともに、慌てて那津へと馬を走らせた。

郭務悰の船は一目で分かった。

その船は倭船を三艘つなげたものよりも大きく、中央に立つ帆柱は天に届くばかりに高い。朱色の旗が空を叩くように、風をはらんでいた。

陸揚げされた荷物で、那津は埋め尽くされ、八隻の船団から下船してきた者は五百を数える。百済人と思しき顔つきの者は百人ほどで、残りは唐人の顔つきだ。

郭務悰の幕舎は、湊のすぐそばに設営されていた。

百を超える幕舎の外側には円形状に柵が組まれ、浅い堀で囲まれている。そのまま防御用の塞としても機能しそうだった。あたりに居を構えていた民は、その全てが追い出され、なすすべなく浜にたむろしていた。柵の入り口にぶら下がっている生首は、抵抗して殺された者だろう。見せしめとして、これ以上のものはない。息をかみ殺し、鎌足は顎を上げた。

目の前に大友の小さな背中があった。白絹の袍の背には日輪の刺繡がある。小刻みに震える太陽が、やがて止まった。力無く微笑んだ大友に、隣に立つ大海人が舌打ちした。

迷路のような道を通って案内されたのは、ひときわ大きな幕舎だった。中に入って、目に飛び込んできたのは見事な虎の敷物だった。

「聞いてはいましたが、この国は蒸し暑い」

郭務悰は、椅子の上で書を広げてくつろいでいた。一国の皇子を迎える態度ではない。怒りを堪《こら》える鎌足を制して、朗《ほが》らかな笑みを浮かべたのは、大友だった。

「称制（天皇崩御後、即位せずに政務を司ること）をなす中大兄の一子、大友にございます。我が国に足りぬ知と識を与えてくださると聞き、首を長くしてお待ちしておりました」

隣にたたずむ大海人がそっぽを向いた。大友のへりくだり方は、大海人には真似できないものだ。深く息を吸い、鎌足も頭を下げた。

「ご下命にあった百済の民については、筑紫洲北部に集住の体制を整えました。仔細は、おとどけした木簡に」

「拝見しました。鎌足殿、見事です」

何が見事なのかは言わず、顔を上げた郭務悰が微笑んだ。

「百済の民の配置は、地図の上では互いに近く見えますが、実際は、深い渓谷や急峻な崖に阻《はば》まれ、連絡は難しい。そして、あなた方の配置した防人の陣から近い。百済の民が蜂起すれば、即座に鎮圧できるものになっています。つまり、一息に皆殺しにできる」

鎌足がこの数カ月、苦心した配置だった。郭務悰が港に留まり、人を派遣していたのはそれを調べるためだったのだろう。こめかみに伝う汗をぬぐい、鎌足は首を振った。

「滅相もありません」

「責めてはいませんよ。政を司る者は、それくらいの心配りが必要です。ですが、心得違いがあると私に、いや、劉仁軌将軍に思われても致し方ありません。あなたたちは敗者だ。今一度、言っておきます。これは非常に危ういことだ」

郭務悰が立ち上がり、笑みを収めた。

「次は、ありません」

大友が怯えたように俯き、大海人が無表情に前を向いている。鎌足たちを見回し、郭務悰は広げた書を手渡してきた。

「百済の達率たちを指揮官として、二十六の城塞を築きます。場所は、ここに」

黒々とした墨で記されているのは、長門をはじめとして、高安《たかやす》（現在の大阪府八尾市東部）、屋嶋（現在の香川県高松市）など、飛鳥京から大宰府までの交通の要衝だった。全てが完成すれば、飛鳥京は孤立する。兵を興したとしても、二十六の城塞を攻めている間に、韓土から大軍が送り込まれるだろう。

「築城の指揮は百済の者に任せます。彼らの指示を徹底するためにも、この国の冠位を変えます。それは中大兄殿のもと、私が指導しましょう。あなた方が為すべきは、彼らの要求通りに人を集めること。人手は、東国にあるはずです」

「東国はいまだ王家にまつろわぬ民が多く」

「死してもよい者、ということでしょう」

　郭務悰が肩を竦めた。

「東国の民に恐れられる阿倍比羅夫殿の帰国を許したのは、そのためです。鎌足殿、あなたは大宰府にいない方がいい。ここを補佐する役は、大友皇子がいらっしゃる。鎌足殿、あなたは東国に入り、人を集めてください」

　百済救援に否定的だった東国から、さらに人を集めることになれば、東国の豪族の心は、完全に王家から離れるだろう。王家を孤立させ弱らせる。郭務悰の狙いは明らかだった。

「皇子はいまだ政の見聞及ばず」

「五カ月、私はこの地にいます。築城する地を回りながらですが、その間に皇子を鍛えましょう。唐の政をお教えします。貴国にとっても悪いことではないはずです」

　どこまでも自らの優位を信じている。大国の高官ゆえの傲慢さにも見えるが、そんな良いものではない。ただ、勝った者の当然の姿なのだ。敗れれば、すべてが否定される。

「よき働きを期待しています」

郭務悰の苦笑とともに、蟻が払われるように幕舎から追い出された鎌足たちは、舎人たちを置き去りにするように騎乗した。先頭を行く大海人は、怒りを隠していない。唐の兵を斬りそうな勢いの大海人に追いすがるように、鎌足は駆けた。

大海人が馬を止め、輪乗りしたのは、四半刻ほども駆けた後だった。すでに那津は見えず、舎人たちの姿も遠い。大海人の鋭い瞳が、まっすぐに鎌足を見つめていた。

「鎌足、お主の狙い通りとなったな」

大海人の言葉に、鎌足は深く首を垂れた。

百済の民の配置は、わざとだった。郭務悰であればそれを見抜き、鎌足を政の中枢から排除する。大宰府から離れるため、この数カ月苦心してきた。

「皇太弟の御覚悟があればこそです」

胸に秘めた策があった。失敗すれば、飛鳥京は灰燼となり、中大兄や大海人、大友は大宰府で鏖殺《おうさつ》されるであろう策だ。中大兄の承諾を得て、鎌足は大海人へ告げた。大海人は驚愕し、だが一瞬で覚悟を決めた。

「策が破れれば、真っ先にお主が死ぬことになる」

「当然のことでございます」

主の命を秤《はかり》にかけるような真似をした。いずれ、死をもって償うつもりだった。

「皇太弟。高句麗とともに唐を挟撃するには、兵を募る時が要ります」

「俺が時を稼ぐ。郭務悰の刺客には気をつけよ」

「その御覚悟に報いることに力を尽くします」

大海人が頷いた。遅れていた舎人たちが追い付いたのを見て、大海人が馬腹を蹴り上げ駆け去った。

大友が追い付いてきたのは、そのさらに後だった。

見事な鹿毛が、隣に並んだ。遠くに消え去ろうとする大海人の後ろ姿を、騎乗の大友が哀しげな瞳で見つめていた。その手には、桃が二つ握られている。

「叔父上の好物です。が、もう私の手から何かを受け取ることはないのでしょうね」

そう呟き、大友は桃を一つ、手渡してきた。

「鎌足殿。父より、すべてを聞きました」

この先、大友が歩む道は、あまりにも過酷だ。伝える役割を、中大兄は自ら買って出た。これ以上、自らを傷つけるなと。

「今は赦せません。されど、そなたが死ぬ日、私はそなたを赦していたい」

大友の言葉に頷き、鎌足は空を見上げた。

一筋の雲が、天を東西に分けていた。

四

鎌足と阿倍比羅夫が東国へ旅立ち、一年が過ぎようとしていた。

望楼から一人、大宰府の街を見渡し、大海人は磁器に水を注いだ。

大宰府では、去年の十月に帰国した郭務悰の名代《みょうだい》として、蘇我赤兄の権勢が、覆しがたいほど大きくなっていた。三月、最愛の妹の死によって、中大兄が失意の底に沈んだ影響も大きかった。政務に姿を現さなくなった中大兄の代わりに、赤兄と大友が万事進めている。見事な唐言葉を操る赤兄が仲介となり、大友の傍には多くの唐官人が付き従っていた。蘇我家と繫がりの深い新羅官人の姿も多くなった。

二人の主導する政によって、この国はあらゆるところが大きく変わった。

大宰府は、この一年で巨大な街となった。大宰府政庁を中心として四方を城壁で囲み、その内側は左郭と右郭とに分けられている。唐官人の指導下で計画された街には、兵馬の司（役所）や文教の司、医療の司などが次々に設置され、大宰府はいまや飛鳥京以上の機能を持っていた。

「我らは、籠の鳥だな」

北東の丘陵に築かれた大野城《おおの》を見上げ、大海人はぬるい水を飲みほした。

唐による諸城塞の造営は、当初の予定以上の速さで進んでいる。大宰府を監視するように築かれた大野城は九つの城門を持ち、一年間の籠城にも耐えられる粮米《ろうまい》が蓄えられているという。通行を遮断する水城も増築され、大宰府への出入りは、完全に唐官人の監視下にある。

一度、大野城造営の検分に行った大海人は、裸同然で鞭うたれる民を見て絶句した。食事もまともに与えられず、昼夜を問わず泥にまみれている。高笑いする唐官人の中で、一緒になって鞭を手にしていたのは、蘇我赤兄だった。鎌足派の臣も、多くが追放され殺された。

唐への内通者は、赤兄で間違いないだろう。

「赤兄の優秀さが厄介だな」

郭務悰の操り人形である赤兄は、凡庸とは程遠く、大友という王家の力もある。百済の達率たちに日本の冠位を与えるための整備も着々と進み、二十六階に細分された冠位制も遠くない日に制定されそうだった。彼らが高位を占めれば、王家の権威も削がれていくだろう。日本の民の田も次々と奪われ、百済の民に配分されていた。

赤兄の狙いは、自らの権勢を確かなものにして、蘇我一族を政の中枢に返り咲かせることだろう。唐を後ろ盾として、いずれ大友を即位させようと目論んでいる。その時、邪魔な自分や鎌足は殺される。

王位への望みが、日に日に喉の渇きのようになるのを感じていた。

「生きているのだろうな、鎌足」

兄の傍で辣腕《らつわん》を振るい、郭務悰によって東国へ送られた男の名を呟いた。

この一年、鎌足からの連絡は一切ない。飛鳥京からの使者は水城で留められ、大宰府に正確な報せは届きにくくなっているせいもあるだろうが、大海人が放った窺見《うかみ》も、その全てが消息を絶っていた。

百済を滅ぼした唐が次に狙っているのは、韓土の北部に広がる高句麗の大地だ。

かつて、厩戸皇子《うまやどのみこ》（聖徳太子）が使人を送った隋《ずい》の煬帝《ようだい》は高句麗遠征に三度失敗し、国を傾けさせた。中華の国家にとって高句麗討伐は悲願に近いものがあるという。

その情勢を利用する。そう言って鎌足は旅立った。

日本の支援によって高句麗が唐を追い返せば、熊津都督府も日本の支配どころではなくなる。だが、唐の大将軍は英国公《えいこくこう》と言われる名将李勣。率いる兵は三十万。容易な道ではない。不可能とすら思える。だが、鎌足であればという一縷《いちる》の望みを、大海人は信じていた。

「手間取れば、取返しのつかないことになるぞ」

赤兄の優秀さは、鎌足の時を確実に奪っている。羽根を一枚一枚もがれていくような感覚の中、大宰府が俄《にわ》かに喧騒に包まれたのは、九月の初めの頃だった。

対馬の烽火台から、唐船団到着の報せが届いた。

大宰府の唐官人や百済の達率たちは、すでに知っていたのだろう。慌てているのは、大友と赤兄を除く日本の官人だけだ。大宰府政庁に呼び出された大海人を待っていたのは、唐の上柱国《じょうちゅうこく》（唐の勲位の最高階位）を名乗る居丈高な男と、その傍で冷徹な表情を張り付ける郭務悰だった。

中大兄は玉座にひっそりと座り、大友、赤兄の二人も並んでいる。突然の来航の目的は何なのか。赤兄の勝ち誇った笑みが不安を掻き立てた。

「急な来訪、ご容赦いただきたい」

会釈する郭務悰に、大海人は小さく頷いた。

「事前に申されれば、我らも饗を整えさせましたものを」

「長居するつもりはありません。高句麗に騒乱の気配があり、一月ほどで帰ります」

「では、寝所の用意を」

「それも結構。この地は、我らが枕高くして寝ることのできる地とはまだ言えません」

乾いた言葉だった。郭務悰の瞳が、まっすぐ大海人に向けられていた。鎌足の動きが露見しているのかもしれない。大友を見たい衝動を堪え、大海人は腹に力を込めた。

「異なことをおっしゃる。我が国は、貴殿の申しつけ通り、いやそれ以上の動きで城塞を整え、渡来してきた者たちに食住を与えてきました」

「それについては同意します。ここにおられる皇子、蘇我大臣のお力添えが大きいことを、私も存じ上げております。特に、皇子の才幹については、上柱国も称賛されています。才ありながら驕《おご》ることなく、唐の知を自らのものにしようと、唐、百済の者と交わっておられる。まさに王者、かくあるべしと申すべきものです」

居並ぶ廷臣たちが、そう取り決められていたかのように深く首を垂れた。

あからさまな自分への牽制だった。この一年、大海人は赤兄や大友の動きを、何かにつけて邪魔してきた。唐官人にすれば、目の上の瘤《こぶ》のようなものだったのだろう。郭務悰の来訪は、唐に従順な大友を、中大兄の後継として周知することかもしれない。

「私が大宰府に来た目的は三つ。一つは、来年一月、中華の泰山《たいざん》にて封禅の儀（皇帝の即位を天に知らせる儀式）が執り行われます。大唐麾下の諸国にも、参列していただきます。日本からは、守大石《もりのおおいわ》殿を」

大友に仕える老境の男だ。かつて中大兄に謀叛を企てながら、大友の助命によって助かったことから、その忠義は厚い。これで大友派の勢いはますます盛んになる。

「二つ目は、城塞の見分。つい先ごろ完成した長門、大野、基肄《きい》（現在の佐賀県三養基郡）は、見事な出来栄えでした。しかし、その他の城塞について、私の想定よりもいささか遅い」

「諸国の豪族の抵抗もあり、なかなか人手が集まらず」

「鎌足殿ならば、もう少しうまくやると思っていましたが」

感情のない声を発し、郭務悰が東へ視線を送った。

「戸籍《へのふみた》を整えます。大宰府の官人を諸国に送り、男女の別、年齢、位を定めた戸口《ここう》をまとめさせます。さすれば、人手を集めることも容易《たやす》くなるでしょう。租調《たちからみつき》（税として米、特産品を納めること）も正しく徴収できる」

「諸国の者が、大宰府の官人を素直に受け入れるとは思えません」

「皇子の力を天下に知らしめるいい機会です。反抗する者は、皇子率いる軍によって滅ぼされることになります。そのための弓矢も、唐から運んできました」

有無を言わさぬ言葉だった。自分の国が、土足で踏みにじられ、作り変えられていく。はらわたに手を差し込まれ、かき混ぜられているような痛みがあった。

「皇太弟、貴殿にもお願いしたい儀があります。これが三つ目。もっとも重要なことです」

警戒する大海人に、郭務悰が苦笑を向けてきた。

「鎌足殿はこの一年、飛鳥京の傍に城を構え、東国各地の役夫を西国に送りこまれていました。交渉力に長《た》けた鎌足殿だからこそ成せたことでしょうが、東国を発った役夫の十人に二人ほどが、越国《こしのくに》（現在の北陸地方）へと歩を進めている。さて、鎌足殿は彼の地で何をするおつもりなのか」

巧妙に隠されていましたが、と郭務悰が続けた。

「鎌足殿が何か弄するであろうことは予測していました。が、まさか高句麗と結ぼうとする軽挙に出るとは、あまりに愚かだ。我らが高句麗を狙っていることはお伝えしたはずです。これは、明らかな背信です」

「鎌足がさようなことを」

驚いてみせたが、返ってきたのは冷笑だった。

「熊津都督府の兵が高句麗に向かった後、東国で募った兵をもって我らを高句麗と挟撃する。これがなれば、熊津都督府の兵では支えきれぬかもしれない。面白い策だ。越国から船が韓土へ出ていることも確認しています。が、ここまでは私の想定通りです。鎌足殿は、よく働いてくれたとも言えます」

郭務悰が中大兄を一瞥して、大海人に視線を戻した。

「皇太弟。私が貴殿に求めるのは、皇子と共に兵を率い、朝敵中臣鎌足の首級を上げてくることです」

朝廷が騒《ざわ》めくのが分かった。大友の傍に立つ赤兄も、初めて聞いたのだろう。驚愕を隠しきれていない。だが、大友だけは平然と天井を見つめていた。

「皇太弟を総指揮とし、蘇我大臣を軍監として付けます。皇子は遊軍として飛鳥京に赴き、大宰府の方針に抗《あらが》う国造を討伐していただきます」

「大宰府の守りが手薄になります」

「誰が攻めてくるというのですか？」

撥《は》ねつけるように郭務悰が言った。玉座で議論の行方を見下ろす中大兄は、一言も発していない。この場で鎌足助命を言葉にできるのは兄だけだが、中大兄は微動だにしなかった。

「鎌足討伐の軍を率いることについては分かりました。されど、鎌足の傍には歴戦の阿倍比羅夫がついています。二人が大宰府に反旗を翻せば、討つことは容易ではありません」

「長引こうと、構いません」

満足げな表情に、大海人はようやく郭務悰の真意に気づいた。

手足が、凍ったように冷たくなった。

この男は、日本の平和など、はなから興味がない。高句麗遠征中、日本が韓土を踏まないよう、この国が戦乱に包まれれば、それでいいのだ。

幾万の命を、塵芥《じんかい》のように捨てる策だ。

鎌足を大宰府から追放し、高句麗と結ばせる。それは、厄介な鎌足を討つ大義名分となる。だが、鎌足を討つだけでは大乱にはなりえない。ゆえに、郭務悰は諸国の豪族たちが反発するであろう戸籍の作成を言い出したのだ。大友が軍を率いてそれを迫れば、反骨心の旺盛な東国の国造たちは、鎌足らを旗として立ち上がる。一年という時は、中臣鎌足と阿倍比羅夫という文武の象徴を、反王家の旗印として知らしめるには十分なものだったろう。

大宰府はいまや、中大兄を捕らえる堅牢な牢獄だ。大海人や大友が反旗を翻せば、王家は鏖殺される。この国に血風を吹かせることを、一年前の時点で郭務悰は決めていたのだ。

「最初から、これを？」

絞り出すように口にした言葉に、郭務悰が頷いた。

「国を率いるならば、皇太弟、貴殿も覚えておかれると良い。国に助けるべき友はいないのです。あるのは、己が国の栄光のみ。他国の興廃に情けをかけた時、国は滅びます」

お前たちは、滅びよ。そう言われているような気がした。

これで幕だと言わんばかりに、唐の官人たちが郭務悰を包みこんだ。

一人、郭務悰の側近と思しき男が近づいてきた。

「中臣鎌足の所在です」

木簡を握らされた。

感情のないその声は、いつまでも耳に残りそうだった。

五

大宰府から、六千を数える大軍が発した。

その報せに、鎌足は木立の中で星空を仰いだ。

大宰府軍の目的は、鎌足の首を取り、畿内、東国を大宰府の統治下におくこと。率いる将は大海人、大友、そして蘇我赤兄。東国中にその噂が広まる速さは、鎌足の想像以上で、唐側の窺見が動いている気配もあった。

諸国の豪族たちは色めき立ち、各地で失火が相次いでいた。鎌足に蹶起《けっき》を求める者も出てきている。彼らの軽挙を抑えるよう、纏向《まきむく》（現在の奈良県桜井市）から使人を送りだした鎌足は、越国で調練を繰り返していた阿倍比羅夫を、水に囲まれた墳墓に呼び寄せた。

この一年、拠点として使ってきた場所だ。飛鳥京では唐側の監視の目をしばしば感じ、時に鎌足自ら剣を抜く事態になったこともあった。危険を避けるために移ってきたが、人目を避けて韓土の使者と会うことにも役立った。

夜明け前、鎧に身を包んだ比羅夫が墳墓へと渡る橋梁の上に姿を現した。

「中臣様、大宰府が動きましたか」

「私とお主の首を狙っている」

首筋に手を当てて言うと、比羅夫が髭を震わせるように笑った。強がりと分かる。日本最強と謳われる武人も、白村江で無残に負けた記憶を、いまだ拭えてはいない。

比羅夫が笑みを引っ込め、大きく息を吐きだした。

「待っていたものがようやく来ましたな」

鎌足は、小さく頷いた。

一年前、鎌足は、勝者として日本の地に降り立った郭務悰になりきろうとした。戦の勝者が何を考え、敗れた国に何を求めるのか。何をもたらすのかを。

そうして辿り着いた答えに、暗闇でうなだれた。

この国に大乱を起こす。鎌足に見えたものは、血で血を洗うこの国の動乱だった。

郭務悰にとっては、唐が高句麗を滅ぼす間、日本が韓土に介入できないようにすればそれでいい。人の命を考えなければ、大乱を起こすことは支配よりもずっと容易《たやす》く、敗者の命を虫けら程度と思えば、苦も無く決断できるだろう。

自分でもそうするだろうな、という虚しさがあった。人は、己が可愛いのだ。ゆえに、己を守ろうと他者を踏み台にする。直接踏みつければ見た目が悪くなるからこそ、布で覆う。そうすれば、もはや他者は声を上げない物でしかない。

日本騒乱の間に、熊津都督府に駐留する唐軍、そして新羅軍が北上し高句麗に侵攻することが、郭務悰の狙いだ。

「高句麗の使者が、もうじき来るぞ」

比羅夫が笑みを収めた。

「それでは」

頷き、鎌足は眩しすぎる朝陽に視線を向けた。

「比羅夫、東国、畿内各地の国造へ伝令を出せ。徹底的に戦う」

熊津都督府の守備を手薄にすることが、この策の要《かなめ》だった。

「大友皇子は、本気で我らを殺しに来るだろうな」

「虫も殺せぬ穏やかな皇子でしたが」

「だからこそだ。皇子は泰平を愛しておられる。我らがいなければ、この国は平静だったと強く思われている」

「乙巳の動乱の後にお生まれになったのでしたな。あの頃の朝廷は、王が用意した水を飲むこともままなりませんでしたが、皇子にとっては想像もつかぬ話でしょう。王家に仕えて三十年余、蝦夷との戦に明け暮れた私からすれば甘いとも思えます」

平和に慣れすぎていることを、比羅夫は非難しているようだった。首肯しかけ、いやと鎌足は首を左右に振った。

「泰平の王は、かくあるべきだ」

それは、鎌足の本心だった。甘いくらいがちょうどいい。戦など知らぬ方が良いのだ。

だが、四海にあるのは己が国だけではない。日本を虎視眈々と狙う他国がいる。彼らも、本当であれば平和を愛したいはずだ。だが、些細な恐怖や嫉みから相手を滅ぼそうとする。貧富の差を恨み、隣人の富を奪おうとする。願うほどに叶わぬものが、平穏であるのかもしれない。

ただ、それを人の愚かさと切って捨てることは、あまりに虚しいとも思っていた。

「我らの代には無理だとしても、いずれ孫子の代には泰平を摑んでもらいたいものだ」

そのためにはここで勝ち、そして自分と同じ過ちを繰り返さぬ国をつくる必要がある。

「皇太弟と連携することは難しいでしょうか？」

「難しいし、やるべきではないな。皇太弟は監視されているだろう。下手に動けば、戦に紛れて暗殺されることもありうる」

「まさか」

「敗国の王族など、勝者からすれば邪魔なだけだ。皇太弟はこの国に必要なお方。比羅夫、人を遣わして陰から守りせよ」

「小依《おより》を向かわせます」

比羅夫子飼いの青年だった。美濃《みの》に生まれ、その武勇を認めて比羅夫自ら鍛えてきた。今では師を圧倒するほどの武を身に付け、軍の指揮を執らせても抜きんでている。

「小依にはよく言い含めておけ。王家の命《いのち》を、最優先にせよと」

直立した比羅夫の肩を叩き、鎌足は自らの腰に吊るした剣を撫でた。飾りの翡翠《ひすい》が、虚しく光っている。中大兄に敵対する者を、殺し続けてきた刃だ。

かつて蘇我入鹿の背に、振り下ろした。自分の手は汚れきっている。韓土で死んだ四万の兵も、自分が殺したようなものだ。まともな死に方ができるとは思っていない。だが、自分の死はこの国を護るため、その前進の中にあるべきだろう。

それが、殺した者に対してできる唯一のことだった。

大宰府軍が難波《なにわ》（現在の大阪府中央区）に上陸したとの報せを受け、鎌足は二千の兵と共に飛鳥京を脱出した。途中、阿倍比羅夫と別れて、わずかな供回りで諸国の国造を回った。十日後、比羅夫と合流した鎌足は、愛発関《あらちのせき》（現在の福井県敦賀市南部）を封鎖する守兵を蹴散らし、そのまま越国へ入った。

銀嶺を背後に北を見れば、鈍色《にびいろ》の海が広がっている。

「歩くのも一苦労だな」

太ももの高さまで積もる雪に苦笑すると、護るように歩く比羅夫も顔をほころばせた。

「立ち止まれば死。今の我らを表してあまりありますな」

獣の皮に身を包み、鎌足たちは国衙《こくが》（その地方の主要政庁）に急いだ。

国衙攻撃は、奇襲に近かった。雪に閉ざされた冬の越国入りは、普通であれば考えられない。国衙の在庁官人たちも、戦の備えはしておらず、比羅夫率いる精鋭の敵ではなかった。

大宰府軍や郭務悰からすれば、高句麗との挟撃策を見抜かれ慌てて逃げ出したようにも見えているはずだ。十日ほど経って、近隣の掃討を終えた比羅夫が、国衙に戻ってきた。炉の火にあたる比羅夫の肩に、鎌足は獣の皮をかけた。

「大宰府軍は飛鳥京に腰を据え、まずは近隣の豪族を討伐するだろう。比羅夫、お主は愛発関の守りを固めよ」

「雪山越えはしてきませぬか？」

連子窓《れんじまど》の外を見た比羅夫に、鎌足は肩を竦めた。

「寒かったろう」

雪に慣れていない大宰府軍が、無傷で越えられる道ではない。比羅夫も首肯した。

飛鳥京に入った大友は、菟道《うじ》（現在の京都府宇治市）で盛大な閲兵式を行った。

鎌足討伐と、大宰府軍に抵抗する者を九族まで滅ぼすことを高らかに宣言し、難波と飛鳥京の中間地点に城を築き始めたという。

大友の率いる兵は、日ごとに増え続けている。

「蘇我入鹿以来の戦だな」

勝てば国を統《す》べる地位を、敗れれば死だけが待っている。

二十年前、比倫《ひりん》なき文武の天才だった蘇我入鹿は、鎌足にとって命を賭けなければ勝てない相手だった。そして今、自分の命どころか王家の命すら賭けている。

肌のすぐ下で、血がふつふつと滾るようだった。

年が変わり、大宰府軍の築城が大詰めに入った頃、高句麗の使者が大宰府に到着した。使者の高能《こうのう》婁《る》は、越国に到着するはずだったものが、風に流されて那津にたどり着いたと言っている。大宰府に置いてきた窺見からそう報せがあった。

これで、鎌足が高句麗と結んでいたという話の信憑性は増したはずだ。去年の末、熊津都督府へ帰還した郭務悰へ、使者が早速送られたようだが、飛鳥京の大友のもとにも、鎌足討伐を催促する使者が送られた。

「唐の官人は、機を見るに敏だな」

必要に迫られれば、己の責任で決断できる。それは、政をなす者たちの健全さでもある。学ぶべきことだった。大宰府の動きに、鎌足は美濃、伊勢、上野《こうずけ》の国造たちを一斉に蜂起させた。

白村江以前から王家に反抗的であり、自らの富や戸口を取りまとめる戸籍の作成に反対している者たちだ。彼らは、唐を排除するためと鎌足の策に乗った。いずれ、鎌足自身が戸籍を整える時、討たねばならぬ相手でもあり、唐の手によって勢力を削いでおきたかった。

卑怯と指さされようと、王家の望む泰平の世には、必要なことだ。

比羅夫が飛び込んできたのは、睦月《むつき》の十日。髭だらけの顔が、ひきつっていた。

「伊勢が大敗」

戦に勝敗はつきものだ。それだけで、歴戦の比羅夫はこれほどまでに慌てないだろう。俯き、言葉を飲み込んだ比羅夫が、息を吐きだした。

「飛鳥京へ凱旋した皇子と皇太弟が戦となったようです。皇太弟の手兵は少なく、力戦むなしく敗走されました」

耳に入った言葉に、息がつまった。咳き込むと、掌に血が飛び散った。

「中臣様」

「騒ぐでない。いつものことだ。それよりもなぜ、皇太弟が大宰府軍と戦うことになった」

「大宰府軍が、中臣様の家人の処刑に動き、皇太弟がそれを止めようとされました」

「近江に逃した不比等《ふひと》の居所が漏れたか」

飛鳥京を脱出する時、鎌足は鏡王女と子の不比等を、年来の友である近江の小野一族に預けていた。代々、武を極めてきた一族であり、当代の当主も、裏切りなどおよそ似合わない愚直な男だ。

「だが、小野が裏切るとは思えぬ」

「狙われたのは、遣唐使の随員として、長安に遊学されていた真人《まひと》殿です。郭務悰によって、飛鳥京に連れ戻されていたようです」

言葉が出てこなかった。

真人は、鎌足の長子として唐に渡り、長安の慧日道場《えにち》（仏教の四大道場の一つ）で学んでいた。少し考えれば、鎌足の弱点として、郭務悰が見逃すはずもないと思える。血の味を噛み締めた。

言い淀むように、比羅夫が口を開いた。

「中臣様をおびき寄せるため、唐官人は真人殿の処刑を決め、逃げられぬよう屋敷を囲みました。皇太弟は百の舎人とともに、自らその包囲を破ろうとされましたが、衆寡敵せず。戦に加わった小依も、皇太弟をお救いすることで手一杯でした」

衆寡敵せずという言葉が、真人の死を暗に伝えていた。

机の上の水差しを持ち上げ、置く。三度繰り返した時、鎌足は国衙の外に歩き出した。比羅夫が付き従い、熟達の舎人たちが遠く円形に囲みついてくる。

人が一人死んだ。それだけのことだ。韓土では四万の命が消えた。彼らにも親がいて、子がいたはずだ。鎌足は、そう心の中で呟いた。

「皇太弟は、いずこに」

「追手を防ぎながら、なんとか伊勢方面に落ち延びられたとのこと。手傷は負われたようですが、命に別状はなく。小依も傍におります」

「そうか」

荒波の音が聞こえてきた。北の海は、近淡海《ちかつあふみ》（琵琶湖）と比べられないほどに荒れている。波は白く泡立ち、空から降りしきる雹《ひょう》が水面を弾けさせる。

「真人の処刑は、皇太弟の命が狙いだったかもしれぬ」

「皇太弟の？」

「皇子を傀儡にしようとする唐にとって、切れ者の皇太弟は邪魔な存在だったはずだ」

荒唐無稽なことを言っているのは分かっている。真人の処刑を匂わせたとしても、大海人が動くかどうかなど、唐側に分かるはずもない。我が子の死を、自分のせいだと思いたくないだけだった。溢れそうになる涙を、瞼を閉じて堪えた。

「真人は、百済官人の毒によって死んだ。そう触れを出せ」

百済による真人の毒殺は、鎌足が百済を見限り高句麗と手を結ぶ理由となる。使えるものは、我が子の死であろうと使うべきだ。

曇天を見上げた。

この時点で大海人が唐官人と対立することは、鎌足の想定になかった。大友が唐官人の言葉通りに動く以上、大海人が生き延びるためには、大宰府軍へ抵抗する豪族をまとめ上げるしかない。

二人の王位継承者の道が、定まったと言ってもいい。虚脱感が、全身を包んだ。

「比羅夫。伊勢の情勢は？」

「皇子の勢い強く」

「赤兄か？」

「いえ。皇子自身のお力でしょう。自ら軍を率いて敵軍を破る姿に兵は高揚し、常勝無敗の計略は信望を集めています」

幼い頃から文武に秀でていることは知っていた。この国の泰平のために戦うことが、大友の才を完全に開花させたのかもしれない。

「美濃や近江も、じき敗れるか」

「私が行けば変わりましょうが」

「いや、お主には、お主にしかできない役目がある。大宰府軍の攻勢を躱《かわ》すため、諸国に兵を送る。指揮は、皇太弟と小依に任せよう」

諸国の国造たちは、この騒乱を経たのち、大海人へ傾倒していくことになる。唐の傀儡として抑圧しようとする大友と、大友から彼らを守る大海人。平和を願う大友の有能さが、彼の願いを遠ざけていく。次なる大王に殺されるのは、己の役目だったはずだ。

渦巻き始めた思考を止め、鎌足は遠く海の先を見た。こみ上げてきた不快感を抑えることはせず、地面に唾を吐きだした。血が、混じっていた。残された時は少ない。病で死ぬ前に、全てを終わらせるつもりだった。

「比羅夫。その命を、私にくれ」

「もとより」

「永き、任になる。子々孫々に至るまで、いつ終わるとも分からぬ任だ」

比羅夫が目を細めた。

「白村江で一度は死した命です。拾った命は、生まれたこの国を護るために捨てると、もとより覚悟しております」

頷き、鎌足は下腹に力を込めた。

「大乱鎮まりし時、韓土に渡れ」

噛み締めるように、比羅夫が頷いた。

「兵を率い、高句麗を助けよと？」

郭務悰もそう思っているはずだ。

暫く沈黙し、鎌足は呼吸を整えた。

「韓土を巡る高句麗、新羅、唐の戦は、この先も続いてゆく。比羅夫よ。韓土の戦火を、激しく燃やせ」

「日本を狙う熊津都督府の兵を、摩耗させるのですな」

頷いた鎌足に、比羅夫の瞳が鋭く光った。

「皇子に軍を率いさせ、日本が内乱状態になるよう仕向けたのは、もしや熊津都督府が動きやすくするためですか？」

「反乱軍は、私が率いるつもりだったのだがな」

王家に背く者たちをまとめ上げ、いずれ鎌足は自ら敗れ、死ぬつもりだった。

諸国の民が死ぬことでしか、この国を唐の支配から救う道は見つけられなかった。国を取り戻すため、これが、敗者が流さなければならない血なのだと、自分に言い聞かせてきた。民は、何も知らずに死んでいく。無知のまま、戦を起こした鎌足自身の咎だ。

「流れる血の量を気にはせぬ。この国を護ると誓った時に、そう決めた」

押し付けた剣を、比羅夫が受け取った。翡翠の飾りが、昏く光った。

「皇太弟が後ろ盾となり、韓土を助けてゆく」

「皇子ではないのですね」

比羅夫は、この先の日本で起きる王家の争乱を理解したようだった。

唐を追い返すことに成功すれば、中大兄が死んだ後、大友と大海人の間で王位をめぐる戦が起きるだろう。諸国の豪族に恨みを買う大友では、大海人に勝つことはできない。大友が死を逃れる方法は、ただ一つ、唐の傀儡として大海人と鎌足を殺すことだ。

「全ては、他国に戦を仕掛け、国内に争乱をもたらした私の責だ。勝ち負けで言えば、負けだろうな。だが、孫子の代まで長引かせはせぬ。同じ過ちも、繰り返させぬ」

無言のまま、比羅夫がこちらを見ている。

「海の外を見続ける者が必要だ。日本の内と外を繋ぐ者が」

「私は外から、というわけですか」

「報われぬ。史《し》にも残らぬ。だが、この国が同じ過ちを繰り返さぬためには、誰かがやらねばならぬ」

「望むところです」

にやりとした比羅夫に、鎌足は頭を下げ、そして西へ身体を向けた。

「いずれ、石見国《いわみのくに》の益田《ますだ》（現在の島根県益田市）に、我が一族の者を遣わす。韓土を窺うことができ、たとえ大宰府や長門を獲られたとしても、益田からならば牽制できよう」

郭務悰をはじめとした唐、百済の官人は、大宰府から飛鳥京までの瀬戸内の道は詳細に見分し、その重要性を知悉《ちしつ》している。だが、石見までは手が回っていない。郭務悰が指定した城塞も、その全てが瀬戸内に集中していた。

「益田は、この国が四海を知り、民を守るための地となる」

舞う雪の先に、希望がある。春の芽吹きを信じ、鎌足は海に背を向けた。

六

大友の勢いは、猛る瀑布のような激しさを帯びていた。

王家に反抗する者たちを根絶やしにする。飛鳥京に入り、激しい怒りを顕わにしてそう宣言した大友の姿を、大海人は思いだしていた。

「昔は、虫も殺せぬ子だったはずだが」

掠れる息を吐きながら、大海人は木立の枝を折らぬよう、静かに森の中を進んだ。

大海人は、二十歳に届かぬ大友の才幹を恐れていた。戦えば常勝。味方には慈悲深く、敵には容赦しない。王の器と称賛され、いまや唐の知識すら吸収して、著しい成長を見せている。

このままでは、自分や鎌足はなすすべなく敗れ、日本が無くなるのではないか。眠れぬ日が続いていた。

伊勢を討った大宰府の軍勢は、返す刀で近江へ侵攻した。鎌足の一族を匿《かくま》っている小野一族を討ち、見せしめとするつもりだったのだろう。小野家の当主は、義理堅いことで名高い男だった。徹底抗戦を決め、三千の兵を集めて陣を構えた。戦況は膠着する。畿内で息を潜める誰もが、そう思ったはずだ。

大友は自ら五百の騎兵を率い、戦場に現れた。

原野、対峙した両軍を眺めた大海人は、六倍もの敵を前に悠然と構える大友を見て、鳥肌が立った。五百の騎兵が、何度も小野の軍を切り裂いた。土煙が立ち昇るたび、兵が死んでいく。勝敗は、半日かからず決まった。千の兵を率いた小依が突撃しなければ、あの場で小野一族は滅びていたはずだ。

近江が平定されると、美濃、山背《やませ》（現在の京都府南部）も瞬く間に平定された。豪族たちの討ち死にの報せが、次々に届いていた。いずれも、大海人と繋がっていた者だ。

戸籍の整備に反抗する国造たちを討つ大友の戦は、鬼気迫るものがあった。いまだ一度も敗れていない。当初、六千の兵で編制されていた大宰府軍も、降した豪族の兵をあわせて一万を超える数になっている。

大海人ら反乱軍の勝機は、高句麗が唐の遠征軍に勝利して初めて生まれる。鎌足の策は、越国に集めた兵で、熊津都督府軍を背後から襲うことにあるはずだ。

「鎌足、急げよ」

鬱蒼と茂る樹海にそう吐き捨て、大海人は不破関《ふわ》（現在の岐阜県不破郡関ケ原）を見下ろした。

大宰府軍に押される国造たちを支援するため、この一年、兵を率いて諸国を転戦してきたが、大友へ降ることを決めた者も増えている。大友には、戦の強さだけではなく、硬軟を使い分ける器用さがあった。降った者を赦し、租調を免除している。白村江以来、その日の食にも困窮する諸国の豪族は、選択の余地がなくなっていた。

雪が溶けた今、唐官人と大友の視線は、鎌足のいる越国に向いている。新たな京として広大な縄張りがなされた大津には、続々と兵が集まり、兵粮も集められていた。少しでも敵を分散させるため、大海人は追討軍を躱しながら伊勢へと向かった。

かなり緻密な窺見の網が張られているようだった。伊勢に姿を現して二日と経たず、鈴鹿関が封鎖され、大津から軍が発せられた。

「手が早いな。小依、鈴鹿関の兵を蹴散らしてまいれ」

兎肉の吸い物を持って現れた小依が、首を左右に振って木の椀を手渡してきた。かすかに甘みがある。飲み干した椀を突き返すと、小依がじろりと椀の縁についた菜を見た。

「私の務めは、皇太弟をお守りすることです」

鉄のような無表情で小依が呟いた。阿倍比羅夫から遣わされた小男は、傍に来て以来ずっと同じ調子だった。小柄だが、剣をとれば並ぶ者がいない。飛鳥京を脱する時も、この男がいなければそこで死んでいたかもしれない。

事態が急変したのは、夏の盛り。青葉の匂いが鼻の奥をつく季節だった。

越国の鎌足から、急を知らせる使人が駆けてきた。日本からの攻撃が無いことを確信した熊津都督府から大軍が北上し、新羅の兵もまた高句麗への侵攻を開始したという。

直後、戦況を告げる唐の使人が、大宰府に到来した。

高句麗の戦況は、最悪だった。最高官として高句麗の政軍両略を担っていた淵蓋蘇文《えんがいそぶん》の死後、三人の息子たちの対立に付け込んだ唐は、李勣を大将軍として遣わし、高句麗の国土を着々と切り取っている。

唐の優勢を伝える使者は、日本が唐に抵抗することの無意味さを説き、中大兄に国内の騒乱を一気に鎮めるよう伝えたという。その言葉通り、大宰府で徴発した西国の兵と、百済兵二千を従え、中大兄は大津へ行軍を始めていた。

「兄上が来る、か」

二歳年上の兄。四十を超えたはずだ。青年時代、まだ中大兄が東宮ではなく、後継者争いの中で、いつ殺されてもおかしくない頃のことだ。日本だけではなく、韓土さえも従え、史上最大の大王になる。それこそが、王位への道だと熱っぽく語っていた。傲岸なまでの兄の自信が、鎌足のたぐいまれな構想を実現させ、中大兄を王へと押し上げた。

兄と鎌足は、車輪のようなものだった。どちらが欠けても、車は前に進まない。

白村江の敗戦以来、かつての覇気や鋭さといったものを兄は急速に失っていった。人が消えれば、人が出てくる。大友の躍動は、兄が輝きを失ったがゆえのものだ。越国に籠る鎌足は、もしかすると大友の器を見誤っているのではないかと思った。

有能な者は、自分に代わる才を持った者が出てくることを恐れる。あえて見ないようにする。そうして、いつの日か無残に殺されるのだ。かつての蘇我入鹿がそうであったように、鎌足もまた現《うつつ》を見失い始めているのではないか。

高句麗の戦況に、鎌足は焦っているはずだ。中大兄が大津に辿り着けば、諸国の豪族たちの反抗も勢いを失う。

「兵を整えろ」

全身を縄で縛られたような感覚の中で、大海人は小依へ戦の備えを命じた。

今、自分にできることは、時を稼ぐことだけだ。兄が辿り着く前に大津を急襲し、大友たちの指揮系統を少しでも削ぐ。

諸国に散っていた腹心の舎人たちが、続々と伊勢に戻ってきた。

「千八百。ここが限界です」

軍の指揮を任せる小依が、そう進言してきた。中大兄の遷座が諸国に知れ渡っている中で、これ以上の兵は集まらない。

沈黙を破ったのは、小依の言葉だった。

「高句麗の戦況は覆るのでしょうか？」

鎌足が、戦況を覆せるほどの策を打てるのかという言葉だった。

「それは俺の知るところではないな」

無責任な、という視線を振り払い、大海人は鼻を鳴らした。

「鎌足が、できると言ったのだ」

「その言葉を信じられると？」

「いいか、小依。人一人ができることなど限られている。幼い頃はな、自分は何でもなせると思っていたが、大きくなるにつれて、できないことの方が多いと知っていく」

「傲岸不遜の皇太弟から、そのようなお言葉が出るとは思いませんでした」

「ふん。俺にそのような言葉が吐けるのはお前だけだな」

「滅相もございません」

小依は相手が貴人であろうと阿《おもね》ることをしない。話していてそれは心地よかった。

「俺にできることなどほとんどない。白村江で敗れ、郭務悰にいいように作り変えられる国を見て、そう悟った。だからこそ、自分にできないことは人を信じ抜くと決めた」

肩から力を抜き、大海人は北の空へ視線を向けた。

「戦については、小依、お前の全てを信じている」

何もかもを一人でやろうとしても上手くはいかない。任せられることは人に任せ、そして信じ抜く。それこそが国を統べる者だと、大海人は己に言い聞かせた。


七月、大津に大友方の兵が続々と集結しているとの報せを受け、大海人は不破関を突破して美濃へ入ることを決めた。千八百を二軍に分け、遊軍を小依に任せ、本隊は大海人自ら率いた。

敵は、不破関の南に布陣――。

窺見の報せを聞き、行軍を速めた。腰を据えて戦えば、数と地の利のある敵が有利になる。森を右手に、藤川を駆けのぼった大海人は、敵の布陣を見た瞬間、剣を抜いた。

「対岸の軍は無視せよ」

正面には不破関の兵が五百ほど。まだ陣地と呼べるほどの備えはできていない。対岸には、大津京から送られてきた二千の兵が柵を構えている。

大海人率いる兵は八百。こちらの数の少なさを見て、対岸の軍が慌てて水に入り込んだ。

刹那、尾を引く無数の音が鳴り響いた。大海人の背後から、森に埋伏《まいふく》していた小依率いる千の兵が、次々に矢を放っていく。敵兵は水に足を取られ、まともに矢を防げていない。すぐに、水が赤く染まった。

川の中で壊滅しつつある友軍に動揺したのか、不破関の兵たちが逃げようとしていた。大海人は、柔らかい砂を蹴り、先頭で敵の中に斬り込んだ。一人、斬り上げ、血が舞った。

「逃げるならば、命は取らぬ」

その叫びが呼び水となり、敵兵が潰走《かいそう》を始めた。

敵の追討はしない。事前に決めていた。北上することが、優先すべきことだった。

伊勢からここまで、三度、大津の兵とぶつかり、死傷者は二十三。驚異的な少なさだが、敵はいずれも戦に不慣れな者たちだった。

不破関を押さえた大海人のもとに届いたのは、血が凍るような報せだった。

鎌足、病――。

病は篤く、立つこともままならない日が続いているという。

すべての策が頓挫しかねない事態だった。

反乱軍は、大海人や阿倍比羅夫の名声ではなく、ひとえに中臣鎌足という天才の名に集っている。鎌足が死ねば、離散する。韓土への遠征などできるはずもない。

「血を吐かれ、床一面が染まるほどだったと言います」

「鎌足の病状は、大津にも知れたな」

夜営の焚火の傍で、額を突き合わせる小依が頷いた。

「越国からの挟撃はないと判断したのでしょう。西国各地で城塞を造営していた唐官人や百済の達率たちが続々と飛鳥京にむけて移動を始めました」

影響はそれだけではなかった。ともに戦っていた豪族たちが次々に離反し、兵を連れて大津に集い始めていた。鎌足が健在であったからこそ、こちらについていた者たちだ。

「王家を大津に閉じ込め、飛鳥京で唐主体の政をなすつもりだろうな」

万が一、北の越国から兵が攻めてきても、大津の王家が盾になる。

「中臣様は越国を動かれるのでしょうか？」

小依の言葉に、大海人は首を振った。

「しばらくは動けまい」

動けるようになるかも分からなかった。大友方には早くも越国遠征の動きが出始めていた。鎌足と大海人。よほどの戦下手でない限り、鎌足から狙う。奇策縦横の鎌足さえ討てれば、残る反乱勢力は熟した柿のように放っておいても落ちていくのだ。

「小依。大津を襲うぞ。今、越国へ向かわせるわけにはいかぬ」

「大津は、虎穴です」

「我らが狙うのは、虎児などよりも、はるかに尊い。虎穴ごときに怯えていられるものか」

「勇ましいお言葉ですが、皇太弟が大津に向かうことは、ただ死にゆくことと同じです。すでに、兵の中からも離反者が出始めています。勇敢さではなく、これは無謀」

口を歪めた小依の肩に、大海人は拳を押しあてた。皇太弟である自分に向かって、ここまで直截《ちょくせつ》にものを言う舎人はいない。

「無謀は承知だ。だがな、この首ひとつで、民が救われるならば安いもの」

「それほどに中臣様を信頼されていると？」

「一度、国を変えた男だ。人は死ぬ。ならば、意味のある死を求めるのが、男だろう。ここで死を賭けて、鎌足の時を稼ぐことは、俺にとって意味のあるものだ」

考え込むように唸った小依が、腕を組んだ。

「それは、国の形のためですか。それとも、民のためですか?」

「民だ。先の世の、民。それを、俺は諦められぬ」

小依が目を細め、ゆっくりと首を垂れた。

顔を上げた小依が、焚火に木をくべた。

「伊勢、近江、美濃からの助力は期待できません。上野もじき、陥落しましょう。我らの味方は越国の兵と、ここにある千八百の兵のみ。大津は幾重にも城壁が巡らされ、半日で一万を超える兵が集結できるようになっています。攻めたとしても、皇子どころか、唐官人にも届きますまい」

淡々と事実だけを羅列していく小依の瞳は、冷たく光っている。

「狙うべきは、薬猟でしょうな」

薬猟となれば、朝廷の高官のほとんどが原野に出てくる。しかし、と小依が続けた。

「たとえ薬猟を狙ったとしても、唐官人や朝廷の高官を討てる成算はありません。敵も兵を十重二十重《とえはたえ》に配置するはずです。そもそも、その時点で、高句麗が滅亡していれば、万策尽き、我らは賊軍として史に汚名を残すだけです」

「賊軍として敗れれば、兵は殺されるな」

「兵を率いる我らは、まともな死に方もできますまい。唐の処刑法は、口にするのも憚《はばか》られるものがあります」

手足を少しずつ切断していき、最後に心臓を貫く刑があるという。背に、冷たい汗が流れた。拳を握りしめ、唇を嚙んだ。

何を怯えることがあるのか。怯えている己が憎らしかった。白村江以来、どれほどの民を自分は死なせたのか。血の味を噛み締め、大海人は頬を吊り上げた。

「来年五月まで、越国は大津京の攻勢に耐えうるか？」

「耐えます。皇太弟が中臣様を信じておられるように、私も阿倍比羅夫を信じております」

戦については、自分を信じると言ったはずだ。小依が挑むような瞳を向けていた。

「我が師であれば、愛発関を砦として大津京の兵を防ぎましょう。我らは、飛驒《ひだ》へ向かう大津京の兵を遮《さえぎ》ります。雪が閉ざすまでの三月、耐えれば首の皮一枚、残りましょう」

耐えたとして、そこに勝機が残っているかも分からない。

だが、鎌足が死ねば、そこですべてが終わる。

「飛驒へ行くぞ」

口にした言葉に、小依が首肯した。

七

千八百のうち、五百が戦で死んだ。

戦を生き延びた者も、三百余が冬を越せなかった。

骸は、飛驒の雪の中に置いてきた。雪が溶ければ、洞穴から出てきた獣の餌となるのだろう。自分も同じようなものだ。国が生きるため、餌としてこうして飛驒の山奥から大津、獣の待ち構える場所に進軍している。

春疾風《はるはやて》が、大海人の背を押しているようだった。

皆、衣服は擦り切れ、元の人相が分からぬほど頬はこけている。自分の姿も同様だろうなと、大海人はひどく臭う革の挂甲に、苦笑した。

十年前、兄と一人の姫を取り合っていた自分が見れば、王家にあるまじき姿だと眉をひそめただろう。あの頃、衣服は常に新しく、甘い香気をまとっていた。泥と汗、そして血の混じった臭いなど、嗅いだこともなかった。

八ヵ月にわたる流浪の戦だった。

率いる兵も千に届かぬまで減った。生き残った者たちも、みな身体のどこかに傷を負っている。すぐ傍で、剣を杖のようにして歩いていた兵が、顔から地面に倒れた。こと切れているのは、確認せずとも分かった。

「いずれ、弔おう」

幾度となく繰り返してきた言葉だ。

斃れた兵の姿は、流れゆく景色の中からすぐに消えた。

先年、大津京から発した軍は、小依の読み通り、愛発関へ北上する軍と、飛騨へと迂回し越国国衙を背後から狙う軍の二手に分かれた。よく戦い抜いたものだと思う。飛騨を行軍する三千の兵へ幾度となく邀撃《ようげき》をくわえ、進軍を止めた。そのたび、舎人たちが死んだ。

愛発関を守る阿倍比羅夫は、さらに過酷だったはずだ。わずか千余りの兵で、五千を超える敵を足止めしていた。冬が到来する前に、大津京の兵が一度退き、雪が溶けた時、猛攻を加えた。三月、愛発関で対峙した両者の戦は、あっさりと決した。

阿倍比羅夫の敗死。骸こそ見つかっていないが、越国の兵は四散し、大津京の軍勢は越国の国衙へとなだれ込んだ。鎌足の消息は分かっていない。

大津京の政を主導しているのは、大友と蘇我赤兄。中大兄は、すでに玉座にいるだけの王となっている。五月の薬猟の前までに、鎌足と大海人を片付けたかったはずだ。

今年の薬猟は、全ての城塞の完成を寿《ことほ》ぐため、全国から唐と百済の官人が大津京に集う。唐の高句麗侵略が、大詰めを迎えていることもあり、祝杯の意味もあるのだろう。すでに高句麗の王都平壌城は唐と新羅の連合軍に包囲され、滅びるのも時間の問題と言われていた。

韓土は完全に唐の支配下となり、西日本も郭務悰の指揮の下で、強力な監視体制が完成した。逆転の目は、もはやない。この先、この国には唐の官人たちが多く送り込まれてくることになる。衣服も唐のものへ変わり、街並みも長安を模したものに変わっていく。

王として、民を守っていくのは、大友だ。

その時、自分の存在はただ無価値だった。勝ち目のない戦。これ以上抗《あらが》ったところで、いたずらに兵を死なせるだけだ。乱が長引けば、唐本国の強大な軍隊が日本に上陸するかもしれない。そうなった時、殺される民の数は数えきれないものになる。

ゆえに、大海人は大津京へ降伏を申し入れた。飛鳥京以来、常に傍にいた小依は、何か言いたそうな顔をして、無言のまま頷いた。

五月五日の薬猟。そこが、大海人の処刑場だった。

薬猟が行われる蒲生野《がもうの》（現在の滋賀県東近江市）には、唐の高官たちが集まっている。自分の死が、唐による日本の平定を告げるものとなる。付き従ってきた兵が、許されることはないだろう。視界に揺れる千の兵たち。だが、それで、この国の痛みは終わる。

白村江から続く死者たちの列は、自分が最後尾に加わることで、ようやく途切れるのだ。

顔を上げ、大海人は左右に現れた兵を見つめた。

草原の中に現れたのは、大津京の煌《きら》びやかな軍列だった。日差しを受けて、彼らの真新しい挂甲は、眩しいほどに輝いている。それが、大海人には滑稽に思えた。戦うことを放棄したがゆえ、汚れていないだけだ。

「泥まみれのお前たちの方が、ずっと輝いている」

呟きが聞こえたのか、轡《くつわ》を並べる小依が背筋をただした。

「胸を張れ。我らは罪人にあらず」

小依の檄に、兵たちが顎を上げた。

構築された方陣は、かなり奥行きがあった。外側には日本の兵が、内側には唐や百済の兵が配置されている。総勢、一万に届くほどの大軍だ。

「小依よ。勝てるか？」

「突破程度は」

「強がりを言う気力は残っておるか」

自然と笑みがこみ上げてきた。

赤、黄、色とりどりの旒旗《りゅうき》が見えてきた。青い空と緑の狭間、風の中に浮かぶ鮮やかな布の下には、黒い挂甲を身に着けた兵が、戟《ほこ》を片手に直立している。鉄の刃が一つ、二つと連なり、無数の輝きがうねりをつくっているようだった。

「三年ぶりだな」

遠く玉座に座る兄は白い礼服を纏い、その肩には日月の金刺繡がある。蘇我宗家との血で血を洗う争い敵だらけだった幼少期から、心を読ませぬよう常に無表情だった。蘇我宗家との血で血を洗う争いを制し、天下をひとつなる国にしようと歩んできた兄だ。

白村江の敗戦は、張り詰めてきた緊張の糸を断ち切るには十分な衝撃だったのだろう。兄が憔悴し始めたのは、その頃からだ。兄を独り、唐官人の監視が厳しい大宰府に残してきたのは、大海人だ。自分がここで処刑されれば、兄はどう思うのだろうか。

俯いていた兄が、ゆっくりと顔を上げた。細い瞳は閉じられている。意志の強さを感じさせる太い眉は、半ば以上が白い。心労をかけた。老いた姿に胸を衝かれた時、兄が閉じていた目を開いた。

兄と、目が合った。

ぶつかった視線に、大海人は思わず息を飲み込んだ。

兄の瞳が、猛々しく燃えている。

久しく見なかったものだ。あれは蘇我入鹿を殺す前夜、身にまとっていた覇気だ。一歩一歩、近づくにつれ大海人は、自分の目に映るものが錯覚ではないと確信した。そこには、どうしようもない悲しみが宿っている。

「止まれ」

唐官人の言葉で、大海人たちは止まった。兵は遥か後方で引き離されている。傍には小依一人のみ。長く仕えてきた舎人たちも、戟を持つ兵に行く手を阻まれていた。

左右に並べられた椅子には、唐官人と思しき者たちが、ずらりと並んでいる。好奇の視線だった。小国の王族が処刑される。この者たちにとって、大海人の死は、見世もの以上の何物でもない。

大友と蘇我赤兄が、中大兄の前で左右に傅《かしず》いている。二人の間を通って、兄が近づいてきた。制止しようとした唐兵を、中大兄が一瞥した。呑まれたように、兵が退いた。

「大海人よ」

兄の声だった。間合いの一歩外、立ち止まった中大兄が、剣を鞘から払った。

「お主の罪はいかなるものだ」

流暢《りゅうちょう》な唐の言葉だった。

左右の官人たちが、耳をそばだてるのが分かった。

「我が罪は、皇子の兵を討ち、この国の動乱を長引かせたことです」

「違う」

撥ねつけるような言葉だった。首を垂れ、大海人は口を開いた。

「朝散大夫の命に背き、百済達率たちの城塞造営を妨げたこと」

「それも違う」

「では、鎌足を討てなかったことでしょうか」

呟いた言葉に、兄の返答はなかった。

誰も動かない。空気が固まったかのようにも感じた。長い沈黙を経て、衣擦れの音が響いた。地面が、わずかに濡れた。二粒の、涙だ。

「白村江での戦の直後、韓土から戻った時のことだ。鎌足は、全てを諦めきれぬ不屈が、お主にあると評した」

「鎌足が……」

「お主の罪は、鎌足の言葉通りの男であったことだ」

あまりにも小さく、あまりにも悲しげな呟きは、日本の言葉で語られた。左右の官人たちが、いぶかしげな表情を向けている。

「大海人。よくぞ、耐えた」

思わず見上げた大海人の視界に、剣を振り上げる兄の姿があった。

「契《ちぎり》の時だ」

殺気を放つ兄の剣が、まっすぐと天を差していた。誰もが息を忘れてその剣を見ている。遠く、木を打ち鳴らす冴えた音が響き始めた。一つ、二つ、それは増えていき、いつしか空気を圧し潰すほどの轟音に変わった。山々から鳴り響き、天地を揺らしている。

何が起きているのだ。慌てているのは、唐と百済の官人たちのみ。中大兄は目を閉ざし、大友や蘇我赤兄も虚空を見上げている。

不意に、音が鳴りやんだ。

いつの間にか、唐官人たちの背後に、見慣れぬ獣の皮を纏った兵たちが並んでいた。大海人の背後にも、二列に並んだ兵が一筋の道を創り出している。

その道の先、一人立つ男の姿に、大海人は鼓動が大きく鳴った。

中臣鎌足。

黒衣を風に流し、紫冠を身に着けている。腰には一振りの剣。誰もが驚愕で目を見開いている。病重く、死んだとも伝えられていた。

　事態を察したのだろう。一人、立ち上がり駆けだそうとした唐官人が、異装の兵に打倒された。百済の兵も、日本の兵が囲んでおり、動くことができていない。

　鎌足が大海人へと視線を向け、微笑んだ。

　そのまま、ゆっくりと歩みを進め、大海人の傍で止まった。

「我が君よ。新羅との約はなりました」

　鎌足の言葉に、唐の官人の顔が青ざめた。

「高句麗は間もなく滅びるでしょう。七百年続いた国の滅びです。唐の損耗も大きく、されど高句麗の全てを殺し尽くすことはできませぬ」

　鎌足が視線を唐の官人たちに流した。その微笑は、あまりにも冷たかった。

「新羅はいずれ、唐が不当に支配する地を取り戻し、韓土を制するでしょう。すでに阿倍比羅夫を金城（新羅の王都）へと送り、契の使人としました。我ら日本は新羅を支援し、この先起きるであろう新羅、高句麗残党による唐への戦を助けてゆきます」

　鎌足の言葉は、すべてが唐のものだった。唐に対する新羅の裏切りを宣言する言葉に、唐官人たちは半信半疑の視線を向けている。だが、鎌足の恐ろしいまでの冷たさが、彼らの口を封じていた。

「これを我が国のゆくべき道と考えます。我が君のお考えは」

　鎌足の問いかけに、中大兄が剣を鞘に納めた。

「余の言葉は、変わらぬ。全て、お主の思うままにせよ」

　鎌足が頷き、大きく手を振り切った。

「この場にいる唐、百済の官人は、その全てを東国に移す。抵抗はされるな。すでに長門、高安、屋嶋、金田の城は、我が手によって落ちた。この国で、お主らの身を安らかしめる地はもはやない」

鎌足の独壇場だった。

騒めきだした唐官人たちが立たされ、追い立てられるように連れ出された。百済の兵も戟を取り上げられ、縄で縛られていく。

蒲生野が落ち着きを取り戻したのは、陽が暮れる頃だった。

中大兄は疲れたようで、一足先に大津京へ戻った。残されたのは、大海人と鎌足の二人だった。暮れなずむ春の陽を見つめ、大海人は何から言葉にすべきか考えた。

「真人に、救われた」

口から出たのは、自分の身を護るため、盾となって死んでいった鎌足の長子の名だった。鎌足が頷き、小さく微笑んだ。目じりにも、頬にも深い皺があることに、初めて気づいた。

「この国を生き永らえさせるため、自らに役を与えて死んでいった。真人も本望でしょう」

「わずかに話しただけだが、深い洞察力と胆力を兼ね備えた若人だった」

「皇太弟にそう言っていただけて、真人も喜んでいましょう」

鎌足が相好を崩した。そこには得体のしれない為政者の表情はなかった。ただ、子を懐かしむ親の顔だ。自らを隠してきた男の心に、初めて触れえたような気がした。

「鎌足、お主はいつから新羅と手を結ぼうとしていた」

大宰府から東国へ追放された時、鎌足は高句麗への調略を言い残していった。その時から考えていたのか。大海人の疑念を見抜いたように、鎌足が頷いた。

「初めからでございます」

「初めからだと?」

「熊津都督府に渡った時、私が手下を残してきたことを、皇太弟もご存じでしょう」

「まさか」

「左様。彼らには、新羅文武王との交渉を命じておりました。文武王は金春秋《きんしゅんじゅう》(新羅中興の祖)の息子であり、その性《さが》は苛烈。高句麗征伐によって唐が疲弊したことで、彼の王の瞳には、韓土統一という野望が映し出されました」

「そこに、兵を率いた阿倍比羅夫を送ったか……」

文武王が唐との戦を決意する様が、まざまざと思い浮かんだ。

なんという男たちだ。郭務悰、中臣鎌足。どこまでも遠くを見渡している。これが、国を率いる者が持つべき視野なのだろう。

「なぜ、黙っていた」

「唐に筒抜けとなり、新羅を滅ぼさせるわけにはいきませんでした。私が大宰府を後にした時、新羅は唐に完全に政を握られておりました。新羅を助け、唐を韓土から追い出すためには、熊津都督府と唐本国の軍を疲弊させる必要がありました」

「俺に隠す理由にはならぬ」

「本来、大宰府に反抗する兵は、私が率いるつもりでした。内乱に敗れ、死ぬならば私と定めていたのです。皇太弟に話せば、自ら反乱軍を率いようとされたでしょう。ゆえに、皇太弟が唐兵を斬り、飛鳥京を脱出された折、焦りました」

「それは」

　言葉が喉に絡みついた。鎌足が首を左右に振った。

「討たれる豪族を救うために、皇太弟が皇子と争うかもしれぬと、予想もしておりました。臣の失敗は、それを防げなかったことでしょう。いや、真人を連れて来た郭務悰の勝ちと言ってもいい。皇子と皇太弟、両輪となってこの国を導く姿を望んでいましたが」

　首を振り、鎌足は遠くの空を見た。

「時を得るため、この国の内乱を利用したのです。全て、大王も承知されていました。皇太弟と、皇子の騒乱になるやもしれぬことも」

「皇子に恨みが集まりかねない策を、兄上がよく許したものだ」

「この国を救うため、そう言い聞かせるように覚悟されました。ただ」

　鎌足の頬に、寂しげな感情が差した。

「この一年、皇子の戦は目を見張るほどのものがありました」

「幾度も死を覚悟した」

「大王の、親心だったのでしょう。ここで、皇子が勝つならば、可愛がってきた我が子を死なせずに済むと。この騒乱で、皇子は諸国の豪族を殺し、彼らから深い恨みをかいました。ひるがえって、皇太弟は彼らを守ろうとし、彼らの信を得た」

　鎌足の言いたいことは分かった。

「大王が薨《こう》じたのち、皇子では諸国の豪族がついて行かぬということであろう」

　鎌足が頷く。

「されど、その全てを説いた私をなじることなく、大王は私の策に首肯されました」

言い淀むように、鎌足が茜色の空を見上げた。

「蘇我赤兄や、皇子もまた同様です」

「なんだと？」

自分の耳を疑った大海人に、鎌足が首を振った。

「赤兄に唐への内通を指示したのは、私です。狷介《けんかい》な男ですが、あの男もまた、この国を思って動いていました」

「赤兄は、お主を恨んでいたはずだ」

「唐もそう思っていたからこそ、油断したのです。皇太弟。目に見えるものだけを信じてはなりませぬ」

鎌足がいきなり咳き込んだ。覆った手の隙間から、血が溢れた。口元を拭い、鎌足が口を開く。止めることはできなかった。

「皇子もまた、全てをご存じでした。唐の支配が上手くいっていると思わせるため、その傀儡となる必要があった皇子には、全てをお話ししました。傀儡の役は、皇太弟の性格では無理だろうと、その役を受けられました」

私を赦さぬと言われて、それでも受けられたと、鎌足が諦観をたたえて言葉にした。

「真人が死んだことを、先ほど謝られました。しかし、自らの先を閉ざし、いずれ皇太弟に討たれると覚悟した皇子に、何を言えましょうか」

「鎌足」

「皇太弟」

大海人の言葉を、鎌足が遮った。

「臣の軽挙によって、国を失いかけました。それを取り戻そうと、この六年間、生きた心地がしませんでした。我が君の命すらその策に利用した。愚かだと、千夜、自らを罵《ののし》りました」

近づいてきた鎌足が、ゆっくりと首を垂れた。

「この国をお守りください。私の無様な敗戦で、学ばれたはずです。無知は罪。わずかな隙も罪。自らの平穏を維持したいのであれば、深く四海を知り、微塵の容赦もなく使えるものすべてを使う必要がある」

鎌足が頭を上げた。

「高句麗を滅ぼした唐は、いずれ新羅によって韓土から追い払われます。新羅をお助けくださいますよう。郭務悰がやがてやってくるでしょうが、手厚く労をねぎらわれてください。弓矢を交わすのではなく、手を取り合うためにいかにすべきか。お考えください」

その瞳に灯っていた火が、徐々に小さくなっていくのが分かった。

「平穏とは、戦にならぬための政の首尾。政を司る者とは、民を護るために戦をするのではなく、戦をせぬために何をすべきかに命を賭ける者です。臣は、遠くない先に病で死にましょう。そののち、この国の舵を取るのは、皇太弟、貴方です」

「お主のような深い見識も、知恵も俺にはない」

「私の失敗を学ばれた。それだけで、私よりも優れた為政者になられる」

哀しげに微笑む鎌足が、ゆっくりと背を向けた。

鎌足が病の床に伏したのは、それからすぐのことだった。自ら立ち上がることもままならず、中大兄や大友も見舞ったようだが、よくなる兆しは見えなかった。大海人も、訪《おとな》うか迷った。だが、もはや鎌足と話すべきことはなかった。鎌足は、大友を赤子の頃から可愛がっていた。目をかけた皇子を殺す者と話しても、鎌足の死期を早めるだけだろうと思った。

鎌足のいなくなったこの国を、深く知る必要がある。敵を知ることと同じくらい、味方を知る必要がある。諸国をめぐり、各地の豪族の男を舎人として麾下に置いた。それが、託された自分の務めだと思った。

それは、十一月の雨の日のことだった。

霹靂《へきれき》の走る空は、天が咆哮しているようにも感じた。人目をはばからず中大兄が泣き、臣として最上位の位と、鎌足だけに許された姓を与えた。

藤原鎌足。

男が産まれた地の名だった。

鎌足への使人は、大海人が務めた。鎌足が特別だと、誰の目にも知れる。骨と皮ばかりとなったその手に、大海人は烏を象《かたど》った翡翠の璽《じ》を握らせた。

「子々孫々に伝えよ。その璽を前にすれば、必ず耳を傾ける」

穏やかな表情で、鎌足が笑った。

鎌足の遺言は、この五年の内乱すべてを闇に葬り去ることだった。国を救った功績はいらない。ただ、自分が失敗したことを史に残し、後の世の教訓としてほしい。

そう言って目を閉じた鎌足の顔には、先の世への祈りだけが滲んでいた。

間章　撃鉄

口をつぐみ、右衛門介は荒い息を吐きだした。

鼓動は、大きく跳ねている。右衛門介を囲む三人は、身じろぎ一つしていない。記紀が伝えることは、いま語ったことのほんの一部、それも脚色された歴史でしかない。三人は、右衛門介の話を信じるべきか、戯言《ざれごと》と切って捨てるか、迷っているようにも見えた。

辰の刻（午前八時）を過ぎたくらいだろう。曇天に隠れ、陽は見えない。

変わらず、空気は冷たかった。

「お前たちは、俺よりもずっと博識だ。松陰に学び、それに飽くことなく諸国の智者から学ぼうとしてきた。だが、お前たちが飛び出した足元にも、知らぬ知が転がっている」

「千年も前の話だろう」

刀をだらりとぶら下げる桂に、右衛門介は呟いた。

「史《し》を伝えるのが、俺の一族の使命だ。時代を創ろうとする者が、道を誤らぬように。中臣鎌足の死後、滅びた高句麗の遺臣を取り込み、新羅は唐を韓土から駆逐した。大陸の脅威が去った日本では、起きるべくして内乱が起きた。白村江の敗戦から続く、国内の歪みを清算するために。日本を、一つに統一するために」

「大友皇子と天武帝（大海人皇子）の壬申《じんしん》の戦か」

「勝敗は、最初から分かりきっていた。史に残るのは、愚かな大友皇子の敗戦。だが、その実は、両者覚悟のうえの戦だった。唐の支配によって分断された国内を統一するためには、唐に与《くみ》した王家の死が必要だった。そこでも、多くの民が死んだ」

国の栄華を求めて海を渡った白村江での敗北は、国内に動乱を起こした。そして、内乱は無数の命が失われ、恨みは長く続く。それを、桂たちは知らねばならなかった。

「お前たちをここに導いた松陰は、お前たちが時代を創ると信じていたのだろう」

その言葉に、桂の刀から殺気が消えた。

話している最中、斬ろうと思えば斬れたはずだ。右衛門介が間合いを制しているとはいえ、桂がその気になれば、難しくはない。

束の間の安堵が、仇《あだ》となった。緊張の糸を切った時、高杉が抜身も見せず懐の銃を抜いた。冷たい銃口をまっすぐ右衛門介へ向けていた。撃鉄は下ろされている。

「撃ち合えば、どちらかが死ぬぞ」

右衛門介の呟きに、視界の片隅にいる高杉が鼻を鳴らし、次の瞬間、銃口を地面に向けた。

「久坂、刀を納めろ」

高杉の言葉に、左側で刀を構えていた久坂が眉間に皺を寄せた。

「何を悠長な。もうじき、藩政府は動き出す。その前に片付けねば、討たれるのは僕たちだ」

冷静さを失っていても、自らの行動を成功に導くための合理的な思考は持ち続ける。久坂の優れた才であり、同時に破滅の道を驀進《ばくしん》する才と、松陰が懸念していたものでもある。

束の間、高杉と久坂が睨みあうような格好になった。

「高杉。昼行燈殿の言葉の何が、お前の心に響いた？」

「響いてはいないが、無知は感じた。久坂よ、敵を知り、己を知れば百戦殆《あやう》からずとも言うだろう」

「当役殿の口が上手いだけやもしれぬ。その後、日本を牛耳った藤原家の史を思えば、中臣鎌足の功績を隠すとは思えない」

苦笑した高杉が肩をすくめ、銃を砂の上に放り出した。

「先生の遺言のようなものだ。洒落のない先生にしては、最期に小洒落たことをしたものだと思わんか、久坂。それに、藩政府を抑える程度、稔磨《としまろ》と九一《くいち》で十分だ」

双璧と呼ばれる高杉と久坂。そこに吉田稔磨と入江九一を加え、松下村塾の四天王と呼ばれている。藩政府への報復に、松陰門下全体が動いていると知れた。

久坂が一度瞑目し、そして刀を鞘に納めた。

「桂、お前はどうする」

問いかけた右衛門介に、桂が刀から静かに手を離した。備前長船の鋭い切っ先が、豆腐に刺さるかのように砂の中に突き立った。

思わず息が漏れた。いつの間にか、背は汗が滴っている。肩で息をして、右衛門介は一歩一歩後ろに下がった。左手の拳銃をちらりと見て、腰に差した。

「国を護るために戦をするのではなく、戦とならぬための備えをすべきだと中臣鎌足は遺した。国が一つにまとまり、世界を知り続けよと。備えがあったからこそ、不意に吹き荒れた残虐な猛威を、この国は打ち払うことができた」

「残虐な猛威?」

いぶかしげな顔をする桂に、右衛門介は頷いた。

戦とならぬための政《まつりごと》をしていても、敵は予想外の場所から現れる。

「蒙古襲来だ」

六百年前に日本を襲った、史上最大の外夷《がいい》。

遥か彼方の草原から現れた蒙古は、東欧から南越（現在のベトナム）に至る世界の過半を支配した。ただ、世界を統べる。たった一人の英雄の悲願のもとに起こされた戦は、平和を願う日本の都合など、全く無視したものだった。

久坂の瞳が燃えた。

「欧米列強の圧力に敗れそうな今と、重ねている者も多くいるだろう。日本は神風に守られた神域。決して敗れることはないと叫ぶ愚か者を、お前たちも知っているはずだ」

「だが、六百年前、日本が彼らに勝利したのは深く敵を知り抜き、恐ろしいまでの覚悟と備えをしたからだ。神風などという神頼みでは決してない」

強大な敵を前にした時、必要なことは神頼みでも自尊心などでもない。

現実を寸分たがわず見つめ、必要な手を打ち続けることだ。そこに感情の入り込む余地はない。松陰の死ごときで、お前たちは道を見失っている場合ではない。

風はひどく寒いはずだが、三人の燃えるような視線によって、右衛門介は冷たさを忘れた。

第二幕

蒙古

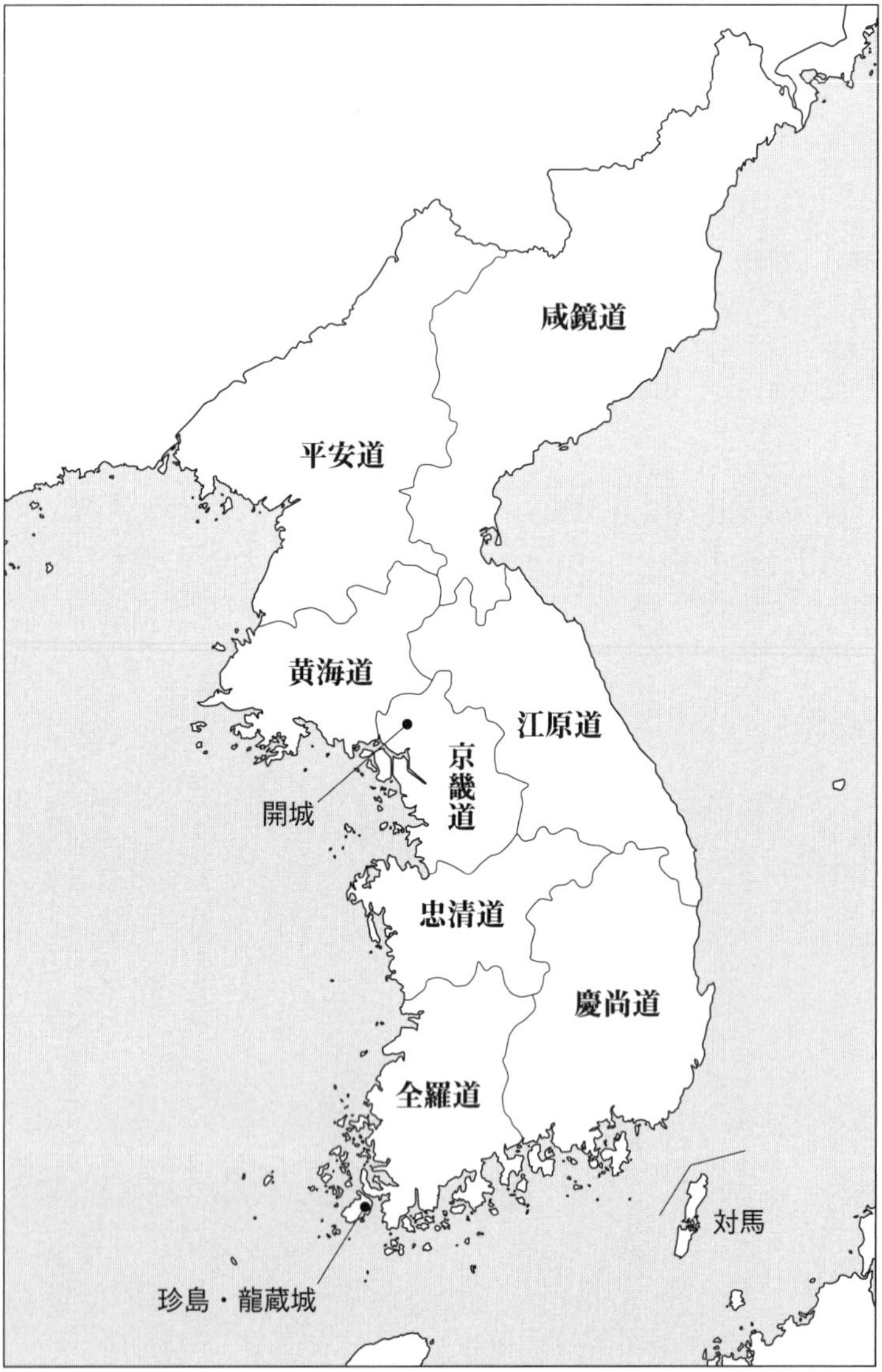

咸鏡道
平安道
黄海道
江原道
京畿道
開城
忠清道
慶尚道
全羅道
対馬
珍島・龍蔵城

一

文永七年（西暦一二七〇年）二月——

丑の刻（午前二時）あたりだろう。

闇に包まれた左右の木立に視線を投げ、益田《ますだ》兼久《かねひさ》は刀の血を払った。

足元には、今しがた殺したばかりの賊が二人。乱れた装束の隙間にのぞく胸は肋《あばら》が浮き出ている。

徒党を組んでいた残りの三人ほどは、すでに逃げ去ったようだ。

「賊すら、飢えているのか」

痩せこけた骸《むくろ》は、野犬が食べる部分も少なそうだった。

闇に紛れるため、黒装束に身を包んでいる。返り血を浴びた袖を、月明かりに照らした。目立たないが、血の匂いは濃い。

虚ろな目で空を見る骸に背を向け、再び、東に延びる道を歩き始めた。

鼓動の高鳴りは、人を斬ったからなのか、それとも、胸にある書状を息苦しく感じているのだろうか。舌打ちし、兼久は刀を背に負った。

幕府の使者が益田に来たのは、兄が暗殺に斃《たお》れた去年の暮れのことだ。

益田を滅ぼすか生かすか、幕府の胸三寸である――。

沼のような瞳でそう告げた使者に、兼久は自ら鎌倉へ向かうことを願い赦された。蒙古という脅威が日本に近づく中、益田を潰すわけにはいかなかった。

海の外の敵から、民を護るべし――。

受け継いだ一族の使命は、当主である兄が死んだ今、兼久の胸の中にある。

「幕府を敵に回すか、それともこの国そのものを敵に回すか……」

容易には決められない選択肢が、両の肩をひどく重くしていた。

「俺にお鉢が回ってくるとはなあ」

再び出かけた舌打ちを堪《こら》え、兼久はため息を吐きだした。

春の気配は飢えた獣だけではなく、野に隠れる凶賊も引き寄せる。海路で行くべきと言う家中の者の言葉を押し切って、陸路を選んだのは兼久自身だ。

この国が護るに値するのかどうか、それを知りたかった。

郷里である石見国《いわみのくに》益田（現在の島根県西部）から若狭まで進み、そこから近江国、伊勢国を経て、駿河国まで旅をしてきた。

駿河国の湊《みなと》では、腰の曲がった翁《おきな》が、商人によって売られていた。

甲斐国では、口減らしのため、谷に突き落とされた童《わらべ》が死にきれず、苦しげに呻《うめ》いていた。楽にしてほしい。泣きながら呟く少女の首は、あまりにも細く、柔らかかった。斬った感触は、いまだ手にこびりついている。

賊に襲われ、亡骸《なきがら》で溢れる村も見た。畦道《あぜみち》に転がっていたのは、まだ歯も生えそろわぬような童のしゃれこうべ。肌の艶が良いのは、武士ばかりだった。

「護る護らぬの前に、この国は自ら滅びそうだな」

そう呟いたのは、東の空が紫色に染まり始めた頃だった。強い輝きを発する星が徐々に薄くなり、空が茜色に変わっていく。頭上には、梅の蕾《つぼみ》が薄紅色に変わりかけていた。

水の音が聞こえた。

木立の中の斜面を滑るように降り、兼久は沢のすぐ傍で火を熾《おこ》した。焚火はすぐに大きくなり、薄ら寒い春の朝を和《やわ》らげる。

追っ手の気配はない。腹をすかせた獣もいそうになかった。焚火の傍で胡坐《あぐら》をかき、うつらうつらとしていた兼久を覚醒させたのは、肌を刺すような気配だった。

不意に、白い狩衣が、枯れた木立の中に浮かび上がる。

編笠で顔を隠し、左腰には無造作に大刀《たち》を差している。挙措はしなやかで、動き一つをとっても熟達の武人であることが伝わってくる。

「これほど近くに寄るまで気づけなかったのは、俺が油断していたからか？」

兼久の呟きに、人影が編笠を右手で上げた。

「貴方のそれは、油断ではなく余裕なのでしょう」

毒のある言葉を向けてきたのは、美しい容姿に朝陽を浴びながら、どこか夜の気配をまとう祇王《ぎおう》だった。意志の強さを感じさせる女の瞳は、やや灰色を帯びている。この国では珍しい色だ。白拍子《しらびょうし》の姿に扮する祇王の姿は冴え冴えしく、兼久に背を向けるように立った。

「その気になれば、御首は数度ならず切り離せましたが」

背後からの呟きに苦笑し、兼久は肩を竦《すく》めた。

「俺を追ってた三隅《みすみ》家の者たちは？」

「今ごろ、天竜川の底で魚の餌でしょう」

やわらかな声の中には、凍えた鋼《はがね》のような芯がある。背中の毛が逆立つようにも感じながら、兼久は頷いた。

「いくばくかの時は稼げたか」

「寸暇でしょう。すでに石見国では、益田から離れて三隅につく者が多く出ています。福屋《ふくや》殿や周布《すふ》殿も三隅のもとに伺候《しこう》したと」

「古狸どもの去就は分かりきったことだったが、兄が殺されてまだ三月。変わり身の早さだけは見上げたものだな」

「周布殿ばかりではなく、兄君の奥方も三隅の若殿と親交を深めているようです」

「あの女狐めも、節操がないな」

「私の手下が、密書を押さえました。我が子が継ぐべき所領を、遊人《あそびびと》と蔑《さげす》まれる兼久殿に奪われることが耐えられぬのでしょう」

義姉の細い目を脳裏に浮かべ、兼久は焚火に枯れ枝を放り込んだ。

「まあ、俺の甥御は英邁《えいまい》だからな」

「お身内を褒める器は素晴らしいと思いますが。遊人が跡継ぎとなることを、石見中がみごとに認めていないようですね」

面白がるでもなく、その声は淡々と事実だけを告げている。

「お前も寝返っていいのだぞ」

「敗れる者に寝返ってどうするのです」

聞こえてきた冷淡な言葉に、兼久は小さく息を吐いた。

この女は、昔から兼久に期待しすぎている。

二年前、高麗の船に乗ってやってきた祇王は、兼久の父に助力を請うた。その時、初めて知らされたことが、かつて海を渡った阿倍比羅夫の話だった。

海の外から日本を護るため、韓土で六百年余続いてきた。そして、現れた蒙古による蹂躙《じゅうりん》が韓土を滅ぼし、やがて日本にも迫ると予見した一族が、祇王を益田に送り出した。その直後、彼らは蒙古の手によって皆殺しになったという。

祇王にとって、蒙古は討つべき仇でもあった。

「俺にそんな器はないぞ。一族の争いにも手を焼いているのだ」

益田家は代々、石見国の押領使《おうりょうし》（軍司令官）を拝する一族だ。

だが、同じ格式を持つ家が他にも二つある。三隅と福屋。もとは京の藤原家に端を発する御神本《みかもと》という家だったが、祖父の代で益田、三隅、福屋という三家に分かれて以来、御神本惣領と押領使の地位を激しく争ってきた。

しばらく落ち着いていたが、去年の暮れ、兄が暗殺されたことで争いが再燃していた。いまや石見国中が、兼久の敵だった。

益田家が支配する益田本郷には、唐街（宋の商人が居住する街）を持つ博多に次いで、大陸との交易が盛んな沖《おき》手湊《てみなと》がある。大陸からもたらされる陶磁が、益田家の力となっていた。これまで、三隅や福屋の頭を押さえてきたのは、沖手湊から得られる莫大な津料によるところが大きい。

「富める者がいれば、それを妬《ねた》むのは当然だろう。手を伸ばせば、その果実が手に入ると思えば、なりふり構うこともせぬ」

「跡を継いだ者が、国中から遊人と蔑まれていたのであればなおさらでしょうね」

「まあ、そうだろうな」

兄は、童の頃から父に厳しく鍛えられ、石見国中にその俊英を知られていた。だからこそ、益田を疎《うと》ましく思う者に狙われたのだ。優しく、人を疑わぬ兄だった。

兼久は日々民と交わり、遊蕩にふけってきた。老臣たちにたしなめられたことも一再ではない。その悪評を知る三隅や、益田家の被官《ひかん》（家臣）たちが、兄が消えれば、莫大な利を得られると考えたのは自然な流れだろう。

益田兼久は、押領使の器にあらず――。

三隅や福屋が、幕府の執権（将軍を補佐する役）を務めてきた北条家にそう訴えることを決めたのは、兄の死の直後だった。

「三隅の阿呆だけであれば容易《たやす》かったのだが」

「新たな幕府の執権殿は、一筋縄ではいかぬお人のようですね」

「どうやら、北条時宗という男は、益田をひどく警戒しているようだ」

「兼久殿を、でしょう」

祇王の言葉は、どこか誇らしげでさえあるように感じた。

陽の下を歩いてきた兄に対して、兼久は陰から益田を守ることを父に命じられてきた。遊蕩を装い、石見国中に根を張り巡らせ、益田に仇《あだ》なす者を人知れず葬ってきた。それは兼久の性《しょう》にもあっていたように思う。民と近しく親しむことは楽しく、砂浜で火を囲み、酒を酌み交わす民を見ることは好きだった。どれほど手を汚しても、自分が彼らの笑顔を守っていると思えた。陰から益田の民を守ることが、己の使命だといつしか思い定めていた。

ゆえに、鎌倉へ向かう三隅の使者を捕らえ、密書を強奪し、偽造することも迷わなかった。

だが、時を置かずして届いた御教書（幕府からの命令書）は、三隅や福屋、そして兄の妻へ所領を分配せよと命じていた。そして、兼久には、即座に鎌倉へ出頭するようにと記されていた。

偽造が露見したのかとも思ったが、それならば追討軍を送りこみ、兼久を討てばいいだけの話だ。何か、大きなものに巻き込まれようとしているのかもしれない。

卑劣な暗殺に斃れた兄の遺言は、益田家の存続を願うものだった。童の頃から、兼久の放蕩を庇《かば》ってくれた兄だ。脳裏に浮かんだ優しげな風貌に、兼久は拳を握った。

「鎌倉と敵対することもありうる。執権殿と対立する者にはあたりをつけておけ」

「すでに京の六波羅《ろくはら》と朝廷には、手下を張りつかせています」

頷いた時、肩にのしかかる重さを感じて苦笑した。

兄が継ぐはずだった一族の使命、そして益田家の存亡がいきなり一身にのしかかってきたのだ。その事実は、気にしないようにしていても、心を蝕《むしば》んでいるようだった。

「そのための、旅だったのでしょう」

兼久の心中を察したかのように、祇王が目を細めた。敵《かな》わないなと呟き、兼久は頷いた。

「祇王、お前は一足先に鎌倉へ入り、警固の穴を探ってくれ」

敵を知らなければ、戦などできはしない。頷きを残した祇王の気配が消えた時、兼久はゆっくりと立ち上がった。

二

海の煌《きら》めきが、眩しかった。

鎌倉の由比ヶ浜《ゆいがはま》は幕府の刑場であると同時に、諸国からの廻船が、大量の物資を吐き出す湊でもある。巨大な堤には、数百にも及ぶ船が互いに縄を繫ぎ、砂浜に立つ兼久が大きく伸びをしている間にも、年貢米を載せた廻船が続々と入ってきていた。

この国の都は京だが、中心は鎌倉だ。

かつて旅の商人に言われた言葉の意味が、分かったような気がした。

浜に立ち並ぶ御庫《みくら》には、北は蝦夷《えぞ》（現在の北海道）、南は西海道《さいかいどう》（現在の九州）からの品が溢れんばかりに集積され、商人たちによって取引されている。材木がうずたかく積まれる区画の隣には、異国の品が集められている。山間《やまあい》の狭く小さな郷《さと》だと思っていたが、驚くほどの巨大さだった。

若宮大路を中心に、左右に広がる鎌倉の街並みは活気に満ち、歩いている者の肩も、心なしか堂々としているように見える。

「坂東の武士は鬼のようだと言う者もいたが。なかなかどうして、小綺麗な者が多い」

大路を歩く武士が身に着ける直垂《ひたたれ》は、七宝《しっぽう》つなぎや青海波《せいがいは》の文様が染め抜かれ、街全体が瀟洒《しょうしゃ》な空気に包まれていた。前浜には板葺《いたぶ》き屋根の竪穴の小屋が広がり、そこを抜けると高床の屋敷が並んでいる。民と御家人《ごけにん》の住み分けなのだろう。整然とした街並みは、鎌倉を新たな都として作り上げた源頼朝の意思が滲んでいる。

囲まれていると感じたのは、鎌倉について二日目の昼すぎだった。

鎌倉へ通じる切通《きりどおし》を抜けた時から、監視の目が一つついていた。昨夜遅く、遠巻きな包囲に変わり、それがあからさまになった。兼久に察せられることを気にもとめていない。いや、威圧することこそが目的かもしれなかった。

「気に食わないな」

相対する者を徹底的に脅し、己の言葉を通そうとする意志が透けて見えた。

材木を集積する御庫の前で腕を組み、腰の曲がった物売りの翁に声をかけた。

「益田からの材木を受け入れてもらいたい」

「いかほど？」

品目の記された証文を渡すと、翁が口をすぼめて値を指で示した。

「先に銅銭を五束もらいたい。残りは預けておこう」

「承知いたしました」

熟練の間者が見たとしても、この皺だらけの老人が、眉目秀麗な女であることには気づかないだろう。祇王の変装は、いつ見ても驚かされる。銅銭を受け取りながら、声を落とした。

「一里先で民に紛れる。囲みに穴を開けられるか？」

「四半刻後に」

ゆったりとした足取りで、前浜に向かって歩いた。

不意に、壮年の男の怒鳴り声が聞こえた。人の往来が多い通りだ。すぐに、喧嘩だという叫び声が響いた。数人がかりで制止する怒号が響き、人の目がそちらに向く。

その隙を衝いて、兼久は身をかがめた。人だかりの中に駆け込むと、兼久を囲んでいた者たちも慌ててついてきた。服を一枚脱ぎ捨てた。顔つきを変え、かがんでいた背を伸ばす。

小路に入り、三度方向を変えた時、ようやく包囲からは抜け出したようだった。振り返ると、腰の曲がった翁が、目にもとまらぬ速さで一人の武士を転ばすのが見えた。

小町亭に辿りついた時、すでに陽は傾き始めていた。

鶴岡八幡宮の東側、柔らかなせせらぎの傍にある小町亭は、この国の政を一手に司《つかさど》る北条得宗家《とくそうけ》の屋敷だ。源頼朝の寵愛を受けた北条義時に端を発する得宗家は、代々執権の地位を独占してきた。

二年前、執権の座に就いた北条時宗は弱冠二十歳。猜疑心《さいぎしん》が強く、何人《なんぴと》にも心を許さないという話は、監視の目を考えてもまことだろう。

門衛に名乗ると、わずかに驚いた表情をして兼久を館の中に導いた。

挨ひとつなく、磨き抜かれた木の床は、鏡のような眩しささえある。

案内する武士は、時宗の従者だろう。腕は立つ。それも、ぞっとするほどの手練《てだ》れだ。庭に植えられた木や草は食用になるもので、広大な館を少し歩いただけでも、小町亭が砦として想定されていることが分かった。

裏切りに怯える権力者の孤独が、そこかしこに漂っているようにも感じた。

主殿には、男が一人、待っていた。

二十畳ほどもある室内は、新しい藺草《いぐさ》の匂いに満ちている。畳が敷き詰められ、茵《しとね》が二つ。藍色の直垂に身を包み瞑目する男が壁を背に座り、もう一つが男の正面に置かれている。

兼久を案内してきた従者が、室内の隅に控えた。

膝行《しっこう》して茵に座った直後、瞑目していた男が瞼を開いた。

「相模守《さがみのかみ》北条時宗である」

こぼれてきた瞳の光に、思わず身構えた。時宗は身じろぎ一つしていない。だが、無数の真剣で斬りつけられたかのようにも思った。鉄のような無表情からは、いかなる感情も読み取れず、眉間の皺は翁のように深い。

「益田兼久にございます」

顔を上げた兼久を、時宗がじっと見つめてきた。真剣で向かいあったかのような気迫が満ちた。束の間睨みあい、時宗が隅に控える従者を一瞥した。

音もなく立ち上がった従者が、二人の前に茶を置き、外に姿を消した。

「恐れながら不用心では？」

「あの者ではお主に勝てぬ。いるだけ無駄だ」

冷淡な言葉だった。

「盾にはなりましょう」

「お主は、私を殺しに来たわけではあるまい」

「幕府を敵に回さねばならぬかもしれぬ。その覚悟はしてまいりました」

兼久の言葉に答えることなく、時宗の瞳がまっすぐ向けられた。

「益田は、優れた草を持っていると聞く」

しばらくの沈黙を破ったのは、時宗だった。

「前浜では、武藤の手の者がいいように踊らされたようだ」

武藤資能《すけよし》のことだろう。藤原秀郷《ひでさと》（平将門を討伐した将軍）の血筋を引く生粋の武門であり、宿老として幕府に仕えている。時宗の執権就任以来、影のように寄り添い、助けているという。

「何のことか分かりませぬ」

「私は無駄が嫌いだ」

時宗が懐から取り出したのは、一通の書簡だった。三隅から鎌倉へ送られ、兼久が途中で偽造したものだ。

「石見国の姿が見えぬ」

「見えぬとは？」

「兼久よ。我ら得宗家は、この国のすみずみまで草の者を忍ばせておる。源氏の血も平家の血も引かぬ得宗家が幕府を率いるためには、御家人たちの弱みを握り、脅すしかない」

「石見国も？」

「見えぬ、と言ったであろう」

時宗の燃えるような瞳が、兼久を見据えていた。

「お主の兄である益田兼長《かねなが》が死に、石見国の内情を探らせた。益田と三隅、福屋。海の守りを固めねばならぬ今、石見の乱れは許されぬ。同族の争いなどもってのほかだ。遊人の噂がまことなれば、兼久、お主を滅ぼさねばならぬと思っておった」

時宗は、海の守りと言った。予感はしていたが、呼び出された理由がこれではっきりした。

「だが、放った草の者のほとんどが、見えぬ壁でもあるかのように、益田の地に入ることすら叶わなかった」

兄の死によって三隅や福屋の手の者が活発に動き始めた時、外からの介入を防ぐため、兼久は祇王を使って国の境を封鎖させていた。兄の敵討ちは、誰の邪魔もさせない。そう考えたが故だったが、時宗の手の者も、そこで阻《はば》まれたのだろう。

「それで私に出頭を命じたのですか」

「俊英の兼長に対して、遊人と噂される弟については驚くほど何も出てこなかった。益田は、古くよりしたたかな一族だ。まことの莫迦《ばか》でないならば、国を統《す》べる我らを欺《あざむ》くほどの男となる。ゆえに、益田が私の役に立つのか見極めようと思った」

「立たねばどうされます」

分かり切ったことを聞くなと言わんばかりに、時宗が書簡を握りつぶした。

「本来であれば、討ち手を送れば済む話だ。石見の乱れなど、幕府の力をもってすれば一夜で終わる。安芸、長門、周防、出雲の兵が四方から雪崩れ込めば、抗《あらが》う術はあるまい」

言葉は淡々としているが、それが冗談でないことは伝わってきた。ここで、この男を斬れるか。端座する時宗を見て、兼久は拳を握った。分の悪い賭けになりそうだった。

「私に何をさせたいのです?」

兼久の言葉を降参と取ったのか、時宗が無表情のまま頷いた。

「幕府に叛《そむ》き、この国から出てゆけ」

「また突拍子もない話です」

「とは思っておるまい。祇王と言ったか。お主が使っておる高麗の女がその証《あかし》だ」

いきなり切り込んできた時宗に、思わず舌打ちした。

兼久については分からなかったなど、よく言ったものだ。祇王の名は、益田でも限られた者しか知らない。家中に、時宗に籠絡《ろうらく》された者がいるのだろう。この男は、祇王と兼久の関係も知ったうえで、兼久が断れないと確信しているようだった。

理詰めで迫れば、全て上手くいくと思っている。それを成すだけの力を持っていることで、時宗の言葉は傲慢さえ感じる。兼久の嫌いな質《たち》だった。

俄《にわ》かに小町亭の庭が雨に濡れた。

霧雨だ。

静寂の中に、時宗と兼久だけが取り残されたようにも感じた。

「蒙古という国を、お主はよく知っているな」

時宗が、庭を一瞥した。

「この国の武士であれば、誰しも一度は耳にしましょう」

「よく、と言ったはずだ」

時宗の言葉が、霧雨の中に消えていく。

蒙古の使者が大宰府に現れたのは、今から二年前、文永五年（西暦一二六八年）の正月のことだ。

降らねば武を用いる――。

そう記された蒙古の王フビライの国書は、当初困惑で迎えられた。

蒙古という国が、中華の宋を侵略していることは知られていた。だが、辺境の騎馬民族という印象しかなく、海を渡って日本を攻めることができるとは誰も考えていなかった。なにより、宋という大国が、いずれ蒙古を駆逐すると、誰もが思っていたのだ。

ゆえに、幕府も朝廷も、フビライの国書を黙殺することを決めた。

だが、幕府の楽観的な期待を裏切るように、蒙古は宋の重要拠点である襄陽《じょうよう》を包囲し、救援に来た十万の宋軍を壊滅させた。大人と赤子の戦いのようだったという。擦り切れた襤褸《ぼろ》を身にまとい、宋から逃れてきた禅僧たちは、口々に蒙古の恐怖を語った。

蒙古は、攻める前に降伏を求める使者を出し、降伏すれば厚遇される。だが、一度敵として干戈《かんか》を交えれば、鏖殺《おうさつ》を成すまで戦を止めることはない。城郭を焼き尽くし、田畑には千年使い物にならぬほどの塩を撒いていく。

蒙古の使者が、再び大宰府に来たのが昨年の暮れのことだ。

時宗の唇が、小さく動いた。

「蒙古は、日本を攻め降したいようだ」

「この国をですか」

「この国を降すことに意味があるのかという顔だな」

「そのような」

「よい。私も同じだ。人の性は荒く、残忍卑怯。奪うことを是とし、暴をもってしか己を主張できぬ武士が国を治め、虐《しいた》げられた民は日々の糧にすら飢えている」

「武士の頂に立つお方の言葉とは思えませぬな。聞く者が聞けば、刀を抜きましょう」

民を蹂躙し、家門を栄えさせる。それだけが武士の習わしだ。そこに民への同情は一切ない。石見から鎌倉までの悲惨な道中を脳裏に浮かべた時、時宗が肩の力を抜いた。

「お主も見たであろう。翁すら人買いによって売られ、無惨に殺されていく光景を」

「甲斐国では、童のしゃれこうべが路傍に連なっておりました」

時宗の顔に、苦々しいものが差した。束の間で、もとの鉄面皮へと戻る。

麻布に入れられた刀を、時宗が兼久の前に置いた。

「蒙古の王の暗殺でも命じるおつもりですか？」

口にしたのは、宋の言葉だ。

「ふむ。お主は戯言も言えるのだな」

答えた時宗は、日本の言葉だった。

「北条の使命は、すべての民を救うことだ」

戯言を言っているようには見えなかった。

「それほどおかしなことではあるまい。武士も等しくこの国の民だ。だがすべての民を救うとなれば、それは朝廷にも、源平の血を引く者たちにも決してできぬことだ」

「……そうでしょうね」

時宗の言葉を、兼久も渋々認めた。

古くからの権門に生まれた者は、弱き民から奪うことを躊躇しない。武士は血を尊《たっと》び、朝廷は王家を至上と考える。この国を治める者たちは、弱き民を自らの踏み台としか思っていない。

権門への挑戦こそが、北条義時に始まる得宗家の史《し》そのものだった。

代々、執権として幕府を動かしてきた北条の家は、武士の尊ぶ血を持たない。ゆえに、力を持たぬ民に寄り添う政に、心を砕いてきた。

叛《そむ》く武士は、源頼朝以来の御家人であろうと徹底的に滅ぼし、王家との戦にも敢然と立ちあがり勝利を手にしてきた。

「兼久。この国の民を守るということは、私が北条の使命を果たすことと同義。そのためには、鬼にも天魔にもなる」

「それが私を国の外に追い出すことだと？」

「益田と三隅、福屋。その跡目争いに敗れ、幕府に追われる身となった賊であれば、蒙古も怪しむまい」

民を思いやる心に嘘はないのだろう。だが、この男はどこか空虚だと思った。

その言葉に理はあれど、情は無い。この男は、それが理だと思えば、平気で裏切るのだろう。自分と似ている。時宗を見て苛立ちを感じるのは、自分もまた同じ類の人間だからだった。この国の民を護るためには、親兄弟でも容赦するなと育てられてきた。

民を救う。時宗の言葉に惹かれている自分が、気に食わなかった。掌で踊らされているような気分が付きまとう。

「他に適した者がいるのでは？」

「手が足りぬ」

にべもない時宗の返事に、兼久は口を開いた。

「六波羅との戦ですか」

「分かっているではないか。蒙古という国難を前に、私を滅ぼそうと、京の六波羅と朝廷が手を結んだ。蒙古と戦になる前に、まずは莫迦どもの牙を砕かねばならん」

「されば、それがしが六波羅につけば、相模守は益田に手を出すことはできますまい」

京の六波羅には、北条時輔《ときすけ》がいる。時宗の兄であり、最大の政敵だ。

時宗は二十歳を越えたばかりで、その執権就任を認めていない者は多い。京の六波羅はその最たる勢力だった。幕府と対立する朝廷も、六波羅を傀儡として鎌倉を滅ぼす意思を持っているともいう。

時宗が頬を崩した。

「それは少し骨が折れる。朝廷、六波羅、そして石見国か。殺すべき数が多すぎる」

浮かんだ凄惨な笑みに、兼久は背筋が凍った。

この男は戯言ではなく、本気で殺すことを考えた。第五代の執権であり名君と称えられた北条時頼が、若い時宗を後継と指名した一端を垣間見た気がした。息を吐きだし、兼久は首を横に振った。

「私は何をすれば？」

口にした高麗の言葉に、時宗が目を細めた。

「高麗へ行け。蒙古との離間の可能性を探れ」

「ただの一人に命じることではありませぬな」

「ただの一人ではない。お主の隠した爪は、蒙古を刺す刀となる。そう思ったがゆえに命じた。でなければ、生きてこの館を出ることもなかったであろう」

冷えた言葉だった。

「鎌倉は、朝廷に負けますまいな」

時宗が朝廷や六波羅との戦に敗れれば、兼久は国に叛いた大罪人として二度と益田の地を踏むことは叶わない。連綿と受け継ぐ益田の使命を絶やすことになる。

肩の力を抜いた時宗が、刀を兼久の方へ押しつけた。

「国宗《くにむね》という刀匠に打たせたものだ」

「相模守殿」

「兼久。私を遮《さえぎ》る者は、一人として許さぬ」

「相模守殿は、兄君を慕っているとも聞きます。周囲に担がれた兄君を討てますか？」

時宗が兄を討てるならば、民を救うという言葉も真《まこと》のものだと思える。

兼久の視線を、時宗は正面から受け止めた。

北条時輔と、北条時宗の兄弟仲は悪くない。時宗を快く思わぬ者たちが、時輔のもとに集っているだけだ。だが、国内を時宗のもとに束ねるというならば、時輔を討つことが不可欠だった。

周囲の者を殺しても、旗印が健在であれば、再び集い始める。それゆえに、古く源頼朝は、自らの弟である義経を殺し、範頼を殺した。

時宗の瞳に、初めて感情が滲んだ。苦しげな光だ。

「童の頃、小さな無花果《いちじく》を分け合った実の兄であろうと、契《ちぎり》を結んだ女子であろうと同じこと。遮るならば滅ぼすまでだ」

そう言うと、時宗は静かに目を閉じた。

「行け。この国に戻った時、益田の惣領はお主だと私が認めよう。出立は武藤と話し合え」

彫像のようになった時宗に背を向けると、部屋の入り口に一人、老人が立っていた。武藤資能。矍《かく》鑠《しゃく》とした気配の中に、抑えきれぬ猛々しさを秘めている。

「お主に囲みを破られた者は、みな十里の早駆けを命じた」

罰じゃと笑う声は、七十を超えているとは思えない張りがあった。

「大宰府の船でお主を追わせる」

頭を下げてすれ違った時、資能がにやりとした。

「相模守は従者を下がらせたであろう。あれはのう、死ぬならば自分一人で良いという意味じゃ。麾《き》下《か》を無駄に死なせることが嫌いなお方じゃ」

人を国の外に追い出すような男がと言いかけ、兼久は首を振った。お前はただの賊であろうと言われそうな気がした。

「優しき男だろう」

肯定も否定もせず、兼久は無言のまま小町亭を出た。


益田へ帰ることはしなかった。三隅の手の者が、どこで待ち伏せしているとも分からない。別路、祇王を益田へ向かわせ、兼久は廻船で瀬戸内を抜けた。

博多で合流してきた祇王は、紺地の目立たない旅装だった。宿の一室、盃を前にくつろいでいる。こうして油断することも、しばらくは無理だろう。

「大宰府を焼くぞ」

祇王の形のいい耳が動いた。

「執権殿はお怒りになられましょうが」

「蒙古や高麗は、戦を続けてきた者たちだ。大宰府の船に追われた程度で騙せるものか」

「執権殿の怒る顔が見たいと、お顔に書かれております」

呆れるように祇王が首を振った。

「鎌倉を本当に敵に回すかもしれませぬ」

激高する時宗や資能の表情を思い浮かべ、兼久は愉快な心地になった。

「構わんさ」

これは備えでもあった。万が一、時宗が国内の政争に敗れた時、幕府の統括する大宰府を攻撃したという事実は、朝廷や六波羅に近づくきっかけとなる。この国の民を守るため、勝利する者に与《くみ》し続けることが益田の使命なのだ。

民を救うなどと青臭いことを口にした時宗が、勝利者となればいいとは思うが、時宗が勝つとも限らない。

祇王が頷いた。

「高麗へ渡る船は、すでに手配しています」

「手回しが良いな」

「兼久殿に言われた通り、材木を扱う商人として話を通してあります。水夫《かこ》は高麗人です」

「もう一艘、用意してもらえるか？」

祇王が首をかしげた。

「用心だ。高麗では、いまだ蒙古と三別抄《さんべつしょう》（蒙古に抵抗する元高麗王朝正規軍）が戦をしている。慶尚道《キョンサンド》（現在の朝鮮半島南東部）を経て、お前は王都に入れ。材木交易を拡大し、高麗王朝と繋がりを作ってもらいたい。俺は全羅道《チョルラド》（現在の朝鮮半島南西部）から高麗に入る」

「全羅道からですか」

兼久の目論《もくろ》見《み》に気づいたのだろう。祇王の顔が青ざめた。

「無謀です。全羅道は、三別抄の根城。捕らわれれば、命はありません」

「蒙古と、蒙古に降った高麗王朝。三別抄は、両者に抵抗する気概ある者たちだ。誼《よしみ》を通じることができれば、我らにとっても大きな利となる」

それにと区切って、兼久は肩を竦めた。

「日本を蒙古の侵略から護るということは、お前の郷里を護るということでもある。手はいくつも打ったほうが良い」

蒙古を防ぐことができるならば、手を結ぶのは、高麗王朝でも三別抄でもどちらでも構わないのだ。

「遊人とは思えぬ、御覚悟です」

「お前のためであれば、命くらい賭けてみても良いさ」

祇王の耳の先が、微かに赤くなったような気もする。

祇王は日本だけではなく、祖国高麗の平穏も背負っている。兄の死によって使命を継いだ自分とは違い、祇王は自らの意思で海を渡ってきたのだ。出会った時から、祇王という綺麗な女に、憧れに似たものを感じていた。

「開城《ケソン》（高麗の王都）での商いが、兼久殿の命綱というわけですね」

暗闇の中で頷き、祇王の身体を抱きしめた。

決行は、風の強い日を選んだ。

銭で雇った二百の賊に、湊の御庫を襲わせた。襲撃を聞きつけた近隣の民が、どさくさに紛れて集まり、御庫の米を持ち出していく。御庫を護る武士は地面に横たわり、血だまりの中にいる。

国宗の血を払って、兼久は御庫から離れた。

大宰府の追討軍は、四百から五百。祇王の報せを受け、兼久は自ら博多の街に火を付けた。昨夜から油を撒いていたこともあり、一気に巨大な炎へと姿を変える。

碁盤の目のような路地には、あちこちに逆茂木《さかもぎ》を設置させていた。行き止まりとなった小路を見て、追討軍が三々五々に分かれていく。

「小勢になったところを襲え」

想像以上に、大宰府の兵は戦下手だ。

苛立ちを感じながら、兼久は二百の賊を指揮した。

大宰府の兵は、武具こそ見事なものを身につけている。だが、一人一人が思いのままに戦うがゆえ、兼久の仕掛けた分断に嵌《はま》り、ろくに食っていない痩せこけた賊に討たれていく。

「もういい。逃げるぞ」

船への退避を命じたのは、雇った賊の数が三十ほどまで減った時だった。百名以上が、兼久の命令を待たずに逃げ出している。兼久は先頭で駆けだした。

「しばらくは異国の食いものか」

船に乗りこみ振り返ると、大宰府兵の土煙が見えた。五百ほどはいる。逃げる者の最後尾が打ち倒された。

次々と捕らわれていく者たちに目を細め、兼久は出帆を命じた。

大宰府の兵が湊にたどり着いた時、すでに兼久の乗る船の帆は、風を目いっぱいに受けていた。矢が空に向かって放たれ、むなしく海に落ちていく。

陸地が水平線に沈んだ頃、兼久は日本に背を向けた。

三

豆粒のような島々が、朝靄《あさもや》の中から滲み出してきた。

夏だが、早朝の海は肌寒い。徐々に近づいてくる高麗の大地を見て、兼久は目を細めた。

博多を出帆した時から、どこか清々《すがすが》しい気分になっている。何者にも縛られていないと感じるからだろうか。大きく伸びをした。

大宰府から全羅道に向かう船は少ない。見渡しても、四艘を数えるほどだ。

「やはり、三別抄の兵を恐れているか」

兼久の呟きに、大宰府で雇った高麗人の水夫が肩をすくめた。

珍島《チンド》を中心として、浮かぶ島の数は多い。肥前（現在の長崎県）の松浦に似ていると思った。松浦の島々には船隠しがあちこちに作られ、国衙《こくが》の追討を逃れた海寇《かいこう》（海賊）が根城にしている。三別抄の兵たちも、この海域を根城にしているという。

「あまり大きな声で言いなさるな。朝の海は、意外に響く」

「聞かれたらまずいのか？」

「自分たちが正しいと思う奴ほど、厄介な相手はおりませんよ」

「含みのある言葉だな」

「高麗は四十年にわたって蒙古の侵攻を受けて来た国ですぜ。王朝は降伏を決めましたが、三別抄の兵士様をはじめとして、降伏を拒む者たちもまだまだ多い」

「とすると、三別抄は救国の英雄だろう？」

　水夫の眉間に、皺が寄った。

「蒙古だけを相手にしてくれりゃあ良いのですがね。食うものに困って、あっしらの船を襲うとなりゃあ、話は別でさ。拒めば皆殺し。救国を旗に掲げているから、なお質が悪い」

「厄介者というわけか。討伐の軍は？」

「船が足りず、蒙古兵も王朝兵も手を焼いているようですな」

　高麗王朝は、十年前に降伏を選んでいた。

　三十年にわたる蒙古の侵攻によって、高麗国土はひどく荒廃したという。塩を撒かれた田畑は使い物にならず、多くの餓死者も出ている。復興しようにも、高麗の若者たちは農奴として北方に連れ去られており、十年経った今でも遅々として進んでいない。

　蒙古に恨みを持ち、徹底抗戦を選んだ者が三別抄だった。その数は二千から三千ほどもいるとされ、全羅道の南に浮かぶ珍島を根城としている。

水夫が唾を水面に吐き捨てた。

「海で奴らに目をつけられれば、高麗の地は踏めません。旦那は倭を追放されて、帰る国がないんだ。気をつけることですな」

水夫たちが殺気立ったのは、昼餉《ひるげ》を取った直後のことだった。

群島の島影に入り、四方から視界が遮られている。船倉で心地よい眠気に揺られていた兼久も、国宗を摑んで船上に出た。

「旦那、朝の悪い冗談が聞かれていたかもしれません」

水夫の左手には肉厚の大刀が握られている。

兼久を売って自分たちが助かるとなれば、躊躇なく差し出すだろう。水夫の肩越しに、八艘の軽疾《けいしつ》舟《しゅう》が見えた。朱雀《すざく》を象《かたど》った旗が二つ、荒い潮風にたなびいている。

三別抄の象徴だ。

王朝の旗印でもあり、自分たちこそが正義と主張しているようにも見える。

「捕まればどうなる」

「死ぬまで働かされるか、矢の盾にされるか。旦那は弱そうだし、魚の餌ですかな」

「笑えぬ冗談だな」

苦笑した兼久に、水夫が怯えた表情で顔を背けた。

船そのものはこちらの方が大きい。だが、近海では、小回りの利く小舟の方が有利だ。水夫たちも多少の心得があるとはいえ、蒙古との戦を生き延びてきた手練れには敵わないだろう。

叫び声が聞こえた。高麗の言葉だ。水夫が強張《こわば》った表情で振り返ってきた。

「船を検《あらた》めさせよと」

「荷を奪うつもりではないのかな」

「それは、あっしらを皆殺しにした後の話でしょうな」

呆れるような水夫の言葉に納得し、兼久は国宗を腰に差した。

緊迫した空気が漂う中、水夫が三別抄の兵と言葉を交わしている。抵抗しないと決めたようだった。

二十人ほどの兵が両舷から乗り込んできた。傷のある者が多い。中には、明らかに拷問の痕を残している者もいた。

勝ち目はない。そう判断し、兼久は国宗の柄から手を離した。海に飛び込んでも槍で突かれて死ぬだけだ。

兼久を見て、三別抄の兵が殺気立った。水夫の顔が強張り、首を左右に振る。

「旦那を幕府から蒙古への使者ではないかと疑っています」

「俺はその幕府から領土を取り上げられ、国を追われたのだぞ」

割り込むようにして、三別抄の兵の前に出た。

「俺は材木を扱う商人だ。船倉を確かめてもらえば分かる」

「材木だと？」

三別抄の将帥だろう。龍髯《りゅうぜん》を蓄え、緋色の綿襖甲《めんおうこう》（布製の鎧）を身に着ける男がいきなり剣を抜いた。

剣の切っ先が、兼久の首筋に触れた。

「倭の者は、全て捕らえるよう指示が出ている」

「無茶を言うな。俺は一介の商人だ」

「証明するものはあるまい」

「船倉を検分してくれれば分かる。俺は高麗の王朝と取引に来ただけだ」

「なおさら、許容できんな」

龍髯が風に揺れ、男の瞳が吊り上がった。

「我らは国を取り戻すために戦っている。蒙古には、倭と手を結び、我らを挟撃しようとする動きもある。お主が、商人を騙《かた》った使者でないとは言えまい」

「戯言を言うな」

国宗の柄に手をかけると、男が激昂した。

「何が戯言か。高麗が滅べば、次はお主の国だ。己の国を護るため、我らに協力するのは当然であろうが」

いつの間にか、短剣を構える三別抄の兵で囲まれていた。

二十人の包囲を脱出するのは、まず無理だ。背後にいたはずの水夫も下がり、固唾《かたず》を吞んで見守っている。

「抵抗するならば、命を保証できん」

「理不尽な命令が俺は大嫌いなんだよ。ゆえに国も捨てた」

腰を落とし、間合いを測る。

「捕らえよ」

龍髯が動いた瞬間、兼久は刀を捨て、囲む兵たちに向かって駆けだした。誰一人、動揺していない。

前後に広がって兼久を押し包むように動く。

どれほど殴られたか分からない。拳の感覚が消えた頃、遠くで殺すなという声が聞こえた。

潮の匂いが漂っていた。

連行されたのは三別抄が根城とする珍島だった。

島北岸の湊には多数の船が並び、幾重もの防壁を持つ龍蔵城《ヨンジャン》が高麗本土を睨んでいる。丘を囲むように巡らされた城壁は三里（十二キロメートル）を超え、中腹には二十以上の見事な楼閣が並んでいた。

「自分で歩け」

突き出されるように船から降ろされると、多数の兵に囲まれて兼久は歩き出した。雇っていた高麗の水夫も後方に続いている。

慌てれば、命を落とす。己の状況を見誤っても命を落とす。己を殺し、ひたすら置かれた現実を俯《ふ》瞰《かん》し、脱出のためのわずかな糸口を手繰り寄せることが、間者の鉄則だった。

中心部に向かって進むと、兵舎が立ち並ぶ区画が現れた。商館や鍛冶《かじ》まで整っている。虜囚が連れていかれることは珍しくないのか、通りの兵が兼久に興味を示すことはなかった。

刈られたばかりの大麦を運ぶ荷車とすれ違った。奥地には、少ないながら畑があるのかもしれない。

立ち並ぶ兵舎を抜け、水路沿いに連行された先には、見事な石垣が広がっていた。一目で精鋭と分かる兵が周囲を警戒している。四爪の竜が彫られた穹窿《きゅうりゅう》形の門を潜ると、一気に人の気配がなくなった。

「暫く、ここで過ごしてもらう」

龍髯の男が、地下に向かって延びる石段を指さした。降りた先には、吸いこまれるような闇が広がっている。

「こうしている間にも、荷は日本から届いている。儲けをどうしてくれる」

無駄とは分かって口にした言葉に、男が目を見開いた。目を血走らせた男が、不意に顔を背けた。

「お主は、人の肉を食ったことがあるか」

男の口元が、痙攣《けいれん》するように歪んだ。

「食べるものもなく、自らの腕を斬りおとし、子にその肉を食べさせる。蒙古の兵に見つかれば、赤子は足を裂かれ、童は、自らの親を殺せば命だけは助けると言われる。剣を握り、いやだと泣き叫ぶ童。我が子の刃に、みずから向かっていく父や母を、お主は見たことがあるか？」

晴れ渡る空とは、あまりにかけ離れた凄惨な言葉に、兼久は言葉を失った。

「それが戦だ。高麗の民を救うため、蒙古に勝たねばならぬ。悲惨な戦を、お前は倭にもたらしたいのか？」

感情を押し殺したような男の言葉だった。答えられないでいると、男が肩を竦めた。

「案ずるな。我らは日本の幕府に救援を求めることを決めた」

「救援を？」

男が頷く。

「共に蒙古と戦う盟約を結びたい。それが成れば、お主は解放される」

眩暈《めまい》を押し殺すように、兼久はこめかみに手をあてた。この男たちは、幕府の内情を知らないのだろう。内部に騒乱を抱えた幕府には、高麗に兵を出すような余裕はない。兼久一人を送り出すことで精いっぱいなのだ。

捕らえられた倭人は、兼久の他にもいるのかもしれない。幕府との取引で使うつもりなのだろうが、時宗がいかなる返答をするかは火を見るよりも明らかだった。自力で逃げ出す術だけは見つけるべきだと思った。

背を押され、石段を転がるように下った。

鼻を刺すのは土と糞尿の匂い。淀んだ空気の中に、わずかな磯の匂いを嗅いだ時、背後で鉄の扉が閉ざされた。重々しい音が響き、兼久は闇に包まれた。

「まさか地下牢とはな」

自嘲と共に、兼久はむき出しの岩壁に背をもたれかけさせた。

「月明かりの夜といったところか」

天井は高いようだ。室内には兼久しかいない。どうやら海に向かって反《そ》り立つ断崖の中腹にあるらしかった。天井近くに細い穴でもあるのだろう。荒々しい波の音だけが聞こえていた。

国宗は取り上げられ、代わりになるものも無い。

「我ながら、真に迫る偽装だな」

兼久は身に着けた衣服を脱いで裸になった。

高麗王朝や蒙古を攪乱《かくらん》するためには、その中枢に潜り込む必要がある。だが、それは時宗や資能が思うほど容易なことではない。蒙古は、幕府とは比べ物にならないほど、影の戦に長けている。

敵国に無数の間者を放ち、二分させたうえで、初めて大軍を送り込むのが蒙古の得意とする手だ。高麗侵攻戦も、王都と地方軍人の対立を煽り、地方軍人の手引きを受け入れる形で成し遂げている。高麗に潜んでいた間者の数は、千とも万とも言われているのだ。

大宰府を燃やし、その兵に追われた程度で、蒙古が疑いを無くすとは思えなかった。

「三月か、半年か」

もしかすると、もう少し長くなるかもしれない。

「頼むぞ、祇王」

呟くと、脳裏で祇王が笑ったような気がした。立ち上がり、兼久は薄暗い牢の中で構えた。遠祖が狐により伝えられたという和《やわら》は、身一つで多数の敵を制圧するための術だ。

三別抄の軍に捕らわれることまでは、目論見通り。高麗での商いは、祇王が上手くやるはずだ。しばらくは、流れに身を任せるつもりだった。

四

どれほど経っただろうか。壁に刻み付けた目印は、三百を超えているはずだ。

目に滲む汗を拭うと、腰まで伸びた髪が腕にまとわりついた。ぼんやりとした視界をこすり、兼久はゆっくりと上半身を起こした。全身の筋が、悲鳴を上げた。

自分の身体は、後どの程度持つのだろうか。牢に囚われて三百日を超えたあたりから、死の恐怖がまとわりつくようになった。震える手は、乾燥してあちこちが裂けている。骨の浮き出た二の腕は、東海道で殺した賊の姿を思い出させた。

食事は三日に一度。喉の渇きは、沁み込んでくる雨水を牢の窪みに溜めてしのいできた。天井の穴から入り込んできた羽虫も、口にした。毒虫だったのだろう。一度、激しい苦みを感じた直後、身体が痺れて動けなくなった。

幼い頃から、空腹に耐える修行もしていた。飢えや渇きは大した問題ではない。辛いのは、誰とも話すことができない孤独だった。もう十カ月以上、会話をしていない。食事を運んでくる兵も、扉の隙間から兼久を一瞥して去っていく。

「……時宗め」

地下牢に押し込められて三月程度までは平静を保っていられた。だが、半年経ったあたりから不安が夜を苛《さいな》むようになり、身体のあちこちを爪で掻きむしるようになった。不安が収まると、今度は抑えようのない怒りへと変わった。

自分を高麗に追いやった時宗への怒りもそうだが、なにより見通しの甘かった自分自身に対してだ。怒りが収まると、今度は痩せ衰えた身体に、死の恐怖を感じるようになった。

地下牢は思った以上に堅牢で、壁を掘り進めて脱出しようにも岩を削るほどの道具は何もない。石と石をぶつけて砕いてみたが、三百日をかけて一尺ほども掘り進められていない。

脳裏をよぎるのは、祇王の凜とした横顔だった。独り、開城で戦っている。

日本と開城を結ぶ材木交易を大きくし、高麗王朝に裏から近づくことが祇王の役割だった。長く蒙古の侵略を受けた高麗では、森を多く焼き払われ、材木が枯渇している。蒙古による珍島攻略が進まないのも、材木不足による戦船の不足が原因だった。

「……俺も、行かねば」

ふらふらと立ち上がると、兼久は歯を食いしばって暗い壁に向かい合った。

食事を持ってくる兵が来なくなったのは、それから四日後のことだった。いつも三日おきに来ていたが、誰かが地下牢に近づく気配もない。

飢えで殺そうとしているのか。

鈍い頭でそう思った時、腹の底から恐怖がこみ上げてきた。このまま死ぬのか。日本の民を守るなどと大上段に構えながら、何も成せず、虫けらのように死んでいく。頬の引きつりを感じた時、扉の下に散らばる土を口に含んでいた。

盛大に咳き込んだ。

口の中にこもる土の匂いに、胃の中のものを吐き出した。吐き出せるものもなく、唾液だけが地面に落ちた。二日経ち、五日経っても外から誰かが近づいてくる気配はない。わずかな力を振り絞って、兼久は仰向けになった。

外から人の叫び声のようなものが聞こえた。幻聴だろうか。

耳を澄ませて、闇の中の天井を凝視した。

聞こえてくるのは、間違いなく人の声だ。怒号などではない。断末魔の声だ。

岩の天井が小刻みに揺れ、目に見えぬほどの砂が降ってくる。間に合った。涙が溢れそうになった。

助かったわけではない。だが、待ち望んでいたものが、ようやく来た。そう声を上げようとした直後、視界の端が暗く滲んでいき、不意に視界一杯が昏くなった。

次の瞬間、感じたのは冷たい水の感触だった。貪《むさぼ》るように口の周りを舐めまわす。目を開けようと思ったが、あまりに眩しく光に痛みすら感じた。

「生きているか」

聞こえてきた言葉は、日本でも高麗のものでもなく、宋の言葉だった。

「まだ目を開けるな。長く地下牢に入っていたのだろう。目がやられる。おい、こいつの身体を洗って、何か食わせてやれ。終われば洪茶丘《こうさきゅう》殿の幕舎へ連れていけ」

両脇から抱えあげられたようだ。宙に浮くように動かされ、地面に座らされた。水をかけるぞという言葉が終わらないうちに、全身が濡れるのを感じた。

ようやく目が慣れてきた。きつく閉じていた瞼を、恐る恐る開いていく。最初に見えたのは、青空に向かって延びる幾条もの煙だった。風が頬を撫でる。外だ。そう思った瞬間、身体が勝手に動いていた。制止の声が響いたが、逃げる前に地面に衝突した。

「動くな。虜囚の処遇はまだ決まっておらぬ。見たところ、三別抄の連中に殺されそうになっていたのだろう。大人しくしておけ」

囁かれた高麗の言葉に、兼久は自分の迂闊《うかつ》な動きを内心で罵倒した。予期していたものとはいえ、気が動転していたのだろう。土の地面は柔らかく、地下牢の石の床と比べると極楽にも思える。しばらくして、粥を薄めたようなものが運ばれてきた。

「……助かった」

高麗の言葉でそう絞り出すと、器を手渡してきた男が満足げに笑った。その鎧には返り血がついている。

「名を聞いても？」

「曹子一《そうしいっ》。先鋒軍の指揮を執っている」

何が起きたかは、だいたい想像がついた。珍島で、戦が起きたのだ。虜囚が解放されているということは、攻めたのは三別抄と対立する高麗王朝だろう。宋の言葉を喋る兵は、蒙古に投降し、派兵された者たちだろう。

「捕らわれて、どれくらいになる」

「三百を超えて、数えるのを止めた」

兼久のかすれた声に、曹子一が目を見開いた。

「すまなかったな」

人好きのする笑顔で、曹子一がそう言った。恐懼《きょうく》する兼久に微笑み、曹子一は煙を上げ続ける龍蔵城に視線を向けた。

「もう少し早く助けられれば良かったが。一月前、ようやく攻略の見通しがついたのだ」

兵を運ぶ船が揃ったということだろう。祇王が手配した益田の材木も、多くが使われているはずだ。

器の底にのこった粥を一息にかき込んだ。

「美味かっただろう」

「生まれてからこれまでで一番でした」

うなだれるようにそうこぼすと、曹子一がまた笑った。

そのまま龍蔵城を下り、兼久は軽疾舟に乗せられた。漂う杉の匂いは、新造の船だと分かる。もしかすると、益田から運び込まれたものかもしれないと思うと、途端に身体の力が抜けた。

船から砂浜に降り立った瞬間、背筋に鳥肌が立った。日本を出て一年。ようやく、高麗にたどり着いた。自分の使命は始まったばかりだ。砂浜を踏みしめ、一歩ずつ歩いていく。

砂丘を登りきった時、兼久の前には一万人規模の軍勢の円陣が現れた。

見張りの兵が等間隔に直立し、その姿勢は一寸たりとも違わない。厳格な軍律のもとに統率された精鋭であることがうかがえた。静寂の中に、篝火《かがりび》だけが弾《はじ》けている。

円陣の中央までに、四つの木の柵を越えた。

その幕舎は、ひときわ大きく、羊の皮が高く張られていた。ゲルと呼ばれる蒙古の家屋なのだろう。造りは簡単で、一刻程度で組み立て、解体ができるという。

幕舎に入る前に、両腕を背で縛られた。

入り口の木戸を潜ると、正面の祭壇には仏画が祭られていた。机の上には見事な高麗青磁が並び、壁際には蒙古の鎧をまとった高麗の兵が五人。正面の椅子には、二人の男が腰かけている。右側の精悍な男が、この軍の将なのだろう。恰幅のいい体躯と脂ぎった肌は、男の荒々しさを物語っている。高麗人のようだが、甲冑《かっちゅう》は蒙古のものだ。

漢服をまとった左側の男は、ほっそりとした身体つきだ。側仕えの文官だろうか。若くも見えるが、年老いたようにも見える。目が合った瞬間、肌中を針で刺されたかのような緊張が走った。嫌な気配だった。目を離せないでいると、甲冑の男が口を開いた。

「一年近く、牢に捕らわれていたらしいな」

雷のような笑い声だった。

「他の牢にあったのは、お前と同時期に入れられたであろう者の骸だけだ。よくぞ生き延びたものだ」

「壁の水を舐め、入り込んできた羽虫を食べて飢えを凌《しの》ぎました」

話しながら、幾度か言葉につまった。甲冑の男が、微笑んだ。

「ゆっくりでよい。言葉を発するのも久方ぶりであろう。ここにおる趙良弼《ちょうりょうひつ》が、どうしてもというから牢から出てすぐに来てもらったのだ」

「洪茶丘将軍。貴殿の優しさは尊ぶべきことですが、優先すべきは陛下の御心です」

趙良弼と呼ばれた男の言葉に、洪茶丘が鼻を鳴らした。

「言われずとも分かっておる。だがな、趙良弼。お主は一年もの間、地下牢に入れられた経験があるのか？」

「いえ」

それきり口を閉じ、趙良弼がため息をついた。洪茶丘が、胸を一度叩いた。

「着ているものはもはや元の形が分からぬほどだが、その装束は倭のものだ。倭人か？」

隠す意味はない。腹の底に力を籠め、兼久は頷いた。

「益田兼久と申します」

「ほう」

洪茶丘の瞳に、面白がるような光が滲んだ。

「倭人がなぜ三別抄の莫迦どもに捕らえられておった。あやつらは、倭に援兵を乞うておったはずだ。倭人であれば、大切な質《しち》であろう」

「最初は、私を蒙古への使者と疑ったようです」

訝《いぶか》しがるような洪茶丘とは対照的に、趙良弼の表情は微動だにしていない。

「ですが、私は幕府に国を追われ、二度と郷里に戻れぬ身でした。三別抄の将官は、幕府に叛いた私を咎人《とがびと》として送るつもりだったのでしょう」

「倭で何をした」

「幕府に父祖伝来の所領を奪われ、大宰府の街に火を付けました」

「倭の武人は荒々しいと聞いてはおったが、これはまた」

大きく笑った洪茶丘が、手元の器を飲み干した。酒の匂いが、兼久まで届いた。

「それで国を出たか」

「石見は多くの良木を産出します。失ったとはいえ、口利きはいくらでもできます。商人としてこの国で生きていけるかもしれぬと思いました」

「……材木の交易か」

割って入ったのは、趙良弼だった。苛立ちの滲んだ洪茶丘を無視して、趙良弼が頬杖をついた。側仕えというわけではないのか。

「一年前、倭から材木が大量に入り始めた。丁度、お主が三別抄に囚われた頃だ」

趙良弼の瞳に、詰問するような光が滲んだ。

「その頃の高麗は山林の多くが焼かれ、家一つ作るのも難儀しておった。益田よ。お主は、高麗で材木が不足していることを知っておったな？」

「我が郷里は、古くから高麗と船を交わしておりましたゆえ、商いになりそうなものは分かっておりました」

「その読みが、お主を救ったとも言えるのう。倭からの材木が無ければ、珍島攻略はもう一年ほどは延びていたはずだ。お主にとって出来過ぎと思うのは、酷かのう？」

冷ややかな声だった。否定しようとして顔を上げた時、卓を叩いたのは洪茶丘だった。

「あらぬ疑いをかけるでないわ。お主らの用心深さは知っておる。だが、この男を見てみよ。痩せて骨と皮ばかり。同じく牢に入れられた者は死んでおったではないか」

洪茶丘の表情には、同情の色があった。洪茶丘の名は、高麗王朝に恨みを持つ高麗人として、祇王から聞いていた。

その父洪福源《こうふくげん》は、元は高麗の将として蒙古と死闘を繰り返してきた男だった。だが、蒙古の大侵攻を前に、都の防御を優先した王朝は一兵の援軍すら送らず、見捨てられた洪福源は民を守るため、ついに降伏を決めた。

孤軍となっても抵抗し続けた洪福源を、蒙古は称え重用したが、高麗王朝は洪福源の裏切りが国を滅ぼしたのだと強く恨んだという。

その後、蒙古に降伏した高麗王朝は、洪福源を讒訴《ざんそ》し処刑させた。

洪茶丘が立ち上がり、麻袋を目の前に置いた。国宗だった。

「この刀はお主のものであろう。三別抄の将官が身に着けておった」

洪茶丘がすぐ傍で声を落とした。

「案ずるな。疑いはしておらぬ。もしそうであるならば、牢で殺しておる」

言葉を呑み込んだ兼久に、洪茶丘が苦笑した。

「幕府の執権は北条時宗という男だったな。そ奴から三別抄への書簡に、お主の名があった。幕府に背いた愚か者ゆえ、なぶり殺しで構わぬとな」

時宗への怒りが顔に出たのだろう。兼久の表情に満足したように、洪茶丘が趙良弼に向き直った。

「倭に恨みを持つ男だ。趙良弼。この男は、俺が預かる。よいな」

わずかも感情を見せぬ趙良弼が、兼久を見つめてきた。

「蒙古が日本を降さんとしておることは知っておるな」

「国書をたまわったことは存じております」

「私は陛下に日本への使者を願い出て許された。しばらく日本のことを聞かせてもらう。それが済めば、開城に屋敷を与えよう」

趙良弼の瞳は、さざ波すら立っていない。

三別抄へ宛てた時宗の書簡が無ければ、兼久はここで殺されていたかもしれない。時宗であれば状況を読み、そう書簡を送るとは思っていた。

こみ上げてきた恐怖を呑み込み、兼久はゆっくりと首を垂れた。

五

文永八年（西暦一二七一年）の八月——

趙良弼の尋問が終わると、兼久は、三別抄の残党狩りに従軍させられることになった。兼久への疑いが晴れたわけではないのだろう。飯を食う時も、寝る時ですら監視の目を感じていた。

従軍を命じられたのは、兼久の知る龍髯の男の特徴が、三別抄を率いる裴仲孫《はいちゅうそん》と一致したためだ。

一刻も早く祇王と連絡を取りたかったが、今はまだ高麗に馴染むことを優先すべきだった。

「俺は、高麗王朝の人間を信用しておらぬ」

酒を呑めば、洪茶丘はそう声を荒らげる。王朝に裏切られた過去を思えば、自然なことだろう。その恨みは、洪茶丘の武才を磨き上げ、蒙古で確固たる地位を手に入れさせた。

高麗王朝から派遣された嚮導使《きょうどうし》（軍の道先案内人）もいたが、洪茶丘は会うことすら拒絶している。三別抄に同情する彼らが、裴仲孫を逃がすかもしれないと、洪茶丘は考えているようだった。

洪茶丘軍の調練に参加することを頼まれたのは、救い出されて一月経った頃だった。

日が昇りきる前に、木立の中で国宗を振る姿を、洪茶丘が見ていたらしい。倭の武士がどれほどのものか見てみようというつもりもあったのだろう。地下牢から出てすぐは、歩くことも難渋していたが、一月で筋力も少しずつ戻ってきていた。承諾すると、洪茶丘が嬉しそうに笑った。

軍営の馬場で向かい合ったのは、洪茶丘軍の若い将校だった。

「この倭人は、なかなか鋭く剣を遣う。油断するな」

若い将校を叱咤する洪茶丘が、兼久に木刀を投げ渡してきた。正方形に仕切られた柵の周りには、物珍しさからか兵士たちが百人ほど群がっている。野次が聞こえてきた。どの声も兼久をからかうようなものだ。

ゆったりと構える若い男が、兼久の体調を案ずるように首を傾《かし》げた。

「万全の時に戦になるとは限りません」

気を遣わなくていいと言い、兼久は木刀を後ろ手に構えた。

直後、踏み込んだ先で、男の顎を軽く打ち抜いた。何が起きたかも分からなかっただろう。目の前でくずおれる若い将校を抱き留め、兼久は静かに地面に横たわらせた。

一呼吸遅れて、どよめきが起きた。

顔を真っ赤にした洪茶丘が、続けざまに三人を指名した。さすがに油断はしていない。二人目まではなんとか打ち勝った。だが、三人目に出てきた男は、かなりの腕だった。打ち合い、間合いをあけて睨みあう。数度、繰り返した時、洪茶丘の声が響いた。

「それまでにせよ」

騒然とする軍営の様子から、三人目の男が、軍内でも名の通った男であることは伝わってきた。

「日本の武士とやらは、皆お主ほど強いのか？」

洪茶丘の呻くような言葉に、兼久は苦笑した。

「一対一ということであれば、二人目の方程度の腕は、皆が持っているかもしれません。ただ、それだけでしょうね」

「それだけとは？」

「洪茶丘様の軍営に入って、日本の軍は、軍ではないと分かりました。あくまで、武士の戦は個と個の技量を競うものです。大軍となってもそれは同じです」

「集団としての強さはないと？」

頷き、兼久は木刀を柵に立てかけた。

「平地の少ない日本と、大兵力による会戦が主となる大陸の違いなのでしょうね」

武術の技量で言えば、高麗兵も武士もそうは変わらない。

「大軍同士のぶつかり合いで考えれば、日本の武士は高麗兵の敵ではないと思います」

ぎこちなく頷いた洪茶丘が背を向けると、遠巻きにしていた兵たちがすぐに群がってきた。調練が終わり、酒が運び込まれると、兼久を囲んだ宴になった。幕舎から戻ってきた洪茶丘が宴に加わると、顔を赤らめた兵たちが陽気に歌い上げた。それを、洪茶丘はくしゃりと笑って見つめている。洪茶丘軍の陽気な空気は、ひとえに彼自身の人情深い性格ゆえなのだろう。

洪茶丘軍に従軍してしばらく経つと、蒙古と高麗の関係性がよく見えてきた。

高麗内部の対立を、蒙古が上手く操っている。

珍島攻略を担ったのは、蒙古の旗を掲げる八千の洪茶丘軍と、金方慶《きんほうけい》率いる一万の高麗王朝軍の二軍。二軍を従える形で、蒙古の将軍忻都《ヒンドゥ》率いる三千の蒙古騎兵がいた。

洪茶丘と金方慶の軍は、将兵ともに高麗人だが、決して交わろうとしない。

高麗王朝軍にとって、もとは三別抄も正規の精鋭部隊だった。かつての指揮官や部下が互いの幕中に多くいる。だが、洪茶丘にとって王朝軍は、父親を殺した仇だ。

互いを見る目は、敵を見るそれだった。

急報が入ったのは、九月に入ってからだった。

裴仲孫に率いられた三別抄の残党が、沿岸部を東に移動している。全羅道按撫使《あんぶし》（全羅道方面軍の司令官）の報せを受け、洪茶丘は忻都《ヒンドゥ》から蒙古騎兵を借り受けて出陣した。

蒙古騎兵は、恐ろしいほどの速さだった。急報を受けた三刻後には、海を背にした砦に籠る裴仲孫の軍を捕捉していた。敵も斥候を配置していたようだが、蒙古騎兵のあまりの速さに、逃げ出すこともできなかった。

鬨《とき》の声が上がった。

陽が昇った直後、地響きが始まった。砦へと続く坂道に、砂ぼこりが舞う。

一本道を、まっすぐに駆け上っていくのは、選《え》りすぐられた蒙古の騎兵だ。砦から降り注ぐ矢をものともしていない。それどころか、彼らの騎射によって、城壁上の三別抄の兵が次々に射落とされていく。

「これが、大陸を制した蒙古の騎兵か」

高麗軍でさえ精強に見えたが、蒙古軍の動きはさらに上を行く。

逃げ遅れた三別抄の兵が、門の内側に駆け込んだ。その瞬間、蒙古の騎兵が、鉤爪のついた縄を投《とう》擲《てき》した。閉まりかけた門が、激しい音を立てて弾け飛ぶ。騎兵が城門へ殺到した。こうなれば、城内の歩兵になすすべはない。

一人一人が熟達の武人。そのうえ、集団で戦う術に長《た》けている。絵巻物などで知る日本の戦とはまるで違った。もし彼らと戦えば、日本の武士が悠長に名乗りを上げている間に、蒙古の騎兵は戦場を蹂躙するだろう。

想像し、血の気が引いた。大型の船が量産され、蒙古騎兵の大軍が日本に送り込まれれば、日本の武士に勝ち目はない。

「戦をせぬことが最善手であろうが」

蒙古の兵と戦って、北条時宗率いる幕府が勝利する姿が見えなかった。

「俺がなすべきは、むしろ――」

そう呟き、兼久は口から洩れるうめき声に気づいた。

益田家の使命は幕府を守ることではなく、日本の民を守ることだ。高麗と蒙古の戦は、四十年間で数百万に及ぶ死者を出したとされる。だが、その初期に蒙古に降伏し、高麗侵攻に助力した洪茶丘は、自らの所領と民を守り抜いた。

北条時宗が覚悟を決められないならば、誰かが日本の洪茶丘になるべきではないのか――。

陽が沈みかけている。

洪茶丘の兵に守られながら城内に入った兼久が目にしたのは、縄で繋がれた三別抄の兵と、笑いながらその首に剣を振り下ろしていく蒙古兵の姿だった。

血に濡れていない地面を探す方が難しい。首を失った骸が城壁に並べられ、茜色の夕陽を受けていた。その両腕に、歪めた顔を抱えている。

一度、敵となれば蒙古は容赦しない。彼らが日本へ渡れば、どうなるのか。

敵を分断し、国を滅ぼす。それが蒙古のやり口だ。幕府と朝廷、そして北条時宗とその兄北条時輔の対立は周知の事実だ。三別抄の残党が耽羅《たんら》(現在の済州島)に逃げたとはいえ、蒙古を遮るほどの勢力はもはや無い。

夕陽に照らされた首が一つ、ひときわ目立つ台の上に置かれていた。見覚えのある龍髯だった。裴仲孫。一年前、哀しげな瞳で口ずさんだ言葉が、脳裏に浮かんだ。

問いかけるような洪茶丘の表情に、兼久は一つ頷いた。

口が裂けるように笑った洪茶丘が、牛刀をその首につきたてた。天魔のような姿だと思った。普段の陽気な姿とはかけ離れている。戦乱が、この男をどこか歪めた。王族を幾人殺しても、王朝に裏切られ、父を殺された洪茶丘の恨みは消えてはいない。死ぬまで、消えることはないのだろう。

戦は、人を狂わせる。

風が運んできたのは、拭いきれないほどの血の匂いだった。

骨が凍るような寒さだった。

文永八年（西暦一二七一年）の十一月――

開城に屋敷を与えられて二月が経とうとしていた。趙良弼はそのまま大宰府に渡り、兼久を開城まで連れてきたのは洪茶丘の麾下の将帥だった。

屋敷の一室。日本で言えば、厨《くりや》ということになるのだろう。筒状の炉は長く室内の方まで伸び、中を通る煙が部屋の中を温める。竈《かまど》の鍋から湯を汲み、兼久は祇王たちを待たせる部屋へと戻った。

広々とした背の低い机の上には、膨大な書が散らばっている。机を囲むのは、祇王を含めて八人。それぞれが日本との材木交易に携《たずさ》わる開城の商人だ。

三別抄に囚われていた期間の取引を含めて、屋敷には膨大な銀が積み上げられている。日本に比べて、大陸では金の価値が圧倒的に高い。そのため、材木交易で得た銀を日本で金に換え、その金を高麗で銀に換えるだけでも多くの利が出る。祇王を含めた八人が、その全てを差配していた。今では、開城でも最も勢いのある商人となっている。

それぞれの報せを聞き、陽が暮れる頃に解散させた。机の上の書類はそのままにして、兼久は近くの酒楼へ赴いた。蒙古から移住してきた者が開いた店で、ある程度の金を払えば、妓生《ぎせい》（高麗王朝が整えた遊妓）が奥から出てくる。

材木の交易で得た金をばらまくように使い、酒楼を出たのは正子《しょうし》（深夜零時）を越えた頃だった。

乱れた足取りで、屋敷までの道をわざと間違えた。二度、逆方向へと進むと、水の匂いがかすかに漂ってきた。整然とした中心部の街並みとはうって変わり、粗末な木組みの家が立ち並んでいる。蒙古の侵略によって家財を失った者たちが暮らしている地区だ。男の袖を引く女の姿がちらほら見える。

裾を引かれたのは、湖のほとりまで歩いた時だった。からむし織の白紵袍《ペクチョポ》に身を包んでいる女だった。どれほどそれを身に着けているのか分からないほど、擦り切れている。引かれるままに、今にも崩れそうな草廬《そうろ》の中に入った。

「監視は？」

日本の言葉で祇王が囁いてきた。

「二人」

小さく返すと、兼久は祇王を抱きしめ、筵《むしろ》の上に押し倒した。足音を殺した気配が、三度、通り過ぎた。祇王の呆れたような瞳が、目の前にあった。

「鈍っていますね」

「一年、捕らわれていたんだ。感覚も鈍る」

祇王の腕が、背中に回った。その手が、微かに震えていた。

「よくぞご無事で」

開城に戻ってから、二人きりで話す暇もなかった。一年半にわたって、祇王は独り兼久を待っていたのだ。親や兄弟は蒙古に殺し尽くされ、血の繋がった者はどこにもいない。背に感じる震えからは、安堵が伝わってきた。

不意に、地下牢で過ごした一年の記憶が蘇ってきた。飢えと渇きに苦しみ、死んでもいいと何度も思った。だが、踏みとどまることができたのは、祖国を救うため、一人日本に渡ってきた祇王の顔が、脳裏に浮かんだからだった。祖国の民を背負っているのは、自分だけではないと思えた。

暗闇の中、祇王の瞳に涙を感じた時、兼久は柔らかな身体を強く抱きしめていた。

乱れた衣服を整え、茣蓙《ござ》の上で祇王と向かい合ったのは、草廬の周囲から追っ手の気配が消えた頃だった。

「屋敷の書類は、いまごろ見分が終わった頃でしょうね」

荒い息を取り繕うような祇王の言葉が、面はゆかった。

従僕としてつけられた奴婢《ぬひ》は、屋敷内での兼久の行動を逐一、趙良弼に伝えている。兼久を疑っているというよりも、趙良弼は全ての者を信じていないようだった。

「趙良弼のことは測りきれぬな」

「私や貴方と同じ匂いがします」

陰で戦ってきたという意味だろう。それは兼久も感じていたことだった。祇王は趙良弼について調べているが、いまだ大した報せは得られていない。

ゆっくりと息を吐きだして、兼久は気をつけると頷いた。

「相模守から荷が」

背の強張りを感じた。気持ちを落ち着かせるように、兼久は竹筒の水を飲んだ。

祇王が掌に何かを載せた。暗がりの中で目を凝らすと、それは二つの石を繋ぎ合わせた龍の細工だった。意志を固めた、と言ったところだろうか。

「面白くはないな」

そう呟き、兼久は龍の細工を懐に入れた。

「相模守は、覚悟を決めたようだ」

兼久の言葉に、祇王が眉間に皺を寄せた。

開城に辿りついてすぐ、兼久は五通の書簡を日本に送っていた。あて先は懇意にしていた女のもので、石見や肥前、豊後へ届くようになっている。草仮名で書かれたそれらは、一見すれば、女たちに高麗に渡ってくることを求めるものだが、符牒《ふちょう》を知る者がつなげて読めば、別の意味が浮かび上がってくる。時宗への脅迫だった。

六波羅の北条時輔を討ち、それを伏せるべし。蒙古の武威は、武士と比べるべくもなく、決断しなければ、兼久自身が日本の洪茶丘となる——。

蒙古の侵攻は、国内を二分し、片方を引き入れるところから始まる。高麗王朝の敗北も、蒙古が躍進する契機となった金国の滅びも、まったく同じだった。

今、日本では時宗率いる鎌倉幕府が全土の武士を従えている。だが、蒙古から国書が届いたことを契機に、綻《ほころ》びが出始めていた。

苛烈な時宗を排し、六波羅を率いる柔和な時輔へと挿《す》げ替えようという者たちがいる。承久の乱以来、幕府に抑えつけられていた朝廷もまた、国難に自ら対処することによって幕府から力を取り戻そうとしている。六波羅と朝廷が結びつき幕府と争えば、その戦火は日本を瞬く間に覆いつくすだろう。日本の内乱に、蒙古は涎《よだれ》を垂らして手を伸ばしてくる。

内乱の芽を潰すべし——。

龍の細工は、脅しにも近い兼久の覚悟に対する、時宗の返答だった。

「鎌倉で会った時は、青臭いことを言うものだと思ったが」

時宗は、傲岸であり冷徹だ。好きになれそうもない。だが、民を救うと言った言葉は、真のものらしい。時宗が兄を殺す覚悟を決めたならば、兼久もまたそれに応えるつもりだった。

「蒙古が万全を期して海を渡れば、幕府は負ける」

三別抄の残党を、赤子の手をひねるように殺戮した蒙古騎兵を見て、兼久はそう確信した。祇王もまた否定はしない。祇王の郷里もまた、蒙古の騎兵によって滅ぼされていた。

思い出したのだろう。握りしめられた祇王の拳に、兼久は手を重ねた。

「戦を防げぬならば、蒙古の備えが整う前に攻めさせるしか術はない」

こぼした言葉に、祇王が束の間、目を見開き、閉じた。

「私の物心がつくずっと前から、蒙古は高麗の国土を幾度となく侵してきました。土地を奪い、家財を略奪し、抵抗する者は皆、殺された。抵抗しなかった者も、連れ去られ、死ぬまで賦役を課され、もう生きてはいないでしょう」

「語られぬ戦の姿だな」

「父は木に吊るされ、矢の的となって死んでいきました」

戦となれば、同じことが起きると言っている。

史に残る戦は、いつも美しいものだ。琵琶法師の語る源平の戦は、英雄の悲劇と栄光を切々と説き、虐げられた者たちの姿は消えていく。史を残すのは勝者のみ。敗者の塗炭《とたん》の苦しみは、史の陰に消えていくしかない。

敗者の苦しみが消えた世では、勝者が史を高らかに歌い上げ、民に死ねと迫るのだ。

「語られぬからこそ、俺とお前がいる」

六百年も昔から、連綿と続いてきた。日本の民を守るため、海を渡った一族と、益田の地で長く海の外を見続けてきた一族。

一族の使命を果たす時なのだろう。

民を守るため、民を殺す。矛盾を呑み込んだ。日本の民も高麗の民も、その多くが死ぬ。だがその先に、蒙古へ勝利する道が拓かれる。

遥か遠い道のりを心の中で見つめ、兼久は目を閉じた。

六

文永九年（西暦一二七二年）——

大宰府に渡っていた趙良弼が、高麗に戻ってきたのは、正月十三日のことだった。

半年近く大宰府に滞在した使者は、趙良弼が初めてだ。日本を降伏させることに、本気ということなのだろう。合浦《ナッポ》（現在の韓国昌原市）に上陸した趙良弼は、そのまま開城へと向かっているという。

洪茶丘の軍営に呼び出されたのは、十九日の夜更けだった。

「物々しいな」

顔馴染みの兵が、護衛として屋敷まで送られてきていた。高麗内部では、洪茶丘と王朝の対立が激しくなっている。屋敷を囲む洪茶丘兵は、兼久を高麗王朝の刺客から護るためのものでもあった。

「あんたのためじゃないさ。全ては洪茶丘様の日本遠征のためだ」

ぶっきらぼうに口を開いたのは、初めて洪茶丘軍の調練に参加した時、木刀で打ちのめした男だった。それ以来、何かと兼久の身の回りの世話を焼くようになった。

「悪ぶるなよ。女に好かれないぞ」

男の肩を叩くと、舌打ちが聞こえた。

祇王が曳いてきた馬に乗り、馬腹を蹴った。

対立が激しくなったきっかけは、高麗王朝が蒙古の血族となったことだった。

蒙古の王フビライの娘クトゥルク・ケルミシュが、忠烈王の正妻となり、高麗王朝は名実ともに蒙古の藩屏《はんぺい》となった。属国の後宮に王族を送り込むことは、支配の常套手段でもある。

それまで高麗には、高麗王と、蒙古の意を受けた洪茶丘の二人が並び立っていた。だが、王朝と蒙古の結びつきが強くなったことで、両者は蒙古の寵愛を競う立場となったのだ。蒙古には、強くなり過ぎた洪茶丘を牽制する意図もあったかもしれない。

その結果、両者は日本遠征を己の功績とすることを目論み始めた。

高麗王朝にとって、洪茶丘陣営に入り浸る益田兼久という男は、目障りなのだろう。日本を知悉《ちしつ》し、それどころか遠征に不可欠の材木交易の要《かなめ》でもある。

今年に入ってからだけでも、王朝の刺客と思しき者に、二度襲われていた。

開城から南に一里（約四キロメートル）駆けた。

平原に広がる無数の幕舎が見えてきた。円形に広がり、その円陣を包むように篝火が焚かれている。敵襲への備えだ。張り詰めた緊張感は、洪茶丘がここを敵地だと考えている証だった。

両者が組めば蒙古を打ち払えるのではないかと言った兼久に、祇王は誰しもが思っていることだと吐き捨てた。簡単そうなことが、一番難しいのだと。

本陣の幕舎の中では、洪茶丘の赤ら顔がいつにもまして赤くなっていた。

「遅くなりました」

頭を下げ、洪茶丘の右手に据えられた椅子に座った。

「趙良弼が戻った」

前置きも無く、洪茶丘が切り込んできた。

「幕府の北条時宗は、陛下のご厚恩を拒絶したと聞きました」

「愚かな者たちだ。世界に冠する大蒙古の藩屛に加わることができたものを。祖国を捨て、早々に従うことを決めたお主は、倭人の中でも物分かりの良い方のようだな」

「物分かりが良すぎて、追放されたのでしょう」

苦笑を浮かべた兼久に、洪茶丘は笑うでもなく瞳をぎらりと光らせた。

「お前を裏切った祖国に、一矢報いる機だと思わんか？」

いつもより、その声音は低く、だが酔いに呑まれているわけではなさそうだった。不用意な答えはしないほうが良いと思った。

「恨んでおりますが、一介の商人である私に何ができましょうか」

「謙遜はやめよ。お主が並の兵十人でも斃せぬほどの腕を持っていることは分かっておる。調練で、俺の兵を何人営倉送りにした」

言葉を区切り、洪茶丘が空になった杯をじっと眺め、地面に投げ捨てた。

「国から裏切られた気持ちは、裏切られた者にしか分からぬ。立つ地面が、天と入れ替わったかのような恐怖だった。我が父は、高麗の王朝に見殺しにされた」

酒の入った瓢《ひさご》を手に取り、洪茶丘は直接口につけた。

頰髯《ほおひげ》から、濁った酒が垂れてゆく。

「俺は、高麗の王朝が嫌いだ。皆死んでしまえばいい。あの莫迦どもは、失政の責任を地方の軍人や民に押し付け、全てを殺してなかったことにする。俺の父だけではない。多くの者が殺された。三別抄の兵を殺したのは俺だ。しかし、王朝を守ろうと戦っていた奴らを見捨てたのは王朝自身だ。あの悲劇は莫迦どものせいであろう」

「かもしれません」

洪茶丘が泣きそうな顔で頷いた。

「蒙古には恩がある。逼塞《ひっそく》していた俺を見出してくださったのは、陛下だ。才があり、それを陛下のために使うことを誓う者は、たとえ敵であろうと重用してくださる」

この男は、フビライに心酔している。

洪茶丘の将才は疑いのないものだ。高麗平定戦では無敗。恩に報いるという人らしい部分も持っている。なにより、部下を決して裏切らず、兵からは父親のように慕われている。戦場では兵と共に行軍し、兵が飢えれば自らも稗《ひえ》すら口に含まない。麾下の兵が戦死すれば、赤子のように泣き叫ぶ。

敵でありながら人間臭さを感じさせるこの男のことは、どこか嫌いになれなかった。

「今、王朝は陛下の歓心を買うことに必死だ。公主（天子の娘）を迎え入れたことに増長し、俺を排除しようと目論む愚か者もいる」

「兵営の警戒は、それゆえですか」

「それだけではない。あの莫迦どもは、日本への遠征も王朝独力でやってみせるなどと、ふざけたことを抜かしておる」

洪茶丘が瓢をさかさまにして、空になったかどうかを確かめた。

「戦を知らぬ莫迦どもにそれができるとも思わぬ。だが、万が一にも奴らだけで日本征討を成功させれば、俺の立場はどうなる」

蒙古は長距離を移動する遊牧の民でもある。役に立つものを長く使い、役に立たぬものはあっさりと捨てる。洪茶丘は、蒙古から見捨てられることを恐れているのだろう。蒙古が王朝を支持すれば、洪茶丘の味方はいなくなる。

「増長した王朝は、国を裏切った我らを討とうとするであろう。戦って負けるとは思わぬ。だが、俺を信じ、俺に仕えてきた者たちは、皆、高麗の民だ。同族での殺し合いを、また命じなければならないのか」

どう返答すればいいのかと迷う兼久に、洪茶丘が肩を落とした。

「兼久よ。事実どうなのだ」

「どうとは?」

「日本を攻めるのであれば、どうすればいい。日本を追われたお前であれば、一度や二度は考えたことがあるのではないか?」

洪茶丘がまっすぐに兼久を見つめていた。見極めようという光の中に、どこか切実なものがある。それが洪茶丘の良いところであり、悪いところなのだろう。

口にする言葉は、もう決めていた。言ってしまえば、もう後戻りはできない。時宗は決断したのだ。

ここで兼久がためらえば、日本は内側から崩れ去る。

祭壇に飾られた仏画を見て、心を落ち着かせるように息を吐いた。

「簡単なことでございます。幕府が我らを知る前に、海を押し渡ってしまえば、それで勝負はつきましょう」

あえて、我らと言った。

「日本は戦絶えぬ国。そう申す者もおりますが、武士の戦はどれも小規模なものばかり。万余の軍勢が向かい合う戦など、五十年来起きておりませぬ」

「戦いに慣れていないと？」

「蒙古や高麗の戦い方は、日本の武士が知らぬものばかりです。火薬による爆発を初めて見た時、私は腰を抜かしました。武士は、矢に毒を塗ることもしない」

「我らの戦い方を知らぬうちに戦えということか」

「左様です。今ならば、日本国内は二つに分断できる可能性があります」

言いにくそうな気配を察したのか、洪茶丘が苦笑した。

「気にするな。言ってみよ」

一度、目を伏せた。

「日本の洪茶丘殿を作るべきでしょう」

洪茶丘が目を見開き、そしてにやりとした。

「北条時輔か」

やはり、知っていたか。敵を深く知ることが蒙古の戦だ。予想していたことではあるが、いざ蒙古の将からその名を聞くと、腹の底が震えた。

「幕府執権の北条時宗は、その庶兄北条時輔と対立しております。朝廷も時輔の後ろ盾となり、幕府を追い落とそうとする動きもありました」

「決裂は近いか」

「両者の決裂直後、大宰府へ押し渡り、西海道を平定なさいませ。時を置けば、時宗が乱を鎮めましょう」

考えるように頷き、言葉を続けた。

「日本は南北に長く延び、一度の遠征で滅ぼしきることは難しい。肥沃な西海道支配を確固たるものにして、北条時輔を支援すれば、日本はおのずと力を弱めます」

「理にかなった戦略だとは思うが。西海道に備えが無いわけではあるまい」

洪茶丘の言葉に同意し、兼久は腹に力を入れた。

「大宰府の警固を命じられる者は、武藤資能と名越時章《なごえときあき》の二人です。ともに幕府草創以来、支え続けてきた名門。されど、二人の所領は日本全土に散らばっており、朝廷と幕府が衝突すれば九州の警固どころではなくなります」

口が乾いていた。荒く息を吐いた兼久に、洪茶丘が水差しを差し出してきた。その顔には、苦笑が滲んでいる。

「時輔とやらに、この俺ほどの器があるかな」

「洪茶丘殿ほどの戦の才は無いかもしれませぬが、弟に地位を奪われた恨みは持っておりましょう」

先ほどから背中には汗がずっと流れている。

不意に、洪茶丘が大きく笑った。兼久が怪訝《けげん》な表情を見せると、洪茶丘は懐から一通の書簡を取り出した。

「お主の言葉次第では、生きて軍営を出すわけにはいかなかった」

広げられたものは、日本の草仮名で書かれている。見慣れた筆跡だった。忙《せわ》しさが浮かび上がってくるような雑な文字。達筆とはとても言い難い、時宗のものだ。

「帰還した趙良弼は、日本の使者を伴ってきた」

「初めて聞きました」

「秘していた。その中の一人が、お前に宛てた書状を持っていた」

書簡に目を落とし、兼久は驚くよりも先に、時宗の豪胆さに呆れた。

そこには、追放したことへの謝罪と、蒙古を足止めし、侵攻を遅らせるために動いてほしいことが切々と綴られていた。分断の芽となる庶兄北条時輔を来春に討ち、その後三年のうちに、西海道の海岸線に上陸を防ぐための石垣を作ることが書かれていた。

三年、時を稼ぐべし――。

「あまりにも都合の良いことが書いてある。裏切った者は、己の行いを顧みぬ。それは日本でも同じようだな」

「幕府が時輔討伐の動きを見せれば、時輔は蹶起《けっき》するでしょうね」

「来春か。一年もあれば、海を渡る戦船も間に合うな」

時宗の書簡は、奏功したようだ。洪茶丘は、日本遠征にさらに前のめりになった。時宗と兼久の狙いは、強力な蒙古兵が大挙する前に、高麗兵のみで日本を攻めさせることだった。

日本侵攻を遅らせるように進言していれば、洪茶丘は兼久を殺すつもりだったのだろう。

安堵の息を吐いた直後、背後の扉が軋《きし》みを立てて開いた。

そこに立つのは、漢服を身に着けた趙良弼だった。

「侵攻そのものを止めようとはせぬのだな」

突き刺すような言葉に、兼久は口をつぐんだ。

目を伏せ、首を垂れると、趙良弼は深いため息とともに椅子に座った。

「この目で見た日本という国は、手に入れるに値しない国だった」

洪茶丘が慌てたように立ち上がった。

「日本征討は、陛下の悲願だ」

趙良弼が面倒臭さそうに顔をしかめた。

「貴殿ら武官は、戦にならねば功績を立てられぬがゆえ戦を求める。されど、戦となれば莫大な金が要る。かつての唐や隋といった中華の大国は、この韓土の高句麗を攻めるために国費を費やし、ついには亡国へとつながっていった。その轍を踏まぬと言えるか？」

かなり速い言葉だったが、不思議と一言一言がはっきりと伝わってきた。

「この者の言う戦略にも一理あることは認めよう。されど、それは戦を長く続けることを前提としたものだ。いくら金を使うことになるのか。もし、日本を攻めるというのであれば、宋を攻め滅ぼしたのち、大量の戦船で四十万の兵を送り込み、一挙に征伐してしまう。それが最善策であろうな。陛下には、そのように奏上するつもりだ」

息を呑んだ。その手を取られれば、時宗は勝てない。いや、誰が統率しようと、四十万もの大軍に対して勝ち目などない。日本全土の武士をあわせても、十万に届かないのだ。

「しかしそれでは日本は石塁を整え、上陸するだけでも多大な犠牲が出る」

「洪茶丘将軍。貴殿が心配することではない。高麗において貴殿は無敗。だが、貴殿が教えを受けた父君が、蒙古の軍勢に一度も勝てなかったことを、お忘れでないでしょうな」

洪茶丘の赤ら顔が、青ざめていく。

趙良弼との間には、見えざる分厚い壁があるようだった。俯き、肩を震わせながら、三度深く呼吸を繰り返した。

「高麗王朝もまた、日本征討を進言しているはずだ」

「王賰《おうしゅん》ごときの言葉と私の言葉、陛下がどちらを信じるかは明白でしょう」

高麗王を呼び捨てにし、洪茶丘が萎縮している。

趙良弼の蒙古内での立場が如実に伝わってきた。

「高麗王朝も手柄欲しさに、短慮の戦を起こそうとしているようですが、将軍、貴方の役目は彼らを止めることです」

趙良弼が、兼久に視線を向けた。

「長き戦となれば、益田兼久よ、お主の郷里は疲弊し、人の住めぬ土地となり果てる。交易で財をなすお主ならば、それは望まぬことであろう」

冷ややかな言葉を残し、趙良弼は幕舎を後にした。

洪茶丘が、拳を椅子に打ち付けた。日本遠征が先延ばしとなれば、それこそ洪茶丘の勢力は、高麗王朝に押されて衰退していく。

「陛下の御意思を蔑《ないがし》ろにするなど、趙良弼でも赦されぬ」

忌々しげに吐き捨て、洪茶丘が怒りの滲む目を兼久に向けた。

「日本遠征は、俺の手で成功させねばならんのだ」

趙良弼の言葉通りに蒙古が動けば、洪茶丘が手柄を立てることもできない。

それは同時に、日本が確実に負けることも意味していた。

時宗は兼久が蒙古の侵略を早めることを信じて、北条時輔や名越時章を粛清するはずだ。彼らを討てば、時宗の邪魔をする者はいなくなる。だが、同時に御家人たちの反発も招くだろう。そこに高麗の襲来があればこそ、苛烈な粛清は正当化されるのだ。

高麗の遠征が遅れれば、粛清の事実だけが全土に広まり、時宗は武士たちの信頼を失うことになる。

下手をすれば、諸国の武士が一斉に反乱を起こしかねない。

趙良弼を、フビライのもとに帰すべきではない。

無意識のうちに、警固の兵に預けた国宗の感触を探していた。

七

文永九年（西暦一二七二年）六月――

手が、汚れていく。手綱を握る拳を見下ろし、兼久は歯を食いしばった。今もまた、一人の男を、無実の罪で殺すために駆けているのだ。

それも、多くの死のほんの始まりに過ぎない。

「……止まるな」

叱咤するように呟き、兼久は痛いほどに胸をそらした。

夏が終わり、慶尚道の平原には、翠緑《すいりょく》の稲がまばらに広がっていた。

日本では見たことのない羽虫が、宙に浮かんでは稲穂の中に姿を消している。馬上から見える光景が物悲しく感じるのは、水の張られた田が、数えるほどしかないからだろう。

まばらながら、人影はある。腰が曲がり、深い皺の刻まれた者たちだ。八人まで数えて、兼久は指を折るのを止めた。

蒙古の侵略によって、三十万にのぼる民が北に連れ去られた。戦で殺された者の数を含めれば、犠牲者は百万を超えるという。かろうじて残った若者も、高麗王朝による日本侵攻のために駆り出され、農村にはろくな人手がない状態だった。

「新たに田を拓くどころか、満足な作付けもできないではないか」

しゃがみこんで稲を植える彼らが、高麗の厳しい冬を越せるとは思えなかった。

高麗の日本遠征を後押ししている自分が、その遠因を作っている。そう思うと心を鷲摑みにされるようにも感じた。

高麗王朝は、巨大な蒙古を恐れ、フビライの機嫌を損ねぬよう、果敢に日本遠征を唱えている。王朝が進める新たな哨馬船《しょうません》（大型の輸送船）建造によって、開城の屋敷にうずたかく積まれていく銭の袋を見るたびに、兼久は虚しさが強くなっていくのを感じていた。

競うように、洪茶丘もまた水軍に激しい調練を課している。陸戦を想定し、武士の戦い方を、兼久も連日教え込んでいる。

いまや、高麗の国中が日本への遠征に突き進んでいた。

蒙古ではなく、高麗による日本遠征。それが、兼久と北条時宗の望む形だった。蒙古の本軍が日本に攻め込めば、武士では決して勝てない。蒙古の準備が整う前に、功に逸《はや》る高麗を攻めさせ打ち破ることが、日本が勝つ唯一の道だろう。

「フビライの右腕は、何を考えている」

気がかりは、日本遠征の延期をフビライに奏上すると言って、再び日本へと渡った趙良弼だった。

趙良弼の父は、かつて蒙古と華北を争った金国で、大将軍の地位にあったという。一族のほとんどが戦死した中で、当時、童だった趙良弼だけが生き残った。史の影に朽ちていくだけだった趙良弼の生涯を変えたのは、蒙古が華北を治めるために執り行った戊戌《ぼじゅつ》の選試（蒙古が実施した任官試験）によってだ。

四千人にも上る選試の突破者の中でも、趙良弼は際立った成績を残し、わずか十年あまりでフビライの側仕えに推挙されている。異民族を積極的に登用する蒙古の中でも、異例の抜擢だった。

輝かしい経歴の中で一際光彩を放っているのは、フビライの即位時に起きた後継者戦争での働きだろう。

前代のハンであるモンケが急死した時、フビライと末弟のアリクブケが跡目を争った。二人の対立は広大な帝国を東西に二分したが、趙良弼による徹底した交易路封鎖によって軍の維持が不可能となったアリクブケが降伏し、終結している。趙良弼自身が謀略に長け、暗殺や諜報を得意とする者を配下に抱えている気配があった。

以来、フビライの信任は抜きんでて厚く、趙良弼を讒言《ざんげん》した蒙古の男がいたが、かえってその男が処刑されたという。趙良弼が、四十万の大軍による日本侵攻を奏上すれば、フビライもまたそれを受け入れる可能性は高かった。

洪茶丘を焚きつけ、材木交易を盛んにすることで、高麗王朝の遠征準備は整いつつある。高麗勢力による遠征を早めるため、趙良弼の暗殺を狙っていたが、今のところその隙は無い。

それどころか、兼久の動きを察知したのか、慶尚道での材木交易を任せていた者たちが一斉に拘束されていた。材木の交易が滞《とどこお》れば、戦船の建造は遅れ、日本遠征は先延ばしになる。趙良弼は、その間にフビライを説得するつもりなのだろう。

一月前、趙良弼の強い意向によって、慶尚道の按撫使が変わっていた。

高麗王朝の曹子一という将軍であり、珍島の三別抄討伐戦で兼久に粥を差し出してきた男だ。洪茶丘とは犬猿の仲で知られ、高麗王朝では珍しく日本遠征を止めるべきと強硬に訴えている男だ。

先に慶尚道に入っていた祇王とは、都護府の置かれた安東《アンドン》で合流した。

「他の州でも同様に、拘束されています」

忌々しげな祇王の口から聞かされたのは、予想以上に徹底した拘束だった。

「三別抄の残党狩りと言って王朝には取り繕っていますが、明らかに船の建造を妨害するのが目的でしょうね。ここだけではなく、永州、蔚州に置いている者たちも行方が知れなくなっている」

「京山府は？」

「逃れた者が一人。庫は曹子一の兵に押さえられました」

慶尚道の主要な城市全てで、兼久と取引のあった商人たちが拘束されたことになる。

考え込むように、ぽつぽつと灯りの光る夜の街並みを見渡した。

この拘束は、曹子一の独断ではないだろう。洪茶丘と王朝の両者を敵に回す動きだ。たかだか地方の按撫使が、何の後ろ盾もなくできることではない。趙良弼の息がかかっていることは、間違いないと思えた。

「趙良弼はあくまで、日本遠征を先送りにしたいということですね」

「日本遠征の最善策は、趙良弼が言う通り、大軍を一挙に送り込むことだからな」

顎に手をあて、兼久は無精ひげを力任せに抜いた。

「曹子一。人のよさそうな男だったな」

「お知り合いですか」

「地下牢から救い出された時、救出が遅れたことを謝られた」

珍島で見た屈託のない笑みを思い出し、兼久は民のためだと呑み込んだ。

「曹子一は、俺が処理する。祇王、使いを頼む」

高麗に渡る前、一度だけ会った老人の顔を思い出した。地頭代として対馬を治める宗助国《そうすけくに》は、好々《こうこう》爺《や》然としながら、その芯には幕府への厚い忠義があった。単身高麗に渡る兼久の手を、皺だらけの手で握り、自分にできることがあれば何なりと言えと涙していた。

助国にしか務まらない役がある。

「……済まぬと」

絞り出すような兼久の言葉に、祇王が小さく頷いた。

祇王が宗助国と面会を果たして戻ってきたのは、七月に入ってからだった。

小汚い老人に扮する祇王が、杖をつきながら雑踏に揉まれるように歩いている。しばらくその後を追っていると、いきなり祇王が転んだ。周囲に手を差し伸べる者はいない。左右を見回すと、お前がどうにかしろと言わんばかりの視線が兼久に向けられた。

大げさに嘆息をしてみせ、倒れた祇王を引き起こした。

「どこまで行く」

「南門の行廊までお願いできますかのう」

舌打ちし、兼久はゆっくりと歩き始めた。

慶尚道の城市では、間者の摘発が進んでいた。通りの先には、按撫使麾下の兵が隊伍を組んで歩いている。緋色の綿襖甲を身に着けた二十人ほどの兵だ。すれ違いざま、兼久は俯くようにして歩いた。

曹子一の動きが、いよいよ無視できないものになっている。材木に留まらず、鉄や硫黄など、戦の要となるあらゆるものが差し押さえられていた。在任わずか数ヵ月で、曹子一は慶尚道の流通を支配しているように見えた。吏僚《りりょう》としても優秀なのだろう。高麗王朝の戦の備えが、目に見えて滞っている。

開城の王朝からは、商人弾圧を詰問する使者が送り込まれていた。だが、曹子一は王朝転覆を狙う三別抄の残党狩りだと、王朝の命令をはねつけている。

雑踏の中で、兼久は祇王だけに聞こえるよう声を落とした。

「耽羅に逃れた三別抄の残党が、慶尚道に相当数入り込んでいる」

「曹子一の動きはあながち的外れではないと？」

「俺が確認しただけでも、百はくだらない」

珍島から脱出し、耽羅に逃げ込んだ三別抄は、金通精《きんつうせい》という将軍に率いられている。調整力のあった裴仲孫とは違い、人を斬ることで上り詰めた男だ。

孤島から勢力を巻き返すため、暗殺によって高麗国内を混乱に陥れる。追い詰められた金通精がそう考えていることを知り、兼久は高麗人の商人を通じて、高麗王朝の廷臣の動きを流していた。三別抄が大きく動くほど、兼久の動きから目を逸らすことができる。

「曹子一と対馬の宗殿が、密かに繫がっているという噂を流す」

「日本遠征を望む王朝が知れば、曹子一の変節に激怒するでしょうね」

「慶尚道に三別抄の残党が入り込んでいることも、曹子一が手引きしたように見えるはずだ」

三別抄を憎む洪茶丘が知れば、曹子一を処断する大義名分となりうる。

祇王が咳き込み、うずくまった。あからさまなため息を吐きだし、兼久もしゃがみ込む。祇王の腹の前で握らされたのは、一枚の杉原紙《すぎはらがみ》だった。血の花押《かおう》が添えられている。滲み、歪んでいる。震えながら、だがそれでも滅びる覚悟をした宗助国の姿が、脳裏に浮かんだ。

「宗殿からの報せは」

「相模守は刀を振り下ろしたと」

呟きに、兼久は頷いた。

時宗は自らの兄である北条時輔、そして北条家に連なり時宗以上の力を持つ名越家を討ち滅ぼしたということだ。日本を二分する芽を摘み取ったともいえる。高麗に伝わってきていないのは、時宗によって徹底的に伏せられているからだろう。

「趙良弼相手にどこまで通じるかは分からぬが」

蒙古の侵攻は、敵国を分断し、片方を取り込むところから始まる。趙良弼は半年の日本滞在で、北条時輔に目をつけたはずだ。この先、時宗が時輔を騙ることで、偽の報せを送ることもできる。

祇王を行廊に送り届け、兼久は即座に洪茶丘へ書簡を送った。

間者狩りが激しくなったのは、翌日からだった。対馬へ向かい、帰ってくる老人の姿を、誰かが都護府に告発したようだった。麗人の姿に戻った祇王とともに、兼久も四回にわたって拠点を変えた。一度は、入れ違いのように按撫使麾下の兵が踏み込んできた。

曹子一は戦場の将だが、調略の才も侮れない。真綿で首を絞められるように追い詰められていった。七月の終わり、按撫使の兵を引きつけて金州（現在の釜山市あたり）の海辺まで馬で駆けた。

座礁した船が一艘、遠浅に停泊していた。

高麗で建造された船体だが、遠目に見ても乗っている者が倭人だと知れる。

兼久を追っていた者たちの動揺が伝わってきた。追う気配がきれいに消え去り、翌日には曹子一自ら五百の兵を引き連れ金州に駆けて来た。船の手配が遅れているのか、曹子一は浜辺に陣を敷いた。全羅道で水軍の調練を繰り返していた洪茶丘が、海上に現れたのは翌日のことだった。曹子一の軍と、海を挟んで睨みあうような格好になった。

夜陰に紛れ、小舟で洪茶丘の船に乗り込んだ。

「宗助国から送られてきたものだ」

洪茶丘から手渡されたのは、高麗から対馬を経て博多へ向かう航路の地図だった。

添えられた書状には、洪茶丘への恭順を願う助国の言葉が並べられている。

「兼久、どう見る」

「ほぼ正確なものかと」

「ほぼ？」

「数艘の船団であれば、この航路を進めばいいでしょう。しかし、大軍を率いてゆくとなると、松浦は兵を上陸させるには向きません」

「宗の寝返りは見せかけか」

兼久は頷き、地図の一点を指さした。

「松浦への道を示しているのは、上陸で我らを混乱させるつもりなのでしょう。されば、松浦へ行くと見せかけ、ここ早良《さわら》へ上陸することが叶えば、一挙に敵の拠点である大宰府を落とすことができます」

自分の声が震えていた。

兼久の言葉によって、対馬には血の雨が降ることになる。

宗助国は、覚悟したのだ。日本には備えがないと思わせるために、対馬は高麗の襲撃によって全滅する必要があった。対馬勢が滅びることで、高麗軍は勝利の勢いに乗って、武士が待ち構える九州に飛び込んでいくことになる。

「案ずるな。俺はお前の味方だ」

郷里を滅ぼすことを恐れていると思ったのだろう。洪茶丘が気にするなとばかりに肩を叩いた。

朝陽を待ち、洪茶丘率いる水軍が座礁した高麗船を拿捕《だほ》した。

船から見つかったのは、対馬の宗助国と三別抄の残党が曹子一に助力し、王朝への叛乱を企てていることを示唆する書簡だった。筆跡も、曹子一が書いたものにしか見えない。筆跡を真似ることが達者な罪人を探し出し、洪茶丘が作らせたものだ。書いた者は、口封じのためすでに殺されている。

金州に上陸した洪茶丘は、そのまま曹子一を拘束した。

按撫使麾下の兵たちも抵抗したが、実戦の経験で言えば、洪茶丘軍とは比べ物にならない。僅かな間で、五百の兵が縄に繋がれた。後ろ手に縛られ引き立てられてきた曹子一は、兼久の顔を見て表情を強張らせた。

「洪茶丘将軍、貴殿は卑怯な曲者に誑《たぶら》かされているようだな」

怒りの籠った声を聞いて、洪茶丘が高らかに笑った。

「これはこれは何を言い出すかと思えば笑止な。我が父を殺した卑怯者が誰か、お主の胸に聞くがよろしかろう。父を裏切ったばかりか、今度は仕える王朝を裏切ろうとしておるお主の口から、よもや卑怯という言葉が聞けるとはな」

嬉しそうな洪茶丘の言葉に、曹子一が舌打ちした。

その瞬間、洪茶丘配下の兵が、曹子一の頰をしたたかに打った。唇から血が一筋流れたが、曹子一の視線は洪茶丘に向けられ、微動だにしなかった。

「なぜ、戦を望む。高麗に、日本遠征などできるだけの力は残されていないぞ。将軍は、国を滅ぼすおつもりか」

「傲慢だな、曹子一。長い史の中で、滅びぬ国などなかったであろう」

「高麗は、将軍の生まれ育った国でもありましょう」

曹子一の言葉に、洪茶丘の顔の笑みが消えた。次の瞬間、目にもとまらぬ速さで洪茶丘が剣を振り抜いた。血飛沫が舞い、曹子一の右腕が縛られた縄にぶら下がった。血だまりが地面に広がってゆく。

「曹子一よ。国があって民があるのではない。民がいれば、そこに国はできるものだ」

「その民が死ぬと言っている」

苦悶の表情の中で、曹子一がそう絞り出した。額には、脂汗が浮かんでいる。

「そこの倭人、お主もだ」

血走った瞳が、兼久へと向けられた。

「戦となれば男は嬲《なぶ》り殺され、女子供は縄に繋がれて、奴隷として生涯を終える。百年、倭の民が苦しむぞ」

揺れそうになる心を殺し、兼久は首を振った。

「構いませぬ」

百年苦しもうとも、千年先まで民が続くならば、それでいい。

兼久の言葉に、曹子一が目を一度閉じ、開いた。その眼差しは悲しみに満ちている。地下牢に囚われて衰弱した兼久に、粥を差し出してきた男の目だった。陥れられたと分かってなお、瞳の優しさを消しきれていない。

平穏な世で会いたかったと思った。

「兵の命は、取るな」

曹子一の言葉に、洪茶丘が鼻白んだように肩をすくめた。

「お前が死ねば、それで十分だ」

うなだれた曹子一が連れていかれた。

弁明の機会を与えられないまま、十月、曹子一は洪茶丘によって処刑された。日本出兵を推し進める高麗王朝も、その処刑を止めることはなかった。最後、牢に囚われた曹子一に粥を運んだのは兼久だった。

「趙良弼を討てば、高麗を止める者はいなくなる」

高麗国内で、趙良弼と通じていた者は曹子一だけではないだろう。だが、曹子一の粛清を目の当りにして、洪茶丘や王朝を妨げる動きはぴたりと止んでいた。

凪《なぎ》の海原を前に、兼久は遠く日本の姿を見ていた。

八

文永十年（西暦一二七三年）三月――

趙良弼が日本から帰還するとの報せを受け、兼久は洪茶丘の陣営から開城の屋敷へと戻った。

いよいよ、趙良弼を討つべき時がきていた。

高麗王朝と洪茶丘の対立は日々激しさを増し、人死にまで出始めている。両者の焦りは、大都で宋攻略を指揮するフビライが、日本遠征を躊躇しているという報せが舞い込んできたからだ。

今年の二月、蒙古が五年にわたって包囲していた中華の襄陽《じょうよう》城、樊《はん》城を攻略し、城将の呂文煥《りょぶんかん》らを降伏させていた。宋の大将軍呂文煥は、対蒙古戦の支柱であり、その降伏に宋の朝廷は戦意を喪失させた。

フビライは、このまますべての力をもって江南（中国の長江以南）に攻め入るべきだと考えているという。

焦っているのは、兼久も同様だった。万が一、蒙古が宋攻略に傾注すれば、日本国内では時輔を強引に殺した時宗に対して、諸国の御家人たちが反旗を翻しかねない。なにより、宋が滅べば、日本に攻め入る軍は高麗兵に、蒙古兵と宋兵も加わるだろう。趙良弼の四十万という数字が現実のものとなる。

「趙良弼を、大都には帰さぬ」

開城の屋敷の中、腕を組む祇王を前にして、兼久は国宗を腰に差した。

遠征に必要な船は、あと半年もあれば完成する予定だった。

哨馬舩三百艘と軽疾舟三百艘の建造が、昼夜を問わず進められている。大宰府を拠点に壇ノ浦を水軍で封鎖し、孤立した西海道を二万の高麗兵で支配する戦略を洪茶丘は練っていた。

兼久の献策を、洪茶丘は信じきっている。

「趙良弼は、今夜にも開城に入ります」

「分かった。俺の背格好に似た骸を用意してくれ」

屋敷の庫は、そのままにした。二年間、過ごした屋敷だ。祇王が鉄鍋を火にかけていた。豚肉の塊を一口の大きさに切り分け、辛みのある野草とともに鍋に入れる。脂が溶け出し、すぐに香ばしい匂いが厨《くりや》に広がった。

「郷里の味とどちらが好みですか？」

「どちらも、美味い」

本心だった。優劣をつけるつもりもなかった。日本の味も、高麗の味もともに美味い。そう笑い合えばいい。後に、笑い合える世を作り出すことが、今の兼久の役割だった。

「私は高麗に残り、見届けます」

鍋の上で弾ける脂を見つめ、祇王が呟いた。

「そうか」

心のどこかで、祇王が益田に付いてきてくれるかもしれぬと淡く想っていた。寂しさが表情に出たのか、祇王が苦笑した。

「我らの使命が終わったわけではありません」

頷き、兼久は視線を外に向けた。

「庫の金は、高麗のために使ってくれ」

「益田から運んできた金も多くありますが」

「向こうでまた稼ぐさ」

すっと近づいてきた祇王が、兼久の胸に頭を押し付けた。

「ありがたく」

益田に伝わる使命は、兼久の代では終わらない。日本の外には数多くの敵がいる。まだ、互いに笑い合えはしない。祇王の使命も終わらない。阿倍比羅夫から始まり、高麗の血を交えながら、その使命は高麗の民を護ることへと少しずつ変わってきたのだろう。

祇王にとっては、高麗こそが郷里なのだ。

「どれほど後になると思う」

問いかけた言葉に、祇王が束の間考えるように目を開き、そして静かに微笑んだ。

「千年の後には、きっと」

「永いな」

「人はそれほど賢くはありません。ですが、少しずつ、少しずつ」

祈るような言葉だった。

「命を落とさぬよう」

胸元のささやきに、兼久は無言で応えた。


趙良弼の暗殺は、兼久が高麗で成すべき最後の仕事だった。

帷幄《いあく》の臣である趙良弼が暗殺されれば、フビライは激怒する。その瞳の中には、戦船の整う高麗王朝と洪茶丘が映し出されるはずだ。

新月――。

鼻から吸い込んだ風が、身体を内側から冷やすようだった。手先すら見えない闇夜の中で、兼久は合図を待った。背後には屋敷から運んできた荷車がある。布に覆われた荷の中身は、直垂を着せた骸だった。

屋敷には、顔を剥いだ骸を残してきた。骸の傍には時宗からの詰問の書簡を置いた。幕府の討ち手に拷問され、殺されたように見えるはずだ。

趙良弼の屋敷は、南門の外側にある。他の蒙古高官が、宮城近くに広大な屋敷を構えているのとは対照的だ。すぐに城壁の外に脱出するためだろう。

金州に上陸した趙良弼は、陽広道を通って開城へと戻る――。

間者からの報せを、三別抄の金通精に流していた。高麗王朝と洪茶丘は、日本遠征の障害となる耽羅の三別抄を滅ぼすため、軍の動員を決めている。追い詰められていた金通精は、つけ狙っていた洪茶丘の動向と引き換えに、趙良弼の暗殺に乗ってきた。

背後では、翡翠の飾りがついた長剣を携え、祇王が声を殺している。黒装束に身を包み、視線を一度逸らせば、闇に溶け込んでしまう。

何度目かのため息を吐いた時、不意に空気がささくれ立ったのを感じた。ひたひたと、足音が聞こえた。

祇王の手が、兼久の背中に触れた。

いきなり、火の手が上がった。縦に長く伸びる炎は、地面の溝への燃水（油石）によるものだ。

二筋の炎が地面に伸び、さらに横に二条燃え広がった。四方を炎の壁に囲まれているのは、間違いなく趙良弼だった。左右を見回し、だが取り乱してはいない。護衛は八人。

空気を裂く鋭い音が響いた。炎の壁を貫くように飛来したのは、短い矢だった。次々に護衛が死んでいく中で、兼久は目を疑った。剣を抜いた趙良弼が、舞うような動きで矢を切り落としていく。

震える音を残し、趙良弼の傍に、両断された矢が落ちた。趙良弼がもう少し若ければ、討たれるのは自分だったかもしれない。飛び出そうとした祇王を留め、兼久は炎の明かりに姿をさらした。

この男だけは、確実に首を切り離さなければならない。

「護衛は任せた」

矢が止まった。まだ息のある護衛は三人。炎を挟んで対峙する格好になった。遠くから駆け寄る音が近づいてくる。三別抄の金通精だろう。

趙良弼の皺のように細い目から、凍るような殺気が溢れた。

身体が勝手に動いていた。炎の熱さは感じなかった。灼熱の壁を潜り抜けた兼久のすぐ目の前に、趙良弼がいた。抜き打ちのままに、国宗を斬り上げた。視界の端に、皺だらけの腕が飛んだ。趙良弼の瞳に恐怖が滲む。

振り上げた刀の前で固まる老人に、兼久は短く息を吸った。護衛は、祇王が斬り倒している。趙良弼の頬が、ゆっくりと吊り上がった。

「儂《わし》を殺せば、日本は血の海になるぞ」

「どうかな」

呟きとともに、趙良弼の首を薙《な》いだ。

「骸は三別抄にくれてやろう」

祇王が頷く。荷車に乗せていた骸を、趙良弼の傍に横たえさせた。直垂を着せ、顔には大きな傷をつけている。兼久を殺し、趙良弼を暗殺した者として処理されるはずだ。

民が起き出して騒ぎになる寸前、兼久は開城を出た。

夜を徹して南へと駆け、合浦にたどり着いたのは三日目の明け方だった。太陽の光を受けた波が、千々の輝きを放っている。人里から離れた入江には、用意していた小舟が一艘見えた。

ようやく、終わった。

正面に広がる鈍色《にびいろ》の海は、兼久に安堵を感じさせた。

静けさに包まれた砂浜に降り立った時、不意に人の気配がした。地面を這いずるような殺気。背後からだ。

全身が固まったように動けなかった。

「見事。そう言っておこうか」

国宗の柄に手をかけ、振り返った兼久の視界に映ったのは、さざれ石の上に座り、頬杖をつく趙良弼だった。殺したはずだ。その言葉が喉元で消え、全身の血が引いた。

老いた身体を立ち上がらせ、趙良弼が杖を砂についた。刹那、朝の空気を塗りつぶすような殺意が滲み出した。息ができない。そう感じた次の瞬間、趙良弼が笑った。

「なかなか、やるではないか」

いきなり空気が軽くなった。思い出したように、口の中に空気が入り込んできた。何度か息を吸いこみ、ようやく兼久は長く息を吐きだした。

「儂の気にあてられて倒れぬ者は久方ぶりだ」

この男は、誰だ。

喋り方も違う。それどころか、洪茶丘の傍にいた時とは、姿形も違う。似ているが、今目の前に立っている姿を見た後では、今まで見てきた趙良弼が影武者であることがはっきりと分かった。開城で殺した老人とさえ、比べ物にならない重圧を感じる。

「まだ若い。先が楽しみじゃのう」

「……お初にお目にかかると言った方が？」

「儂は、ずっと見ておった」

肩をすくめ、趙良弼が目を細めた。

「お主の動きで、高麗王朝と洪茶丘は、来年にも日本を攻めるであろう」

「貴方が止めると思っていました」

間合いを測るように腰を落とした。

この男が、本物の趙良弼なのだろう。いや、この男すら影武者なのかもしれない。ただ一つ確かなのは、趙良弼と語る男がこの場に現れたということは、兼久の策は、全て見抜かれていたということだ。

兼久が生きていることが洪茶丘や王朝に伝われば、これまでの工作は全てが水泡に帰す。それを防ぐためにも、この男を殺すべきだ。

殺せるのか。腰の刀が、異様に重かった。

「案ずるな。儂は、お主の働きを買っておる」

趙良弼が苦笑した。

「日本なぞ、蒙古には要らぬ。それが、儂の結論じゃ」

じゃが、と言葉を区切り趙良弼は欠伸《あくび》をした。

「陛下の日本遠征は悲願なのじゃ。大ハンを継ぐ者に課せられた世界制覇の野望は、余人には計り知れぬ。儂の言葉程度で覆《くつがえ》るものではない」

ならばなぜ、遠征を延期して大軍をもって攻めることを奏上しないのか。怪訝な表情をした兼久に、趙良弼は首を左右に振った。

「大軍をもって日本を攻めれば、征服することもできよう。だが、日本という東の島国を取ったところで、陛下の利にはならぬ。であれば、早急に高麗の兵を日本に送り、蒙古を傷つけぬことが儂の務めじゃ」

淡々と語る趙良弼に、兼久は拳を握った。

「貴方の狙いは、高麗に攻めさせ、敗北させることか」

「勝ってもよいが、まあ、まず無理じゃろうな。あ奴らはお主の言葉に乗せられ、北条時輔の敗死も知らぬまま、必要な備えもせず攻めようとしておる。おそらく、幕府は勝つであろう。お主の働きは、見事じゃった」

儂も言うつもりはないでのうと、趙良弼は呟いた。

「すべて見通していたと？」

「莫迦め。全てを見通すなどできるはずも無かろう。じゃが、儂が日本の間者であれば同じことをすると思ったまでよ。見込み違いがあったとすれば、洪茶丘に曹子一を処断させたことかのう」

「見込み違い？」

「あ奴は高麗王朝の中でも見どころのある男だった。日本遠征の無謀を見抜き、幾度も王賰に諫言《かんげん》しておった。日本から戻った暁《あかつき》には、儂が始末せねばなるまいと思っておったが、手間が省けた」

趙良弼が黙り、鼻を鳴らした。

「今、お主は儂の掌の上で踊らされておったことに腹を立てておるかもしれぬ。じゃが、そんなもの当然じゃ。儂はお主の二倍も生きておる。全てが上手くいっているように見えたとしても、上には上がいるものじゃ」

全身の血が熱くなった。

それは、生まれて初めて心の底から敗れたと思ってしまったがゆえだ。これまで、父や兄であろうと、幕府を率いる北条時宗と向かい合ってさえ、敗北を感じたことはなかったのだ。

鎮まれ。目を閉じて、兼久は口を結んだ。ここで怒りに呑まれて斬りかかれば、兼久は一生この男に勝てなくなる。生きて、この男を凌駕すると思えなければ、この怒りは収まらないと思った。

兼久の心内を見透かしたように、趙良弼が満足げに頷いた。

「やはり、見どころがあるよ。お主は。いかなる状況であろうと冷静さを保ち、最善を考えることができる。蒙古に来れば、儂が面倒を見てやってもよい」

傲慢な言葉に、兼久は数度、息を吸い込み、吐きだした。

目を開いた。

「私は貴方に勝てないかもしれない」

趙良弼の瞳に、好奇の光が滲んだ。

「貴方の才は、戦の絶えぬ中華にあって磨かれたものだ。戦に勝利するため、磨き抜かれ、俺を打ちのめした」

「左様。日本などにおっては、お主のような玉も磨かれないじゃろうな。であればこそ、蒙古に来ることも道じゃ」

兼久は、首を横に振った。

「戦に勝利するための才などいらぬ。俺が求めるのは、戦を起こさぬ才だ」

一族が守ってきた使命が、はじめて己のものになった気がした。日本を出た時は、一族の守ってきたことだからと自分を納得させた。だが違う。民を護るという使命は、兼久が目の前の老人を凌駕するためにも、果たさねばならぬ使命だと思った。

「戦に勝利するより、泰平を守ることの方がよほど難しい」

趙良弼がかすかに頷いた。

「戦を起こす決断をしたお主の言葉とは思えぬな」

「この先、数百、数千年の泰平を守るため」

「そのために、日本の武士を殺すか」

嚙み締めるような言葉だった。苦しげでさえある。

「勝てば、驕《おご》り、滅びてゆく。千年変わらぬ人の性《さが》じゃ」

趙良弼がぎこちなく微笑んだ。

「じゃが、お主は幕府を勝たせねばならぬ。その矛盾に、お主が、いやお主の一族がどう応えるか楽しみじゃ。日本が嫌になれば、いつでも儂を訪ねてこい」

「俺を殺しに来たわけではないのか」

「間者一匹殺してどうなる。儂は陛下を止めはせぬ。日本にももう関わりはせぬ。瀕死の宋に止《とど》めを刺さねばならぬでのう。戦は起きる。ただそれを伝えに来ただけじゃ」

そう言って背を向けた趙良弼を止める言葉は出てこなかった。

俯き、再び顔を上げた時、幻であったかのように趙良弼の姿はなかった。

間章　人《ひとつ》国《くに》

日差しが眩しかった。

ついに太陽は中天へと昇り、影は足元だけを暗くしている。ひどく喉が渇いていた。

「その先は知っての通り」

声を落とし、右衛門介はいつの間にか晴れ渡った空を見上げた。

「対馬、壱岐の守護代は蒙古の大軍を前に全滅し、両島の民の惨状も史書が伝える通りだ。手に穴をあけられ、そこに縄を通された女たちは大陸に奴隷として連れていかれ、男たちは魚の餌として海に投げ込まれた」

正面に座る桂は無表情だ。高杉は瞼を閉じ、久坂は睨みつけるようにこちらを見ている。

「それでも、神国日本は蒙古に勝利した」

噛みつくような久坂の言葉に、右衛門介は首を左右に振った。

「神風によって蒙古が壊滅したことを言っているのであれば、的外れだな」

久坂が絶句した。

「物事の結果だけを見るな。大宰府を攻めた蒙古軍は、当初優勢だった。だが、それならばなぜ一度船に戻ったのだ。優勢であれば、攻め取った陸地に陣を固めればよかったはずだ」

右衛門介の言葉に、高杉が閉じていた瞼をうっすらと開いた。

「弓矢の不足、か」

唸るような呟きに、久坂が視線を逸らした。久坂も気づいたのだろう。

「そう。洪茶丘ら蒙古の将帥たちが摑まされた偽の報せによって、彼らは戦備えを怠《おこた》った」

「想定外に多い武士との戦で、蒙古は弓矢のほとんどを使い果たしたということか」

桂の冷静な言葉に、右衛門介は頷いた。

「陸の戦で優勢を保ちながらも蒙古が船に戻ったのは、弓矢が尽き、戦う術がなくなったからだ。そこに嵐が襲い掛かっただけ。嵐が無かったとしても、日本は勝っていた」

最初の襲来から七年後、再び蒙古襲来が起きるが、その時には時宗主導のもと、大宰府は鉄壁の備えが施されていた。二度目の戦では、十万に及ぶ高麗と宋の兵はそのほとんどが戦で死んだ。

七年という時を生んだのは、高麗が不用意に海を渡ったがゆえだった。一度目の戦で多くの兵と船を失った蒙古は、新たな兵を調練し、船を建造するまでに七年の時を要したのだ。

「強大な蒙古であろうと、深く敵を知り備えることで勝利することができた」

不意に訪れた大敵だったが、その勝利は周到な備えの末だった。

「だが、勝利した事実は、この国を大きく歪めた」

右衛門介は目を閉じた。人は愚かだ。一族に伝わる話を聞いて、真っ先に思い浮かべた言葉だった。

「多くの者が勝利した事実に酔い、神の国と称揚した。平穏を摑むため、皆が戦ったはずだ。だが、何者にも負けるはずがないという驕りが生まれたこの国は、日本がこの世の中心であると思うようになった」

　時は教訓を風化させ、人を愚かにする。

　神武帝の御代《みよ》から二千年もの時を経た今もなお、戦が止まないのは、人が時を生きるからではないのかとすら右衛門介は思っていた。記憶は記録となり、時の中で朽ちていく。だからこそ、時の止まった言い伝えを、彼らに伝えることが、自分の使命なのだろう。

「戦を始めたのは蒙古。この世のいたるところに死の風を巻き起こした。遠く欧州には、蒙古によって殺戮され、以来六百年、草ひとつ生えぬ街もあるという。たった一人の英雄が志した世界制覇という夢によって起きた悲劇だ」

「その夢を、今は欧米が持っている。ならば、我らも備える必要があるでしょう。先生は、早急にこの国を強国とし、欧米と同じように海の外に打って出るべきとおっしゃっていた。今の幕府にそんなことはできまい」

　久坂の言葉に頷き、右衛門介は息を吐いた。

「備えなければならない。それは俺も同意する。だが、お前の言う海外への進出は、朝鮮への出兵のことだろう。松陰は侵略の愚かさを知っていたよ。白村江を除けば、この国が唯一海を越えた物語だ」

　今からおよそ二百六十年前。

「太閤豊臣秀吉による朝鮮出兵。己が名を世界に知らしめんと海を越え、彼《か》の国にもたらした惨禍を、お前たちは知っているのか？」

自らの国を護るため、他国を蹂躙しようとする考えが、いかに無残な結末となるのか。この国を導く先、彼らは決断に迫られるはずだ。

その時、かつての悲劇を繰り返さぬため、彼らは知るべきだった。

第三幕

唐入り

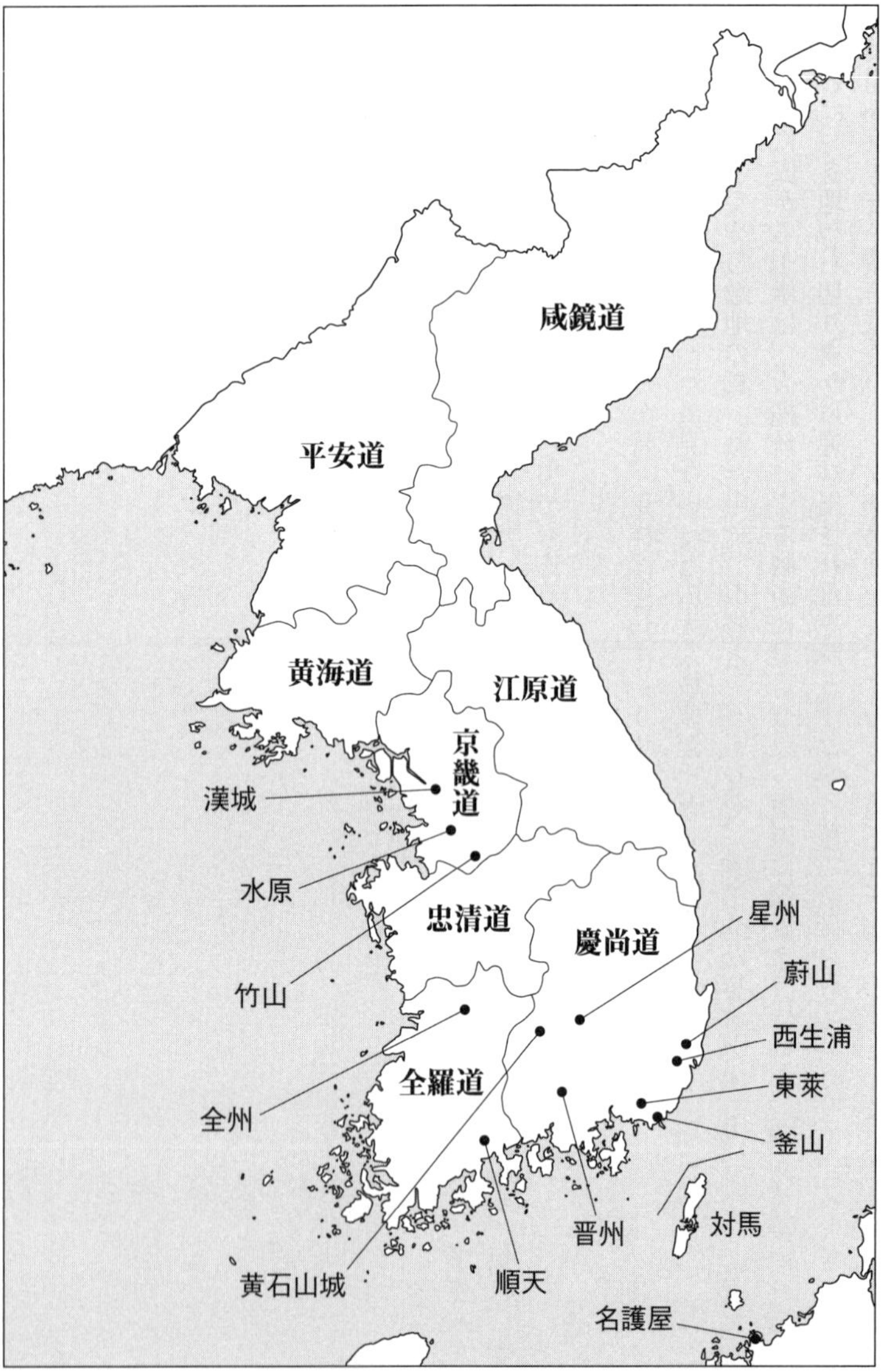

咸鏡道
平安道
黄海道
江原道
京畿道
漢城
水原
竹山
忠清道
慶尚道
星州
蔚山
西生浦
東萊
釜山
全州
全羅道
晋州
対馬
黄石山城
順天
名護屋

一

文禄二年（西暦一五九三年）七月――

益田元祥《もとよし》は手勢二百騎を率いて、東莱《トンネ》城から東北八里にある西生浦《ソセンポ》城に向かった。

海に面した西生浦城は、釜山《プサン》に集積された兵粮《ひょうろう》を海路で運び込むことができる。日本側の重要拠点の一つで、その改修を任されているのは、唐入りの二番隊大将加藤清正《きよまさ》だ。朝鮮に侵攻して以来、朝鮮王朝の恨みを一身に買っている男でもある。

「無茶をする……」

なだらかな丘陵地帯を抜けた時、元祥は思わずそう呟いた。

眼下に広がるのは、めったに見ないほど広大な城塞だった。

清正は、どうやら敵地の真っただ中で、改修というよりも、本格的な築城をするつもりのようだった。四方に広がる土塁は、火縄銃による戦術に見合うよう複雑に配置されている。絶えず接岸する廻船からは、各地の石切り場から運び出された石がうずたかく積み上げられていた。

太閤豊臣秀吉が織田信長の下で立身出世を果たす中で、清正は子飼いの将として常に傍にいた男だ。

朝鮮に渡海してきた大名の中でも、その忠誠心は屈指。開戦当初から奮戦し、朝鮮最北の咸鏡道《ハムギョンド》どころかオランカイ（現在の中国豆満江流域）まで侵入した清正の名は、敵にも知れ渡っている。朝鮮王朝と明の連合軍が、最も恐れている将と言っていい。

「加藤殿は、あくまで太閤の命を果たすおつもりか」

一番隊大将の小西行長によって明との講和交渉が始まっているが、秀吉の望みは講和ではなく、朝鮮と明の降伏なのだ。二番隊大将の清正は、あくまで秀吉の望む勝利を摑もうとしていることが西生浦城の縄張りから伝わってきた。

日本勢の足並みが崩れ始めている――。

呻《うめ》き、眉間に拳をあてた。

縄張りの内側では、襤褸《ぼろ》を身にまとう朝鮮人の人足が数千ほども蠢《うごめ》き、蟻の群れを思わせる。折れそうなほどに痩せた腕で木槌を持ち、加藤軍の鞭を恐れて這いずり回っていた。逃げ出せば、容赦なく撃ち殺される。

戦となれば厳しく果敢な猛将だが、肥後の領国では民を慈《いつく》しむ領主として慕われていた。秀吉の天下統一戦でも、戦場での人取り（人身売買）を禁じ、敵国の民にも称賛されてきたはずだ。見せしめだろう。人足の骸《むくろ》が積み上げられ、烏がまとわりつく無数の山を見て、元祥は清正の苦しげな顔を思い浮かべた。

渡海した先で、清正の戦は変わった。

「加藤殿だけではないか」

並み居る日本軍の大名たちの戦も苛烈に、そして残酷なものになった。

一月前の晋州《チンジュ》城攻めでは、十万余の兵の全てが、狂気に取りつかれていた。城内で血を吸っていない地面は無かった。一歩踏み入れれば、あまりに強い血の匂いで、腹の中のものを戻す者が大勢いた。折り重なる骸のほとんどが、武器も何も持っていない者たちだった。皺だらけの翁《おきな》の骸が、まだ生まれたばかりの赤子を抱いていた。納屋で怯える女を兵たちが凌辱し、泣き叫ぶ童《わらべ》を商人が売り払っていく。

地獄という言葉を、誰もが思い浮かべた。

言葉を失った諸将が並ぶ中、晋州城攻めで指揮を執った宇喜多秀家《うきたひでいえ》は、城の徹底的な破却を命じた。その日のうちに大火に包まれた晋州城は、三日三晩燃え続けた。

長い戦乱の世でも、同じような光景は嫌と言うほど見てきた。だが、日本での戦と違うのは、言葉が通じぬがゆえに、手を取り合う未来を思い描けないことだろう。誰もが、容易に残酷さに支配される。それは、徹底的に殺さねば、こちらが殺されるという恐怖の裏返しでもあった。

踏み込んではいけない場所に、足を踏み入れてしまったのかもしれない。僅かに鼓動が速くなるのを感じて、元祥は誤魔化すように馬腹を蹴った。

元祥の到着は、斥候《せっこう》が報告していたのだろう。肩衣姿の清正が、大手門まで出迎えに来ていた。切れ長の瞳と小柄な身体からは、虎と呼ばれる戦場の姿は想像できない。

「益田殿、ご足労痛み入る」

目礼した清正の手前で下馬した。

「戦が落ち着いている今、毛利家と加藤殿の連携を確認すべく。これを」

道中で書き記してきたものを手渡した。

「これは？」

「敵軍の規模の大小、侵攻の方角を踏まえ、二城の軍をどのように展開するか、思いつく限り記してきました。このうち、一つ二つでも役に立てば」

敵は朝鮮王朝軍と、王朝の宗主国である明国、そして各地の両班《ヤンパン》が組織した朝鮮義兵の三つ。士気も戦い方も違う敵に対して、同じように全力で対応していては疲弊する。日本勢が海を越えてきた遠征軍である以上、疲弊することは一番に避けるべきだった。

十数枚に及ぶ紙を受け取った清正が、目を見開いた。

「これほど細緻《さいち》に至るまで想定しておるとは。さすが、毛利の智嚢《ちのう》と呼ばれるだけはある」

「東萊は西生浦ほどの改修は不要でしたので、幾分かは暇がありました」

「正直、助かる。講和の交渉が始まっているとはいえ、思ったよりも築城に手間を取られ、なかなか軍の展開については調練できていなかった。今宵にでも話を詰めよう」

幾分、安堵したような清正が、疲れた笑みを浮かべた。

二日間、饗応を受けた後、清正の虎狩りに随行することになった。名護屋（現在の佐賀県唐津市）に滞陣している豊臣秀吉が、精力増強に効能があるとされる虎肉を、諸大名に求めていた。

「益田殿、これを」

馬上の清正が差し出してきたのは、四角に切り分けられた餅だった。

「肥後《ひご》飴《あめ》と言って、我が軍の力の源だ」

ひとかけらを口に入れると、黒砂糖の柔らかな甘みが口の中に広がった。

「美味いですね」

「であろう。虎肉よりも、この飴の方がよっぽど美味いと思うのだがな。殿下の御戯《おたわむ》れにも困ったものよ。まだ戦は終わっておらぬというに」

馬上の清正の言葉は、さして困ったとは感じさせない。秀吉の無理難題を、どこか楽しんでいるのかもしれない。清正の抱く秀吉への敬慕が伝わってきた。

行軍する兵は、元祥率いる二百騎と、加藤軍の徒歩《かち》三百人。

八方に斥候を放っており、今のところ敵の姿はない。加藤軍の徒歩を一町ほど先に進ませ、二百騎を左右後方の三方向に展開させた。

「軍内から何か見つかりましたか？」

声を落とした元祥に、清正が首を左右に振った。

「杳《よう》として摑めぬ。敵は相当上手く潜り込んでいるようだな」

嘆息した清正を一瞥して、元祥は頷いた。

西生浦まで来たのは、兵の連携を確認するためだけではない。

間者の炙《あぶ》り出しが、目下の急務だった。講和交渉が始まって以来、日本勢の中から朝鮮王朝に投降する者が続出している。軍内に紛れ込んだ朝鮮王朝の間者の手引きとされており、諸大名による苛烈な間者狩りが始まっていたが、一向に成果は出ていない。

「投降した莫迦者たちが王朝軍に調練を施すことで、敵も精強になりつつある。まことに厄介なことだ」

清正の言葉通り、もとは火縄銃の扱い方も知らなかった王朝兵が、今では自在に鳥銃を使いこなしている。

義兵と呼ばれる兵団も、厄介な存在だった。各地の貴士族子弟や僧侶が民を率いて、神出鬼没の動きで日本勢を襲ってくる。目を血走らせ、あばらの浮き出た義兵が手にするのは、土に汚れた鋤《すき》や鍬《くわ》だ。殺しても殺しても尽きず、恨みに歪んだ死に顔は、日本勢の士気を確実に削いでいた。

朝鮮の民が日本勢の陣営に紛れ込み、兵粮に毒を盛ったこともあった。捕らえられた民は、両腕両足を切り落とされ磔《はりつけ》にされたが、似たような騒動はとどまらなかった。

一人敵を殺せば、新たな敵が二人立ち上がってくる。朝鮮奥地に進むほど、日本勢の戦死者も増え続けていた。

「戦が始まって一年以上が経ちます。厭戦《えんせん》気分が広がっていることもあり、脱走する兵がいることは当然でもあるのですが」

「投降が続けば、明との講和交渉にも影響が出るかな」

「おそらくは。我らの兵力が痩せ細れば、交渉をひっくり返して、ここに攻め寄せてくることも十分に考えられるでしょうね」

一年前に渡海して以来、日本勢は常に勝ち続けてきた。慶尚道《キョンサンド》、全羅道《チョルラド》を疾風のごとく北上し、瞬く間に王都漢城《ハンソン》を陥落させ、王族すら捕虜にしている。

日本勢が明の征服を掲げていたこともあるのだろう。事態を重く見た明国は、従属国である朝鮮王朝を救うため、李如松《りじょしょう》率いる五万の南下を即座に決定した。だが、李如松が碧蹄館《へきていかん》の戦いで大敗すると、敗北の傷を広げぬため、明は朝鮮王朝の意思を無視して日本との講和を決めていた。

「朝鮮王朝の武官たちは講和に納得しておりません。彼我《ひが》の兵力が覆《くつがえ》れば、明の意思を変えられる。そう思う者がいてもおかしくはありませぬ」

「戦は、儂の望むところでもあるがな。烏が何羽集まったところで、烏合《うごう》の衆には変わりあるまい」

無精鬚を撫でる清正に、元祥はぎこちなく頷いた。

厭戦気分の広がっていた日本勢も、明の提案に飛びついた形だが、軍内には講和に否定的な者も多い。その急先鋒が加藤清正だった。秀吉の望む明の降伏を遂行しようとして、対等な講和を画策する小西行長らと鋭く対立している。

海を越えた戦は、国を二つに割る。益田家に伝わる言葉が、講和交渉が始まって以来、脳裏に浮かんでは消えていた。百年の争乱を勝ち抜いた兵団なのだと思ってみても、日に日に不安は大きくなる。

それきり押し黙った元祥たちが、低木に覆われた丘陵に到着したのは、一刻経った頃だ。

清正麾下《きか》の将が、手際よく兵を配置していく。

「物見が虎を見つけたようだな」

幔幕《まんまく》の外が慌ただしくなったのは、清正が蛇目紋《じゃのめもん》の長烏帽子《ながえぼし》形兜《なりかぶと》を手に取った時だった。浅黒い顔をした武士が一礼し、清正の耳元で声をひそめた。清正の横顔が強張《こわば》っている。

「益田殿、騎馬をお借りできぬか」

「何事が」

「二里ほど北の村が、賊に襲われている。それがしとこの岡本で向かうつもりではあるが、徒歩では間に合いそうにない」

西生浦に戻って騎馬を揃える暇は無いという判断だろう。

「承知しました。それがしが行きましょう。西生浦からの援兵を待ち、加藤殿は後詰《ごづめ》を」

清正は日本勢の二番隊大将でもある。賊と見せかけた明や朝鮮王朝軍の罠でないとも限らなかった。

東莱城にも援兵を求める伝令を出し、元祥は二百騎を従えて駆けた。

正午も過ぎ、小雨が降り始めた時、遠くに立ち昇る黒煙が見えた。

山麓の谷間に、ひっそりとたたずむ小さな村だ。襲っている賊徒は、六十ほど。すでに庫《くら》を占拠し、周辺の館に火を付けている。村人は二百を超えていそうだが、女子供が多い。

「どうやら、敵の罠ではなさそうだな」

日本勢の略奪に加え、深刻な飢饉のせいで、村ごと流賊となっている者も多い。

馬を止め、後方を振り返った。

「火縄の用意をしておけ」

この程度の小雨であれば、用心すれば火縄銃は使える。元祥は二百騎を二つに分け、百騎を村左手の斜面に埋伏《まいふく》させた。

「戦い慣れているな」

元祥の接近に気づいた四十ほどの賊が、村を囲う柵の内側で一塊となり槍を構えた。弓を携えている者は数人のようだった。村人は賊の後ろで一塊になって、元祥たちを見ている。

「五十騎、柵を引き倒せ」

駆けだした五十騎が、馬上で鉤のついた縄を振り回し始める。投擲《とうてき》された鉤が柵にかかった。直後、濡れた地面から柵が浮き、引き倒された。

突撃の合図を出し、元祥は先頭で駆けた。賊の顔が恐怖にひきつる。嫌な予感がした。

「散開」

元祥の叫びと、空気を切り裂く音が重なった。飛来する矢を切り落としながら、賊に突っ込む。三人斬った時、敵を抜けた。

「我らに弓を向けるか」

背後では、賊の断末魔が響いている。正面を見据えた元祥の目に映ったのは、襲われていたはずの村人が、元祥たちに向けて弓を構える姿だった。その瞳は、怒りに染まっている。

弓を構えるのは、二十ほどの村人だ。老いた者や若い女たちに交じって、まだ十も超えていないであろう童もいる。庫を荒らしていた二十ほどの賊も、村人に加勢するように剣を構えていた。

「待機。村人には手を出すな」

朝鮮の言葉で叫んだ。

益田家の男児は、幼い頃から朝鮮や明の言葉を教え込まれる。毛利家の家臣として、元祥が真っ先に渡海する将として選ばれた理由の一つだ。

ゆっくりと馬を進めた。構えられた鏃《やじり》が、元祥の動きに合わせて動いていく。村人たちまで二十歩ほどの距離になった時、元祥は刀を鞘に納めた。

「賊を討ちに来ただけだ」

戸惑うような空気が流れ、住人たちが目配せをしあう。

多くの視線が、中央で弓を引き絞る壮年の男に向いた。男は異様な面貌をしていた。鼻と上唇を削ぎ落とされ、歯が剝き出しになっている。武術の心得はありそうだが、兵の身体つきではない。いや、食うものが無く、痩せこけているだけかもしれない。よく見ずとも、村人がろくにものを食っていないことが分かった。

静かに流れる沈黙の中で、不意に童が泣きだした。

「弓を下ろしてくれないか。童を怖がらせたくはない」

「お前たちは敵だ」

男が口を広げ、吠えた。

「この村の若者は、お前らに三百人も連れ去られた。六人だ。この村に戻ってきたのは、たった六人。残りは皆、死んだ。お前たちに、殺された」

「抵抗して、お前は鼻を削がれたか」

元祥の言葉に、男が激昂した。構える弓の弦は、見ていて痛いほどに引き絞られている。

「童を怖がらせたくないだと。人らしい言葉を使うな」

男の恨みは、痛いほどよく分かった。

この一年半、日本勢はあまりに多くの朝鮮の民を殺してきた。戦場だけではなく、小刀すら握れない赤子を殺して、その親から糧米を奪ってきた。従わぬ者は見せしめとして鼻を削ぎ、その家人を攫《さら》って商人に売り払ってきた。

朝鮮人の鼻が、功績として認められる。日本勢の中でそう広まると、戦の合間を縫って、兵たちが各地の村を襲うことも増えた。将官たちも、苦々しく思いながら、止めることはできていない。

男を見つめ、元祥は国宗《くにむね》の柄に手をかけた。

周囲の村人たちも叫び始めた。死の恐怖より、日本勢への怒りが勝っている。血相を変え、鬼のような形相で元祥を睨んでいた。

「私に、お前たちを救うことはできぬ」

民を生かすか、殺すか。選ぶのは、日本勢の総大将である豊臣秀吉だ。

従わぬ者を、徹底的に斬り伏せて、秀吉は天下を統一した。かつての秀吉の主君である織田信長は、その残虐さを大いに非難される。しかしそれは本能寺で敗れて死んだからだ。投降した兵に油の沁み込んだ蓑《みの》を着せ、生きたままに焼け死ぬ様を、酒の肴《さかな》とする秀吉の残虐さは、勝ち続けたからこそ非難されない。

いつまで、続ければいい――。

その言葉を呑み込み、心を殺した。

「撃て」

呟いた直後、背後から銃声が轟いた。無抵抗の村人たちが、次々に斃れていく。男が引き絞った弓を放った。飛来する矢を、斬り払った。目を見開いた男の眉間が、次の瞬間、破裂した。弾《はじ》けるように身体を浮かし、血煙を上げて倒れていく。

泣きわめきながら逃げる童が背を撃たれ、顔から地面に突っ込む。

母親の金切り声が響いた。

「左斜面の兵を村の後背に展開させよ。一人も、逃すな」

捕らえるか。麾下の問いかけに、元祥は首を振った。

清正が到着するまでに片付けておきたかった。

左斜面に埋伏していた百騎が村を包囲し、村人たちを追い立てていく。元祥に矢を向けていた者たちは、すでに全員が地面で血を流している。麾下の兵が、息のある者に槍を突き立てていた。

不意に、遠くから駆けてくる伝令が目に映った。馬の配分も考えず、必死で駆けている。清正が行軍しているはずの方角だ。

「朝鮮義兵の影あり。至急、お戻りを」

駆けて来たのは、虎狩りの幔幕で清正の傍にいた浅黒い顔の岡本越後守だった。

「敵の旗、数は？」

「旗は分かりませぬ。郭再祐《カク・ゼウ》など名の知れたものではありません。数は千を超えるほどかと」

未知の敵ということだろう。戦上手の郭再祐であれば、斥候に見つかるような下手はうたないはずだ。清正率いる徒歩は三百。精鋭といえど、千を相手にすれば分が悪い。

「加藤殿の采配は」

「蔚山《ウルサン》方面に迂回しながら、敵の裏を衝いていただきたいと。殿はここから南一里の谷間に陣を敷かれています。東側の丘陵に、埋伏に適した木立がございます」

「埋伏し、東から敵を衝けばいいのだな」

「御意。西生浦にも伝令を飛ばし、騎馬五百の出陣を命じております」

清正が敵をひきつけ、東西から挟撃する形にするつもりなのだろう。分かったと頷き、元祥は村を一瞥した。まだ生きている者がいる。だが、ここでの寸暇が、命取りになるかもしれない。

「全軍、退くぞ。加藤殿を助ける」

村の奥から駆ける騎馬から逃げるように、林の中に逃げ込もうとする童が目に映った。走れ。心の中でそう呟いた直後、少年の背に槍が突き立った。

目を閉じ、静かに息を吸った。

疾駆しながら、斥候を八方向に放った。清正を狙い撃ちにした策ならば、千の敵の他に埋伏軍がいるかもしれない。賊に村を襲わせたのも、自分と清正を離す策というのは考え過ぎだろうか。

「虎狩りなどという馬鹿げたことをやっているからだ」

秀吉への愚痴をこぼした時、遠くに丘陵が見えて来た。

西の太白山脈《テベク》に平行して、浮島のように三つ並んでいる。岡本が案内したのは、その東端の丘陵だった。山中に敵影はない。すぐさま二百騎を斜面に埋伏させ、元祥は清正へ伝令を飛ばした。

谷間を見渡せる場所がある。そう告げた岡本に連れられて向かったのは、稜線上にひっそりとたたずむ関帝廟《かんてぃびょう》だった。

まだ新しく、削り出したばかりの木の匂いが漂っている。

「……岡本殿、どういうつもりだ」

腰の国宗の重さを確認し、元祥は先導する岡本の背中に問いかけた。浅黒い顔を半分振り返らせ、岡本が頭を下げる。

関帝廟の前に、女が一人いた。

醒めるように青い綿襖甲《めんおうこう》を身に着け、切れ長の瞳の光は、元祥が気後《きおく》れするほど強い。朝鮮王朝の戦装束だ。歳は、三十手前といったところだろうか。白い美貌に浮かぶ恨みの強さが、妖艶さを増しているようにも感じる。

「益田元祥殿でございますね」

流暢《りゅうちょう》な日本の言葉だった。

周囲に敵兵の気配はない。だが、この女の気配も、目に映すまでは気づけなかった。日本勢の将官を手玉に取り、朝鮮王朝へ寝返らせている者がいる。陣営に流れていた噂を思い出した。

「岡本殿、主君を裏切るか」

「それがしの主は、後にも先にも沙也可《サヤカ》様ただ一人でございます」

静かな声でそう呟いた岡本が、木立の中に姿を消した。清正が危うい。だが岡本を追えば、沙也可という女に背を討たれるだろう。

「腕が立つようだな」

会話で時を稼げば、麾下の兵が探しに来る。そう思った時、沙也可が首を横に振った。

「この廟の下には、貴方たちに殺された千の民が埋まっています。たとえ二百余の兵が来たとしても、その恨みが貴方たちを呪い殺します」

「あいにく私は死人の恨みなどを信じない質《たち》だ」

「無知とは恐ろしいものですね」

無表情で呟いた沙也可が、流れるように宝剣を抜いた。

朝鮮王朝の軍は、集団戦でこそ弱い。しかし、両班と呼ばれる支配階級の子弟は、幼いころから武術の鍛錬を積んでいるため、一対一の戦いであれば、日本の武士と比べても遜色ない者も多かった。女が身に着けている戦装束の仕立ても、農奴に用意できるものではない。

国宗の柄に手を添える。

「我らの兵を誑《たぶら》かしているのはお主らか」

沙也可が皮肉げに頰を歪めた。

「正気に戻しているだけです」

「正気？」

「夫婦の前でその童を殺し、泣き叫ぶ母を嬲《なぶ》り殺す。抗《あらが》った父を殺し、その身体を裂いて木に吊るす所業が、正気とでも？」

「それが戦だ」

日本勢だけではない。朝鮮王朝を救いに来たはずの明の軍勢も、朝鮮の民を殺戮している。王朝の軍勢すら、民から兵粮を奪い、飢餓に殺しているではないか。

戦に綺麗、汚いという話は意味がない。

「潜り抜けた先に、我らは天下を統一し、泰平を摑んだ」

「ならば、今の貴方がたは、統一した日本の守りを固めるべき時でしょう。そして、天下を取った者の愚かさを止めることが、貴方の血の務めのはず」

沙也可の瞳が、哀れむように光った。

「それが分からぬほど、益田の血は愚かになりましたか」

悲しげに呟いた沙也可の身体が消えたように見えた。直後、地面を這うように近づいてきた。嵐の真っただ中にいるようだった。舞うような沙也可の剣を躱《かわ》すことに精いっぱいで、国宗を抜けない。

沙也可の息が聞こえた。微かな隙。踏み込み、国宗で斬り上げた。

手ごたえはなかった。天を衝くように、国宗を構えた。沙也可が口にしたのは、益田家に伝わる務めだ。

「あまり、驚かないのですね」

「この国に渡れば、いずれ現れるとは予期していた」

間合いを取った沙也可との間に、冷たい風が吹き抜ける。

「なぜ、唐入りなどという愚かな所業に手を貸しているのです」

問いかける沙也可に隙は無い。

「我が一族と、貴方の一族が交わるのは、千年の史《し》の中でも二度目。けれど、兼久殿は貴方ほど愚かではなかった」

蒙古襲来のおり、祇王という阿倍比羅夫の裔《すえ》とともに日本を救った祖先の名だ。

全身の血が熱くなった。兼久が高麗に渡り、日本を救ったことは益田家に伝わるものだ。だがその後、兼久が石見国に遺したのは、高麗で奔放に使ったとされる莫大な借銭。貧苦に喘《あえ》いだ一族は、南朝と北朝の戦に巻き込まれ、幾度となく存亡の縁に立ってきた。

「お主に伝わるほど、兼久が賢者であったとは思わぬ。兼久の力があったかもしれぬが、蒙古の兵を追い払ったのは、幕府を筆頭とした我が国の武士たちの強さだ」

「驕《おご》り、ですね」

「先祖の行いを過大に評することも驕りであろう」

元祥は兼久という男が嫌いだった。蒙古襲来を跳ね返した幕府は、そのまま高麗への遠征を計画していた。だが、朝廷や幕府に金をばらまいて、兼久はそれを止めた気配がある。もしも兼久が止めていなければ、今頃この地で話されるのは、日本の言葉だったはずだ。こうして今、朝鮮の民が血を流すこともなかった。兼久は守りに固執するあまり、千年の計を見誤ったのだ。

「阿倍比羅夫の裔というならば、朝鮮王朝ではなく、我らにこそ力を貸すべきであろう」

「貸しているではありませんか」

「戯言《ざれごと》を言うな」

「我らの使命は、海の外の脅威から、日本を守護すること。豊臣秀吉による唐入りは、いたずらに海の外に脅威を生み出すものでしょう。このまま戦が続けば、いずれ取り返しのつかないものが、日本を襲います」

「王朝が日本に降れば済む話だ」

元祥の言葉に、沙也可の目が吊り上がった。怒りが目に見えるようだった。堪《こら》えるような荒い息が、沙也可の口から洩れる。

「これは、忠告です」

沙也可の歯ぎしりが聞こえた。

「日本の民を護りたいと願うならば、百年の騒乱の末に摑んだ泰平を願うのならば、兵を引きなさい。さもなくば、日本を守護する者として、容赦はいたしませぬ」

「王朝兵ですら何もできぬ今、女の身であるお主一人で、何ができる」

「王朝など関係ありません。我が国の全てで、貴方がたを滅ぼします。我ら民の一人一人が、この国の意思です」

「見事な覚悟と言いたいが。全軍の進退は、私が決めることではない」

「いえ。貴方たちが決めることです。あなたも、国の行く末を決める日本の民の一人なのでしょう」

哀れむように言い放ち、沙也可は剣を鞘に納めた。

「私の魂はこの国とともにあります。されど、祖の覚悟した使命を捨てることもできはしない。貴方とは、血の繋がりもある。ゆえに、一度だけ忠告すると決めました」

沙也可が、一歩後ろに下がった。

「まもなく日本は二つに割れ、行く道を誤れば滅びるでしょう」

沙也可の言葉は静かだ。背中に、冷たい汗が伝う。

「我らは、海の外を見ることを宿命づけられた一族です。貴方が海の外を見つめている時、我らもまた日本を見つめていました」

「海の外から、何が見えるというのだ」

「驕る天下人と、静かに天下を狙う賢者の姿が」

沙也可の瞳の光が、抗いがたいほど強くなる。

一人の武士の姿が、脳裏に浮かんだ。沙也可の目がすっと細くなる。

「豊臣秀吉という男は、日本の戦乱を終わらせた英雄。されど、その跡を継げるだけの器が日本にはいない」

短く息を吐いた沙也可が、口を開いた。

「貴方は朝鮮の地を見てきたのでしょう。戦から遠ざかり、王朝は東西に分かれて権力を争うばかり。戦えば勝てる。そう思ったからこそ、秀吉の渡海を強く止めることはなかった」

沙也可の握りしめられた拳が震え、不意に背を向けた。

「その瞳は正しい。ここまで王朝の軍は敗れ続け、明の兵も敗れた。敗れたがゆえ、私の子は、赤子のまま命を失ったのでしょう」

沙也可の背中に、まがまがしい殺気が渦巻いているように感じた。

「じき、この国の全ての民が立ち上がります。貴方たちが殺した赤子は、誰かの子ではないのです。全ての民の赤子なのです。誰かの父や、誰かの母ではない。この国全ての民の父母なのです。殺せば殺すほど、多くの民が立ち上がる。それが、この国です」

肩越しに振り返った沙也可の横顔は、亡者のように青白い。

「貴方の瞳は正しかった。されど、私の瞳もまた同じく海の外を見続けてきました。我らの使命は、ここで潰《つい》えるものではありません。元祥殿。夢から醒めなさい。さすれば、恩讐を越えて、再び手を取り合えるはずです」

「我が子を殺されてなお、一族の使命を果たそうとするのか」

思わず口をついた言葉に、沙也可が目を閉じた。

「この国から、日本、大明の兵を駆逐するためには、使えるものはいかなるものでも使う。それが私の務めです」

か細い声がすっと響いた直後、沙也可の姿が木立の中に消えた。

追うべきだ。だが、固まった足は、微動だにしなかった。

二

文禄四年（西暦一五九五年）七月――

明との講和交渉が大詰めを迎えたことで、元祥たちは帰国を許されていた。

石見国益田庄に戻るのは、天正二十年（西暦一五九二年）に朝鮮へ出陣して以来三年ぶり。高津湊に降り立った元祥は、土の感触を踏みしめるように歩いた。益田を一望できる七尾城からは、帰還を祝う狼煙《のろし》が上がっていた。

昼時ということもあってか、商館が立ち並ぶ今市《いまいち》の通りには、焼いた鮎の匂いが漂っている。益田川の川辺を上流へと歩きながら、元祥は力無く拳を握りしめた。

「戦は、国を変える。分かってはいたことだが」

あまりにも少ない人通りに、元祥は呆然と立ち尽くした。

今市は、元祥と父藤兼《ふじかね》が生涯をかけて創りあげた街並みだ。

関銭《せきせん》（関所通行への税）や帆《ほ》別銭《べつせん》（発停泊への税）を免じることで大陸との交易を盛んにし、朝鮮や明、はては遠く越南《えつなん》（ベトナム）の鉄絵磁、暹羅《シャム》（タイ）の白磁など珍しい品が今市に流れ込んだ。それを目当てに、多くの東国商人たちが集い、莫大な銭を落とした。

三年前は、通りのそこかしこから異国の言葉が聞こえていた。朝鮮や明の言葉だけではなく、薩摩や奥羽の言葉がまじりあい、一獲千金を狙う者たちの熱気で、むせかえりそうなほどだった。生きる活力が満ちているようで、元祥はその光景が好きだった。

「ここにいた者たちは？」

「多くが国へと。一部、残った大陸の商人は大殿の命により、見島《みしま》に避難させました。海を渡った征討軍の戦ぶりは、伝わっておりましたがゆえ、彼らがここに留まっていれば、早晩、民とぶつかったでしょう。戦が終わり、民も安堵しております」

出迎えた老臣の横顔に、元祥はぎこちなく頷いた。

今回の朝鮮出兵では、費用捻出のために民にも重い賦役が課された。民が講和を喜ぶのは分かる。通りを行く母子の笑顔から、元祥は思わず目を背けた。

彼らの期待する講和交渉は破談に終わる。

征討軍を率いた大名たちは、ほとんどがそう確信していた。日本勢は戦にこそ勝利してきたが、苛烈な民殺しによってほとんどの土地を放棄してきた。敗れた明も、本国には数十万の兵がいまだ控えており、悠然と構えている。なにより、戦場となった朝鮮王朝が徹底的な抗戦を望んでいた。

秀吉の望む朝鮮の割譲を、明は拒否するだろう。

戦は再び起きる。その時、元祥が為すべきことは、毛利家を生き延びさせ、益田の家を生き残らせることだった。

高い土塁が見えてきた。父藤兼が起臥《きが》する三宅の館だ。戦国の世、七尾城の曲輪《くるわ》で起居していた藤兼が、ようやく城を降りて構えた館であり、泰平の象徴として民の目にも映っているものだ。

老いた父の目には、涙が滲んでいた。

藤兼に無事を報告した元祥は、疱瘡《ほうそう》で寝込んでいる嫡子広兼《ひろかね》を見舞うと、落ち着く間もなく京に向けて出立した。

伏見城下に到着したのは、七月十日の夜更けだった。

静かな夜、月明かりが冴え冴えと伏見の街を照らしている。

仰々しいほど、意匠を凝らした街並みだと思った。秀吉によって築かれた街は、年老いて枯れた気配は微塵もない。古来、公卿《くぎょう》たちの景勝地であった伏見に、宇治川の流れを変える大掛かりな治水を施してまで造営された五層の天守には、一介の農夫から天下人まで成り上がった秀吉の、有り余らんばかりの顕示欲が満ちているような気がした。

毛利屋敷で元祥を待っていたのは、毛利家一門の吉川《きっかわ》又次郎広家だった。

「ここでの太閤殿下の隠居が、泰平の象徴になるはずであったのだがな」

広家が肩を竦《すく》め、月夜に浮かぶ天守から、視線を逸らした。日本に戻り、十分に飯を食っているはずだが、その頬はこけていた。

毛利一門である吉川家の頭領であり、元祥にとっては義理の弟にあたる。朝鮮征伐でも軍を並べて戦ってきた。民を殺したという悔悟を語ることのできる、数少ない友だった。

「疲れたなあ」

日本七槍と称される猛将の本音が聞こえてきた。

「まあ、まずは飲め」

普段はほとんど酒を呑まない元祥でさえ、日本に帰還してからというもの、毎日のように酒を呑んでいた。広家を前庭の枯山水に誘い、元祥は酒の入った竹筒を一つ渡した。

「田舎者には、香木の匂いの中で飲むよりも、夜風の中の方が落ち着くであろう」

「どうであろうな。山奥に逃げても、今は落ち着かぬ気がする」

ため息を吐いた広家が、懐から鱲子《からすみ》を取り出した。

「お主の父御から届けられたものだ。明からの鱲子の量も途絶えているからな。有難い」

広家が鱲子を二つに割る。

「私は小さい方で良い」

「いや、朝鮮では救われた」

「そう思うのであれば、明日も又次郎、お主が用意してくれ」

鱲子は、広家の好物だった。苦笑した広家から小さいかけらを受け取り、元祥は口の中に含んだ。

痛いほどの辛さが口の中に広がる。竹筒の酒が、喉を焼くように感じた。

「益田家と明の交易はどうなっている？」

「立ち消えだ。元通りになるには、何年かかるやも分からぬ。この鱲子も高山国《こうざんこく》（濟台）からもたらされたものだ」

国を挙げた交易は、中央の権力者が取り仕切ることが慣例となっている。だが、その目を盗むように、民同士での交易の道が細々と無数にある。その中継地として、益田は古来栄えてきた。益田に集まってくるのは、それぞれの国の民の声とも言い換えられる。だが——。

「今は、いかなる声も聞こえてはこぬ」

その元凶は、元祥自身だった。秀吉による朝鮮出兵によって、国内の朝鮮や明の商人たちは悉《ことごと》く捕らわれ、かろうじて逃げ出した者たちも、日本へ寄り着こうとはしていない。

「又次郎よ、いつの世も、商人は逞《たくま》しいものだ。金になることであれば、たとえ敵地であろうと船を出す。憎き敵から金を稼ぎ、己が国を強くする。それが彼らの戦でもある」

「それをするほどの余裕もないということか」

「人が、いないのであろう」

元祥がそう呟いた時、広家が己の両手を見下ろしていることに気づいた。

「無辜《むこ》の民を殺した。その汚れが取れぬように感じる」

「私もだ」

「言葉の通じぬ者に、人はあれほど容赦を無くすことができる。それを、将も兵も、誰も分かっていなかったな。俺も止めることはできなかった」

削いだ敵の鼻によって功が認められることから、敵兵だけではなく無力な民も殺され、鼻を削がれた。老若男女問わず言葉の通じない民に、兵たちは嬉々として刀を向けた。

朝鮮の言葉を知る元祥の耳には、彼らの今際《いまわ》の呪詛《じゅそ》がこびりついている。

海を渡って、軍の手綱が握れなくなったことは確かだった。逃げ場のない異国の地。兵を統率する元祥たちもまた、生き延びることに必死で、兵を抑えることはできなかった。

朝鮮半島には、言葉では言い表せないほどの恨みが渦巻いている。再び渡海を命じられた時、自分の足は竦むかもしれない。

「止まるわけにはいかぬぞ」

心を見透かしたように言う広家に、元祥も頷いた。

「明と講和を結ぶにしても、朝鮮王朝を徹底的に叩かねば、彼らの持つ恨みは、元寇の再来となるやもしれぬ」

そう言って、元祥は竹筒から酒を口に含んだ。

「そもそも、講和もならぬであろうしな」

広家が頷き、口を開く。

「殿下は明や朝鮮が我らに服属したと思っておられる。名護屋を動かず、朝鮮の惨状を知らずに勝利したと思っておられる。実に馬鹿げたことだ」

「仕方あるまい。殿下は主上《しゅじょう》の叡慮《えいりょ》によって、渡海を引き留められていたのだ」

「武士としてこの国を統一し、明を征伐するという大それたことを成し遂げようとしたのだぞ。叡慮ごときに後ろ髪を引かれたなど、言い訳にならぬ。殿下が御渡海されていれば、今頃、我らは明の都で祝杯を挙げておったかもしれぬ」

広家が力無く首を左右に振った。

「かもしれぬな」

元祥自身、幾度も秀吉が朝鮮に渡ってくれればと思ったことがある。

豊臣秀吉という戦場の将には、誰にも真似できない不思議な力があるのだ。

貧相な身体で、皺だらけの細首は百姓にしか見えない。だが、その声は兵を高揚させ、その采配は名だたる将が黙して従う。率いる軍は、堅牢な石垣を、泥土のように破壊する。

平安の頃、朝廷の守護者として産声を上げた武士は、長く朝廷に支配されてきた。朝廷を敬《うやま》いながらも、武士の心の奥底には、自由への憧れがある。夢と言い換えても良い。

この男ならば、夢を現《うつつ》と出来るのではないか――。

大陸を支配し、武士による巨大な国を創ることができるのではないか。朝鮮出兵を危険と思いながらも、数多《あまた》の武士が熱に浮かされたように参加したのは、そう期待したからこそだ。稀有壮大な天下人の野望に、何も知らぬ民すらも、熱狂していた。諫《いさ》める父藤兼の反対を押し切って従軍した元祥も、秀吉の夢に心を高鳴らせた一人だった。

だからこそ、名護屋を動かなかった豊臣秀吉に、多くの武士が失望した。

日本に戻った諸大名を迎えた秀吉は、ひどく老いていた。生まれたばかりの赤子を溺愛し、後継者として育ちつつあった秀次を冷遇する姿に、武士たちは夢から醒めたのだ。

為政者の夢を盲目的に信じる愚かさに気づいたと言っても良い。

広家から竹筒を受け取り、懐にしまった。

「農夫から身一つで天下人に成り上がったのは、殿下の天稟《てんぴん》によるものが大きい」

武士が一城の主になることすら、生涯をかけてもなしえぬことだ。豊臣秀吉という男は、家臣も領土も、それどころか己の屋敷すら持たぬ農夫の身から遍《あまね》く天下を斬り従えた。

どれほどの艱難辛苦《かんなんしんく》に満ちたものか、武士であれば容易に想像できる。だからこそ、卑賤《ひせん》の身の秀吉の力を認め、大名たちは従ってきた。

だが、それは豊臣秀吉というたった一人の男への忠誠に過ぎない。

「秀次様であれば、納得する者も少なからずいたであろうが」

二年前、豊臣秀吉と淀の方との間にお拾《ひろい》（後の豊臣秀頼）が生まれたことによって、秀次の運命は大きく変わってしまった。お拾の誕生に驚喜した秀吉は、次第に秀次を疎《うと》ましく思うようになったのだろう。関白の座を剝奪し、この七月、秀次の高野山追放を命じている。

「月半ばにもご切腹という噂は、どうやら真のようだ」

謀反の廉《かど》とされているが、諸大名でそれを信じている者は誰一人いない。生まれた嫡子に家を継がせるため、秀次は粛清されるのだ。武家である以上、血の繫がった嫡子に家を相続させたいという気持ちは痛いほど分かる。だが、豊臣家は単なる大名ではなく、天下を統《す》べる家なのだ。優秀な跡継ぎの不在は、そのまま天下の乱れとなる。

沙也可の言葉が、不気味な力をもって元祥に絡みついてくるようだった。

「諸大名家の中でも秀次様と親交深かった者たちは、大いに慌てているな。伊達や最上、浅野らの使者が、とりなしを求めて徳川家の屋敷に列をなしておる」

「まさか、二歳の赤子にとりなしを頼むわけにもいかぬからな。元祥よ、諸大名家が認めている者が誰なのか、浮き彫りになったな」

誰もが徳川家康を認めている。その状況は、毛利家にとって厄介なことだった。

「再び朝鮮征伐が始まれば、我ら毛利勢は西国大名の中心として出兵を命じられる。だがな、又次郎。戦の最中に殿下がお隠れになれば、毛利家は存亡の危機に陥るぞ」

広家の表情が強張った。

「やはり、お主もそう思うか」

「殿下亡き後、この国をまとめられる者は数少ない。殿下とともに戦ってきた徳川殿か前田殿の二人ぐらいだ。だが、前田殿にその野心はなかろう」

「天下を狙うは、徳川殿か」

「お拾様に天下を治めることはできぬ。傍にいる石田殿や浅野殿がいかに優れていようと、諸大名家の中には、それを認めぬ者も多いだろう。徳川殿が望むと望まざるとにかかわらず、天下は豊臣の手を離れ、最も力ある者のもとに転がり込もうとする」

それが、人の世というものだ。

「その時、毛利家は徳川家の最大の障壁になりうるか」

広家の言葉に、元祥は頷いた。

東国の秩序を任されたのが徳川家だとすれば、西国の秩序を担うのが毛利家だ。領国の力も拮抗し、麾下の将兵も遜色ない。だが、毛利家の当主毛利輝元が老練な家康と対峙できるとは、家臣である元祥も思ってはいなかった。

「徳川殿は、今川家の質《しち》だった身から一国の主となり、織田右府（織田信長）の苛烈な要求にも耐え、殿下ですら無視できぬ力をつけられた。この国の行く末を、誰よりも見据えているだろう」

先の朝鮮渡海の前夜、名護屋城の大広間で、秀吉へ向けられた家康の冷ややかな瞳を、元祥は忘れていない。あの時、家康はこの状況を見通していたのかもしれない。ありえないと思いながらも、朝鮮で耳にした言葉を思い出していた。

驕る天下人と、静かに天下を狙う賢者の姿——。

諸大名の中で最大の力を持ちながら、家康麾下の軍勢は朝鮮に渡っていない。言い換えれば、戦乱を勝ち抜いた六万の精鋭が、家康の元には無傷で残っているということだった。

「毛利を異国の地で葬るべき。徳川殿が、そう考えてもおかしくはない。私が徳川殿の立場であれば、間違いなくそうする」

「毛利家が、朝鮮に取り残されかねないか」

広家が鬚《ひげ》に手をあてた。

「それが真なれば、我らは朝鮮に渡るべきではないが、それは難しかろうな。毛利家は、西国の盟主。朝鮮征伐でも主力だ」

呻く広家に、元祥は頷いた。

「殿下の先鋒として、毛利家は朝鮮に渡らねばなるまい。だが、ここで毛利家が徳川家に近づけば、殿下は我らを警戒するであろう」

「兵粮が届かぬなどという事態も起こりうるな」

秀吉には、毛利家をお拾の守護者として期待しているふしがある。目をかけた者の裏切りを、秀吉は容赦しない。

「殿下の命のまま朝鮮で無邪気に戦っても、毛利家は傷つき、徳川殿の思惑通りとなる。だが、徳川殿と結ぼうとすれば、殿下に干殺《ひごろ》しにされるやもしれぬ」

何もかも、仮の話でしかないことは分かっている。今はまだ秀吉も存命であり、家康も天下を狙うような動きは見せていない。朝鮮に再び渡ったわけでもない。

だが、益田家の当主として、元祥には家を残す使命があった。

中臣鎌足が恐れ、益田兼久が死力を尽くしたのは、日本を二つに割らぬためだった。今まさに、益田一族の頭領として、元祥は試されている。

徳川家に従うべきか、それとも家康を殺すべきか。

「死を心得た者を三百人ほど、東国へ送り込む。備えはしておくべきだろう」

「何をするつもりだ」

「毛利に仇《あだ》なすものを、取り除く」

次なる天下人が誰か、秤にかける。そう言葉にした元祥に、広家が小さく息を吞んだ。

直後、月が雲に隠れ、伏見の街並みに影を落とした。

三

毛利の将兵が朝鮮出兵を恐れ、東国に逃げ込んでいる――。

その風聞が京に伝わってきたのは、慶長元年（西暦一五九六年）十月のこと。秀吉の耳に入れば、厳罰を下されかねない事態だった。前回の渡海の折、敵前から逃げた大友家の当主は、弁明も受け入れられぬまま鎌倉以来の所領を没収され、今や幽閉の身となっている。

伏見の屋敷では、連日怒鳴り声の応酬が響いていた。領国から兵の脱走を許した不届きを責める者もいれば、京洛《きょうらく》での風聞を止められなかった元祥を責める声もある。血相を変えた老臣たちが駆けずり回っていた。

「東海道に所領を持つ大名家への使者を出せ。風聞の出所はすでに摑んでいるがゆえ、石田殿にはそれがしが弁明に参る」

そう言い残し、元祥は伏見の屋敷を出た。

「渡海は、年明けになるかな……」

城下町からは、童の唄声が聞こえてくる。戦を恐れることなく、明日の飢えに怯えることもない音色だ。誰しもが待ち望んでいた唄声は、もはや秀吉の耳には届いていないのだろう。

一月前の九月、講和のため、明の使節が秀吉との対面を果たしていた。

秀吉の怒りは凄まじいものだったという。

地震で倒壊した伏見城を避け、大坂城で行われた謁見の場に、秀吉は意気揚々と乗り込んだ。明から降伏の申し入れ、そして朝鮮半島で奪った領土の配分についての協議を想定していた秀吉の前に現れたのは、むっつりとした顔で秀吉を詰問する明の使節だった。

『即座に朝鮮国土を返還し、今なお朝鮮南部に残る倭兵を、即座に撤退させよ』

言葉の分からぬ秀吉が鷹揚《おうよう》と笑っていることに気をよくしたのか、明使はそう饒舌にまくし立てたという。側役の僧を介して明使の言葉を解した秀吉は、笑みを崩さず明使を堺に送り返した。だが、明使の姿が消えるや否や、手元の茶器を叩き割り、唾を飛ばしながら朝鮮への再出兵を命じた。

一度目の朝鮮出兵では、唐入りという夢を語っていた秀吉だが、毛利家に届けられた書簡には、鏖《おう》殺《さつ》という文字が不気味に躍っていた。朝鮮や明の兵だけではなく、全羅道に生きる女子供に至るまで、その全てを殺せと、秀吉は命じていた。

天下人の焦りが伝わってくるようだった。

このままでは、豊臣家には外征に失敗した武家という烙印だけが残るのだ。万が一、いま秀吉が斃れれば、お拾の代で豊臣家は滅びるかもしれない。

秀吉が欲するものは、もはや武士の自由ではなく、朝鮮の民を皆殺しにしてでも、外敵に勝利したという事実だけだった。聞こえてきた螢狩りの唄が、夢の終わりを告げるようだった。

石田治部少輔《じぶのしょう》三成の屋敷は、伏見城の内堀の傍に位置しており、秀吉の寵愛が伝わってきた。現れたのは、目の下に、濃い隈をはりつけた白面の三成だった。

ろくに飯も食わず、諸国から届けられる書簡をさばいていたのだろう。

「突然の訪《おとな》い、ご容赦願いたい」

そう言った元祥に、三成は冷徹な瞳を向け、不意にため息をついた。

「毛利家随一の切れ者がやってきたのだ。どうせ、無理難題だ。それがし以外には、捌《さば》けぬことであろう」

言葉の端々から、己の才覚への自負が滲んでいた。苦笑を返すと、三成もまた微笑みを浮かべて肩を竦めた。

石田三成は秀吉によって見いだされ、豊臣家の吏僚《りりょう》として名を上げてきた男だ。自ら戦場に立つことは少ないが、兵粮の輸送や領国の支配において、秀吉の天下統一戦を裏から支えてきた。三成がいなければ、統一は十年遅くなっただろうとも言われている。

「治部殿にしか相談できぬことです」

「東国のことですな」

運ばれてきた茶にも手を付けず、三成がそう言い放った。

三成は、言葉に衣を着せることも、迂遠《うえん》な言い回しもしない。鋭利過ぎる言葉遣いと、自らの才を恃《たの》む姿によって、敵を作ることも多い男だが、元祥は嫌いではなかった。頷くと、手元に置かれた茶を一口すすった。

「毛利家の将兵が、東国に逃れているという風聞が広まっています。老臣を東国に向かわせておりますが、なかなか思うように足取りがつかめず」

「殿下の耳に入れば、毛利家は厳しく咎《とが》められましょうな。ご家老衆の首が二つや三つは飛ぶかもしれませぬ」

「そうなる前に手を打ちたく」

「殿下の耳には入らぬよう、それがしが動きます。益田殿がなすべきは、兵卒を連れ戻し、朝鮮征伐を成し遂げることだけです」

こちらの真意を窺うように、三成がじっと見つめてきた。その程度のことで、自分の手を煩《わずら》わせに来たわけではないであろう。そう言っているようだった。しばらくの沈黙の後、三成もまた茶をすすった。

「時が惜しいですな」

湯呑が畳の上に置かれた。三成の瞳が、鋭く光った。

「堺にその風聞を流したのは、益田殿ご自身でしょう」

やはり、この男の目はごまかせなかったか。豊臣家を支える男の目は、網の目のように張り巡らされていると思った方がいい。

「気づかれていましたか」

「あっさりとお認めになるのですな」

「治部殿は無駄がお嫌いでしょうから」

その言葉に、三成が薄く笑った。

「それがしのもとに毛利家の重臣自ら訪れても、不自然ではない状況を作り出したように見えます。家中の者を騙し、いや、他の大名家の視線を躱そうとされているのか。益田殿が何をされようとしているのかは、大いに気になりますな」

切れすぎるほどに、頭の切れる男だ。下手な言い回しをすれば、痛くない腹まで探られる。毛利家が徳川家康と対峙することを考えるならば、この男の助力は必ずいる。

「治部殿を訪れたのは、毛利家は豊家に二心がないことを、申し上げておこうと思ったがゆえです」

「ほう。そういった言葉は、釈明する時に口にするもののように思えますが。何か、痛いところでもあるのですかな？」

「今はありませぬが、この先、むやみに疑われるのもはなはだ迷惑」

笑みの消えた三成の顔を、元祥はまっすぐに見つめた。

「殿下もご高齢です。恐れ多くも、その時のことを口にするのは憚《はばか》られますが、豊家の臣としては、それがしも貴殿も考えなければならないことです」

秀吉が死んだ後の日本のことを話したい。三成には伝わったはずだ。すっきりとした両の眉が近づき、眉間にしわが寄った。

「再度の朝鮮への出兵、毛利家は当主輝元をはじめ、死力を尽くす所存にございます。されど、殿下が望むような結末にはならぬでしょう」

「はっきりと申されますな」

「朝鮮の惨状は、治部殿も目にされたはずです」

三成もまた、一度目の渡海に付き従い、朝鮮各地に広がりすぎた諸将へ兵站《へいたん》を繋ぐという困難な役を任されていた。

朝鮮の水軍によって、名護屋から輸送される兵粮が滞《とどこお》った時、民の食い物を奪おうとする諸将を止めたのは、他でもない三成だった。民の恨みを買えば、治めることのできぬ地となる。並み居る大名たちに食って掛かった姿を、元祥も傍で見ていた。だが、飢えに苦しむ兵たちを前に、三成もついには略奪を認めるしかなかった。

あの時、陣幕の隅で拳を震わせていた三成の姿に、心を打たれたのを覚えている。

「戦で勝利することはできましょう。されど、朝鮮の地を殿下の名のもとで治めることは、覆水を盆に返すような難事です」

「でしょうな。おっしゃることはそれがしも分かっております。朝鮮の地で、我らはあまりに多くの恨みを買っている。あの国を治めることは、もはやできますすまい」

唇を噛んだ三成が、首を横に振った。

「益田殿が案じておられるのは、戦の最中、殿下がお隠れになることですな」

頷き、元祥は口を開いた。

「戦の最中に殿下が薨《こう》じれば、敵は勢いづき、我らは異国の地に取り残されることになる。我が毛利家は、豊家最大の矛であることを自負しております」

毛利家が朝鮮で力を失えば、秀吉の死後、徳川家康に対抗できる存在はいなくなる。言下にそう伝えた。幼いお拾だけが残れば、豊臣家の秩序が崩れかねないことは、三成も分かっているはずだ。

三成が腕を組んだ。

「この国で戦は終わったのです。矛の役目は、もうどこにもござらぬ」

唸るように三成が言った。政を司《つかさど》る者として、あからさまに家康を警戒する言葉は言えない。三成自身、まだ元祥を疑ってもいるだろう。頷き、元祥は一歩踏み込んだ。部屋の外には、小姓の気配が二つ。声を落とした。

「東国へ逃れた三百の兵は、それがしの麾下です。いずれも、毒を呷る覚悟をしております」

「物々しい覚悟ですな」

「我が兵は、もとより殿下の御親兵。殿下のために死す覚悟はございます」

英雄の暗殺を呑めるか否か。家康亡き世であれば、三成でも天下を御することはできるだろう。石田三成の器を知りたかった。

能面のように三成が表情を消した。その唇が小刻みに揺れている。

「ご家中は、何を望まれているのです」

わずかににじり寄り、元祥は三成の瞳を見据えた。

「元就《もとなり》公より続く、西国の礎《いしずえ》としての矜持《きょうじ》です」

「西国の礎ですか」

「左様。決して天下を狙うべからず。それが、元就公の遺命です。我らに天下への野心はなく、されど、膨大な血と引き換えに手にした所領だけは譲れぬ覚悟がございます」

そのためであれば、誰を敵とする覚悟もある。

三成の唇の震えが、徐々に小さくなり、止まった。

「軽々にものを言うことはできませぬな」

「治部殿だからこそ、無礼と承知しながらも、胸襟《きょうきん》を開いたつもりです」

秀吉が死んだ後、豊臣家中で徳川家康と対立する者があるとすれば、それは石田三成になる。それだけの才があり、文官でありながら歴戦の武官にも臆しない覇気がある。

目を閉じ、三成が口を結んだ。

これ以上、言葉を発するつもりはないのだろう。今は、それでいい。いずれ、三成が徳川家康との対峙を覚悟した時、その心には毛利家百二十万石の軍勢が思い浮かぶはずだ。

元祥は一度頭を下げ、三成の屋敷を辞した。

「思っていた通り、優しき男だな」

好機は刹那しかない。誰にでも訪れるものだが、それを摑める者と摑めぬ者がいるだけなのだ。秤は、傾いた。三成の白面を脳裏に浮かべ、元祥は迷いを振り払うように頷いた。

遥か東国から、革袋が届いたのは、その一月後のことだった。

四

慶長二年（西暦一五九七年）八月――

風が、血の匂いを運んでいるようだった。

曇天を低く舞う烏は丸々と肥え、黒い龍と見紛うばかりに群れていた。朝鮮では、烏は禍《わざわい》を呼ぶ凶鳥でもある。黄石山城《ファンソクサン》に拠《よ》る朝鮮王朝の兵は、今まさに絶望の面持ちで空を見上げているのだろう。

元祥は滝のように流れる汗をぬぐった。

全羅道、忠清道《チュンチョンド》、慶尚道、京畿道《キョンギド》。朝鮮南部の四道を攻め取ることが、今回の渡海に課せられた使命だった。

釜山に上陸した十四万の日本勢は、宇喜多秀家と毛利秀元率いる左右の二軍に分かれ、全羅道の全《チョン》州《ジュ》城を目指すことが決められた。黄石山城は進軍経路にある要衝で、全羅道と慶尚道の連絡を断つ意味でも、陥落させておかねばならない城塞だ。包囲する日本勢は、六万を超えていた。

「将兵以外は生かして捕らえ、日本へ送れ」

先陣を任された元祥は、祈るように叫んだ。

二度目の渡海。無事に日本へ帰還するため、もう一つの血族の助力が欲しかった。日本へ送った朝鮮の民の命は、沙也可への人質となる。すでに、益田家手下の中から、忍びの技に長《た》けた者を北に向かって送り込んでいた。

深更《しんこう》に始まった戦は、日が昇るころには決着した。峻険な山城に籠っていたのは、四、五百ほどの王朝兵と、昨日一昨日に剣を握らされたかのような二千ほどの民だけ。まさに、蟻を踏み潰すような戦だった。

山道には、烏の鳴き声が響いている。岩影の骸は烏に食いちぎられ、すでに顔の形も分からない。

不意に、草むらから短刀を握りしめた童が飛び出してきた。顔は泥にまみれ、口からは血が流れている。前後の兵が動くよりも早く、元祥は童の腕を捻り上げた。麾下の兵が太刀を抜き、近づいてくる。一瞥した元祥は、童を崖の下の川に投げ落とした。

遥か下の方から、水飛沫の音が聞こえた。矢をつがえようとした兵を止めた。

「撃つな。矢を無駄にすることはない」

岩陰の骸に火を付けるよう命じ、元祥は兵に先を急がせた。

守将とその一族はすべて討ち取っていた。頭蓋骨に味噌をつめ、塩漬けにされた首を、名護屋に送るよう命じた。ひとまず秀吉を安堵させる酒の肴にはなるだろう。

「捕らえた二千の民はいかにする」

軍議の場で、総大将毛利秀元に下問された元祥は、沿岸部に送るように伝えた。

もう数ヵ月すると、日本とは比べ物にならない厳冬が来る。

一度目の渡海では、多くの兵が寒さで手足を失い、そこを敵に襲われ死んでいった。同じ轍を踏まぬためにも、拠点とできる城郭を構築することが急務だった。

釜山を中心として、翼を広げるように新たな城塞群の造営が始まっているが、名護屋から送られてくる人足だけでは、圧倒的に数が足りない。築城が終われば、日本に送り出せばいい。

「動けなくなれば、その場に打ち捨てよ。鼻を削ぎ落とすことを忘れるな」

秀元の命によって虜囚が南へ進発すると、日本勢は即座に西北に転進した。

半月かけて周辺を掃討しながら進み、全州城に到達したのは二十五日の夕刻だった。城壁には、剣《けん》片喰《かたばみ》の旗が高々と翻っている。別働隊を率いる宇喜多秀家の旗だ。釜山で二軍に分かれて以来、全軍を覆っていた緊張がほどけたのを感じた。

その日のうちに、全軍の将帥が城内の客舎に集められた。

「あれが、名高い慶基殿《キョンギジョン》か」

寂しげに呟いたのは、猛々しい顔立ちに似合わず、古典漢籍を嗜《たしな》む吉川広家だった。王朝の太祖李《り》成桂《せいけい》を祭る廟であり、王朝の心の拠りどころでもある。

「元祥よ。二百年続いた史も、戦火にかかれば一夜で滅びるか」

「殿下の夢が、史を滅ぼした。天下人の抱く夢を、我らが盲目的に信じた結果だ」

「我らにも責があると？」

「そう思うのは驕《おご》りだろうか？」

元は見事な造作であったろう慶基殿も、日本勢の略奪によって破壊され、ただの黒い炭となっている。無数の民がここに詣《もう》でてきたはずだ。子の息災を願い、良人《おっと》の無事を願う。賑わう社《やしろ》を、瞼の裏から消した。

「足利尊氏以来、二百年ぶりに天下を統一した殿下を、誰が止められた」

広家の呟きに、元祥は拳を握りしめた。

それが、益田の役目だった――。

益田家の使命が霞《かす》むほど、豊臣秀吉という男の夢に、元祥含め皆があてられていた。史は繰り返す。それを円環ではなく、螺旋となすことが、史に学ぶということなのだろう。先の世に伝えるべきことだ。そのためにも、生きて日本に帰らねばならない。

夕刻、四方に灯の入った部屋に、先手から八番隊までの大将たちが集まってきた。

五十畳以上もあろうかという広間で、天井も高く、三十ほどの鎧武者がいても息苦しさは感じない。

日本勢が全州を制圧したことで、朝鮮王朝軍は漢城まで逃げ去っている。目下、対処すべきは、王朝救援のために送られてきた、八万の明正規軍だった。王朝の都である漢城に滞陣していたようだが、南下の気配を見せている。

「明軍には、それがしがあたりましょう」

口火をきったのは、まだ若い黒田長政だった。すっきりとした顔立ちだ。黒田官兵衛という秀吉の懐刀を父に持ち、朝鮮征伐で武功を挙げようと気勢を上げているようだった。逸《はや》る長政を抑え、宇喜多秀家が明軍の所在が記された地図を机の上に広げた。

「麻貴《まき》という将に率いられた明軍が南下を開始した。目指す場所は、水原《スウォン》」

秀家が指さしたのは、京畿道南部の街だ。日本勢が目指す忠清道のすぐ北に位置し、そこに布陣されれば、日本勢は自由に動けなくなる。朝鮮南部を押さえるためには、破っておきたい相手だった。

「明将は、前回とは違うのだな。麻貴というのは、いかなる将なのだ」

加藤清正の低い言葉に、秀家が品の良い丸顔に皺を寄せた。二十代半ば。ここにいる大名たちの中でも若い方だが、大らかな人柄のせいか、秀家を嫌う者はいない。

「明朝には、東李西麻《とうりせいま》という言葉がある。戦に長けた二つの一族を表す言葉だ。前回の明兵を率いていた李如松は、東の李一族の出だという」

「東が敗れ、西が出てきたということか。李如松と同じ程度ならば、恐れるにたりんな」

「李如松は、もともと麻貴の部下だ。油断はなされるな」

秀家の慎重な言葉に、清正が鼻白んだ表情をした。

軍議は、北上して明軍にあたる軍勢の編制と、南下して全羅道全域の村々を制圧する軍勢の編制に移った。

「毛利殿と黒田殿は北上し、麻貴にあたるべし。加藤殿は遊撃を」

秀家の言葉に、三人がそれぞれ頷く。若い秀家の采配の裏に、秀吉の指示があることは明白だった。嬉しさを隠そうともしない長政から視線を外すと、目についたのは安堵を浮かべる鍋島勝茂の表情だった。その横に立つ老齢の父、鍋島直茂の睨みに、勝茂が俯く。

直茂父子も、すでに撤兵後の日本の動乱を見据えているのだろう。九州の戦乱を生き残った直茂は、秀吉をして天下を取る智者と評された男だ。この戦では、自家の兵が擦り減らぬよう動くつもりかもしれない。

「残る我らは、全羅道全域を押さえ、冬を越すための備えをする」

絞り出すような秀家の言葉に、諸将が息をついた。

冬を越すための備え。それはつまり、全羅道の民から食料を略奪することを意味していた。同時に、秀吉に送るため、数万の民の鼻を削ぐことになるのだろう。

軍議で紛糾したのは、全羅道制圧の方針についてだった。

秀吉の命じる撫斬りを進めるべしとする小西行長と、畜生に劣る行為として行長を罵《ののし》った加藤清正の二将の激しい口論は、半刻にも及んだ。

共に先鋒を任されるほど、秀吉の信任は厚い。だが、前回の明との講和交渉において、明を格上とみなす行長と、あくまで対等な交渉を望んだ清正の二人は決定的に対立していた。邪魔な清正の行軍経路を、朝鮮王朝に漏らしたとする噂が流れた折は、両軍が衝突寸前の事態まで陥った。

激昂する清正を押しとどめたのは、秀家だった。全羅道の制圧は、沿岸部の築城を進めることが目的であり、撫斬りをすれば人足の調達にも支障が出るとして、行長の言葉を封じ込めた形だった。

鬱々とした空気が、諸将に広がった時、秀家の顔が元祥に向いた。

「吉川侍従と益田玄蕃頭《げんばのかみ》を、全羅道の仕置に借り受けたい」

不意の言葉に、諸将が怪訝《けげん》な顔をした。

「お二人が毛利家の要《かなめ》と承知している。しかし、これは殿下のご意向だ。益田殿はこの国の言葉を自在に操る。全羅道の民を慰撫《いぶ》するためにも、力を借り受けたい」

「我らに否やはありませぬが」

秀吉の命とあっては、拒否することはできない。吉川広家と元祥率いる五千の兵が離脱する穴も、加藤清正率いる一万の兵で十分以上に埋められるだろう。

秀家が頷き、軍議の話題は水軍の戦へと移った。

先の渡海時、日本勢を苦しめた李舜臣《イ・スンシン》という朝鮮王朝の水軍の将が、再び王朝水軍の統制使として沿岸部に現れたという。海戦に長け、おそらく日本勢の誰よりも秀でている。大兵でもって李舜臣を封じるため、藤堂高虎の南下が決められた。

軍議が終わり、諸将に酒が配られると、一人の小姓が近づいてきた。秀家の側仕えだ。案内されるままに客舎を出ると、焼け落ちた慶基殿へと導かれた。

夜空が、赤く燃えている。

遠くから聞こえる悲鳴は、日本勢の略奪に逃げ惑う民のものだ。苦しげな表情をして待っていたのは、先ほどまで諸将の中心で軍議を仕切っていた宇喜多秀家だった。目を閉じ、耳をすましている。

小姓が離れていき、姿を消した。遠巻きに警固の兵がいる気配はある。秀家が目を開き、首を鳴らした。美々《びび》しい顔つきが、わずかに歪む。

「玄蕃頭よ。地獄の刑吏に追われる者も、こうやって哭《な》き叫ぶのであろうか」

「地獄に堕ちた者は自らの咎を知っております。もう少し静かでしょう」

返した言葉に、秀家がさびしげに笑った。

「無辜の民とは、まさに朝鮮の民のことを言うのであろうな。ただ暮らしていただけ。突然、海の外から現れた異国の兵によって殺され、生き延びても捕らわれ、海の外へ売られていく」

「宇喜多様の耳にも入っておりますか」

「耳を塞いでも、心の悲鳴というものは聞こえてくるものだ。堺の商人どもは船を動かし、朝鮮の民を呂宋《ルソン》（フィリピンのルソン島）に売り払っているというではないか」

陶工など、優れた技を持つ者は日本に連れていかれ、人足にもならない女子供は、はるか南の呂宋まで売られていくことは、元祥も知っていた。秀家の顔に浮かぶ嫌悪に、元祥はいささか驚く気持ちで俯いた。

「そう畏《かしこ》まるな。玄蕃頭。今でこそ太閤殿下の猶子《ゆうし》（養子）として身の丈に合わぬ官職もいただいている。だが、私の父は、もとは諸国放浪の身であった。連れ去られていく民と同じよ。ゆえにこそ、私は迷っている」

「迷っておられるとは」

「この戦の終わりだ。負け戦を、どこで止めるべきか」

飄々と呟いた秀家に、元祥は思わず息を吞んだ。

「負け戦という言葉を殿下が耳にすれば、震怒《しんど》されましょう」

「だが、お主もそう思っておるからこそ、出陣前、治部を訪ねたのであろう。我らが考えるべきは朝鮮の支配ではなく、負け戦の後の豊家を、お拾様をいかに助けてゆくかだ」

元祥が呼び出されたのは、三成が秀家に含んでいたからだ。ともに秀吉に近く、親しむ機会も多い。怜悧な三成と、茫洋とした秀家は、案外に相性がいいのかもしれない。

「内密の話だ」

声を落とした秀家が、傍らに控えていた小姓に目配せした。周囲から気配が消えていく。

「殿下のお身体は、もはや天下を差配することに耐えられぬようなのだ」

「不例《ふれい》とはお聞きしておりましたが」

秀家が頷いた。

「人の二倍三倍、動いてきた方だ。そうして農夫から天下人まで上り詰めてこられたが、齢六十を超え、心ここにあらずという風になることも増えられた。豊家の臣としては、その先を考えておかねばなるまい」

「宇喜多様がお拾様を後見し、徳川様や前田様が傍にいらっしゃれば、大過ないことかと思いますが。

治部殿も、稀に見る知恵者にございます」

「買いかぶりだ、玄蕃頭。私だけではなく、治部のこともな」

そう言って秀家がころころと笑った。

「治部は確かに良く頭が回る。私も、若輩の身ではあるが少々戦に自信もある。だが、知恵と戦の才程度で治まる天下ならば、殿下の前に、無数の天下人が現れておったであろう」

「織田右府様は、抜きんでた智と戦の技によって天下を取られました」

「天下を取ることと、治めることは違うのであろう。織田右府の辿り着いた場所は、本能寺の業火ではないか。右府は、従う者に領国を与え、莫大な利を与えた。だが、天下は利のみでは治められぬことを、右府が示したと言ってもよかろう。殿下が天下を治めることに成功したのは、武士に夢を与えたからだと思っておる」

「夢でございますか」

そう口にしながら、元祥は唐入りと呼称された一度目の朝鮮への渡海を思い出していた。たしかにあの時、日本の全ての武士たちは、秀吉の夢が持つ熱に浮かされていた。

「武士に夢を抱かせる者のみが、天下を治めることができる。殿下亡き後、武士に夢を見せることのできる者は、ただ一人であろうな」

「泰平への夢、でございますか」

秀家の脳裏にあるのが、徳川家康の名であることは明らかだった。

しかし、と秀家が首を振る。

「一度は治まった天下だ。我らがその器にあらずといえど、容易《たやす》く手放すことは許されぬ。夢は所詮、夢。現になるとは限らぬ」

　諦観の籠った声だ。

「一度手放してしまえば、応仁以来の乱世に戻らぬと、誰が断言できようか」

「乱世を望む者は、いまだ多いでしょうな。奥州の伊達や薩摩の島津も、殿下という重しがなくなれば、飛躍を望むかもしれませぬ」

　秀家が頷いた。

「この陣中も、すでに油断はならぬ。鍋島の老狸などは、江戸と誼《よしみ》を通じている気配もある」

「戦は、始まっておりますか」

　秀家の眉間に、皺が寄った。

「いずれ来る戦に、我らは備えねばならぬ」

　息の荒くなった秀家が、襟元をただした。秀家は、元祥が豊臣家の先陣をきると疑っていないのだろう。

「沿岸部の築城のめどが立てば、毛利家の軍兵は先んじて領国に戻ってもらう」

　その言葉に、元祥は短く息を吸い込んだ。迂闊な返答はできない。だが、秀家は人の良い笑みを浮かべ、案ずるなと呟いた。

「殿下には、治部が奏上する手筈になっておる。されば、全羅道では無理をされるな。無事、日本に戻ることこそが、豊家への奉公と思われよ」

　徳川家との戦で役に立て。そう聞こえた。

「先陣をきることは、武家の誉れでございます」

静かに呟くと、秀家が小さく頷いた。

いずれ、徳川家康を敵とする。豊臣家の中心にいる者たちが、そう覚悟していることが伝わってきた。朝鮮の戦で、豊臣家に助力する勢力を増やすつもりなのだろう。

立ち去る秀家の足音が消えた頃、元祥は肩の力を抜いた。

渡海前の三成との会見が、奏功したと言っていい。毛利家が異国の地に取り残されるという事態は避けられそうだった。

だが、国は二つに割れ始めた。

その瞬間を目にしたような気がして、元祥は胸元にさげた革袋を握りしめた。

「豊家の先陣か」

人の良い秀家の顔を思い浮かべた時、赤く照らされた夜空に、星が落ちた。

五

慶長二年（西暦一五九七年）十二月――

全羅道の制圧は、水も漏らさぬ徹底さで行われた。

土地を奪うための戦ではない。ただ、朝鮮の力を削ぐための戦だ。

山に逃れた朝鮮の民を誘《おび》きだすため、各地に投降を呼びかける榜文《ぼうぶん》が立てられた。投降すれば田畑を返し、褒賞《ほうしょう》を与える。初めのうちは疑っていた朝鮮の民だが、海南《ヘナム》の島津軍に投降した者が手厚く保護されてから、山を下る者が増え始めた。山に逃れた王朝官人を引き立ててくれば、さらなる褒賞を与えられることが知れ渡ると、全羅道各地で王朝の官人たちが拘束された。

捕らえられた官人たちは、民の目に触れぬよう、妻子もろとも船に乗せられ、縛られたまま海に落とされた。

組織的な抵抗を封じ、この地に朝鮮人同士の遺恨を生じさせるための采配だった。

数多の官人が殺された後、安堵していた朝鮮の民が目にしたものは、槍をもって自分たちを追い立てる日本の大軍だった。歩ける者は巻き藁のように船へと押し込められ、日本へと運ばれていった。歩けぬ者は、その場で殺された。

秀吉の言葉が、地上に地獄を顕現させたようだった。

破滅的な全羅道侵攻を終えた日本勢は、越冬のための城砦を整えるため、蔚山《ウルサン》から順天《スンチョン》までの沿岸部に後退した。

沿岸部の築城の目途が立ち次第、半数の帰国を許す——。

秀吉の命が届いたのは、半月前のことだ。

全軍に秀吉の言葉が広まると同時に、明と朝鮮の連合軍によって、星州《ソンジュ》が奪還されたとの報せが入った。捕らわれた日本兵は、生きたまま煮えたぎる油の中に落とされたという。明軍による星州の奪還と、全羅道の悲劇が朝鮮全土に広まるや、各地で義兵が立ち上がり、続々と漢城に集結していた。

明軍の大攻勢が始まる。

その予感に、築城は一気に苛烈なものとなった。

兵も将も区別なく、泥にまみれていた。金槌の音は、夜も途切れることはない。熱病におかされて休もうものならば容赦なく打ち据えられ、時には見せしめとして磔にされる者もいた。過酷さのあまり、日本から送られてきた人足ですら脱走する者が多い。そのほとんどが、山野に潜む朝鮮義兵に捕まり殺されていったが、それでも後を絶たなかった。

捕らわれた朝鮮の民は、さらに悲惨だった。首を縄で繋がれ、寝ることも許されない。飲まず食わずのまま倒れても、焼鉄《やきがね》をあてられ、息絶えるまで石を積まされる。

城壁よりも骸の山が高くなり、従軍している僧たちは、念仏に声を嗄《か》らしていた。

「殿下の狡猾《こうかつ》さだな」

秀吉は分かっていたはずだ。帰国を餌にちらつかせれば、将兵は日本に帰ることを望み、容赦を無くす。秀吉の望む朝鮮の民の皆殺しが、諸将の意図しないところで果たされようとしていた。人を巧みに使う。秀吉ほどの者は、史上稀だろう。その巧みさが、恐ろしかった。

毛利家に割り当てられた東萊城の三里四方を巡回し、元祥は昼前には城内に戻った。

「二度、義兵と衝突した」

水の入った竹筒を差し出してきたのは、吉川広家だった。目が落ちくぼみ、何日剃っていないのか、髭が顔を覆っている。

「犠牲は？」

「三人が腕を失ったくらいだな。平地での衝突だったのが幸いした。死人は出ていない」

「平地でのぶつかり合いであれば、余裕はあるか」

三日前の夜更け、蔚山の湿地帯に誘い込まれた加藤勢二百が、突如として現れた千ほどの軍に敗北したことを言っているのだろう。地に疎《うと》い加藤勢はなすすべもなく全滅し、翌朝、蔚山城内から見える丘陵に、変わり果てた兵の無惨な姿が並んでいた。

十日ほど前から、敵との衝突が急増していた。

百から二百ほどの小勢だが、東西三十里にわたって現れては、日本勢に夜襲をかけている。朝鮮義兵だけではなく、明の正規軍も交ざっているようで、日本勢の犠牲を増やすというよりも、守備の弱点を探ろうという動きにも見えた。

「黒田の若僧の戦下手が災いしているな」

広家が吐き捨てた。

去る九月、全州から北上した黒田長政と明軍の間で戦があった。

竹山《チュクサン》を目指す黒田軍が稷山《ジクサン》に差し掛かったところで、明の先遣隊が襲いかかってきたものだ。小勢同士、一歩も退かない激戦となったようだが勝敗はつかず、一昼夜の戦いの後、互いに機を見て撤退している。

「明将の麻貴は、人心を焚きつけるのが巧みなのだろうな。あの戦を明軍の勝利と吹聴《ふいちょう》したことで、朝鮮の民が一気に立ち上がった」

小勢同士の小競り合いに過ぎないが、黒田長政が撤退したことは事実だ。連戦連敗だった朝鮮の民にとって、明軍の勝報は、一筋の光明に見えたはずだ。つづく星州奪還が、全土の空気を変えた。

「年が変わる前に、敵は来るぞ」

戦に関して、広家の勘はよく当たる。一瞥し、元祥は虎の毛皮を鎧の上から羽織った。

「お主ならばどこを狙う」

束の間、悩むようにした広家が肩を竦めた。

「蔚山城の加藤殿か、順天城の小西殿のどちらかだな。敵は地の利を持っている。東端か西端から崩されれば、我らは不慣れな地での長駆を強いられる」

日本勢の陣が長く伸びたところを急襲されれば、大軍は寸断され、各個撃破の憂き目に陥る。広家の予想は、明将の策と大きく外れていることはないだろう。

広家が東へと視線を向けた。

「殿下の命によって、全軍が東西に広く分散していることも我らの弱みだな。両城の築城は、いまだ半ば。大軍に包囲されれば、いかに戦巧者の二人でも耐えられまい」

「帰国への望みが、悪く働いているな」

広がった軍を一か所に集め、端から築城を進めるべきという元祥の意見は、封殺されていた。他将に先んじて築城を完成させなければ、帰国できない。その思いが、日本勢同士の協力を阻《はば》んでいると言っていい。

秀吉の采配の隙に、明将は気づいている。

「正念場になるぞ」

毛利家は一足先に帰国の途につくはずだった。だが、加藤か小西のいずれかが討ち取られれば、二人を寵愛する秀吉は憎悪を燃やし、帰国は白紙となる。怒りのままに仇討ちを命じ、日本に残っている大名の軍をさらに渡海させることは明白だった。

二将を討てば、朝鮮や明の軍は、今こそ非道の敵を討つべしと、大いに士気を上げるだろう。戦の規模はさらに大きくなり、終わりの見えない泥沼に陥ることになる。

凍るような寒さにもかかわらず、背には嫌な汗が流れていた。

「蔚山からは、人足の要請が来ていたな?」

元祥の確認に、広家が首肯した。

「野ざらしにされた日本勢の骸を見て、二日で三百人ほどが逃げ出したようだ。すでに家中から宍戸《ししど》元続《もとつぐ》を送っている」

「私も行こう。益田勢千を率いていく。火縄を千五百、大筒を五門持っていく」

過剰な装備だったが、広家が拒むことはなかった。

「蔚山と東萊の間に、半里間隔で兵を配置しておく」

「頼む」

東萊の築城はすでに終わっている。籠城になったとしても、戦巧者の広家がいれば、万が一ということもないはずだ。

千の兵と共に蔚山城に到着したのは、十八日の払暁《ふつぎょう》だった。

日出に照らされた蔚山城の威容に、元祥は思わず目を見開いた。二十四町(約二・七キロメートル)にも及ぶ惣《そう》構《がま》え(城の外郭)が二の丸、三の丸を囲み、石垣の高さは七間(約十三メートル)を超える。十二の櫓《やぐら》は、普請《ふしん》の途中のものも多いが、孤立無援でも耐え抜くという清正の覚悟が伝わってくる。

清正は修築の遅れている西生浦へと出向いているという。出迎えた宍戸元続に案内された城内は、鼻が曲がるほどの死臭が漂っていた。

「あれか」

惣構えの北側、一角に並べられているのは、丘陵から回収してきたのであろう骸の群れだった。目玉がくりぬかれ、後ろ手に縛られたまま激しい拷問を受けたことが分かる。手足の指が、全て潰されているものもあった。

頬に大きな傷をつけた元続が、元祥から目を背けるように項垂《うなだ》れた。

「申し訳ございません」

震える声だ。明らかに殺された兵の数よりも、骸の数が多い。

「お主がいて、止められなんだか」

「加藤殿の不在も重なり、城内にいた浅野殿でも、恐慌に陥った兵を抑えることは難しく」

加藤兵の骸とは別に、無造作に積み重ねられた骸は、明らかに朝鮮の民のものだった。同じように後ろ手に縄で縛られ、まだ新しい傷を全身につけている。腹を執拗に引き裂かれ、臓腑が地面にこぼれ落ちているものもある。

報復として、城内に囚われていた朝鮮の虜囚が殺されたのだろう。

こみ上げてきた吐き気をかろうじて抑え込み、元祥は骸の傍に跪《ひざまず》いた。

「せめて、縄を」

鎧どおしを引き抜き、元祥は黙々と骸の両腕を縛る縄を切っていった。元続と二人、全ての縄を切り終わった頃には、身体中が汗と血の匂いにまみれていた。陽は高くなり、城内のいたるところから怒号と金槌の音が響いている。

手巾で身体を拭い、元祥は二の丸に置かれた床几《しょうぎ》に座った。

「兵が怯えているな」

「左様です。この数日、山に入った人足たちがほとんど帰ってきておりません」

「脱走か？」

「それであればまだ良いですが、山中に潜む義兵の数が多くなったようにも。しかし、築城に手を取られ、討ち手を差し向けることもままなりません」

連れてきた益田勢の士気は高いが、討ち手として派遣することは危険すぎるように思えた。明将麻貴の徹底した要路封鎖によって、北に向けて放った間者は、誰一人として帰還していないのだ。もしかすると、視界に映る山陰には、すでに赤色に染まる明の旒旗《りゅうき》がたなびいているかもしれない。

二十日になって、斥候からの報せが急増した。

明や朝鮮義兵数千が山中に現れたというもので、各地の城塞から、隣接する諸将に救援要請が出されていた。空に揺れる狼煙は四本。最西端の順天城にも敵兵が現れたことを告げていた。敵の現れた位置に朱を入れた地図は、すでに真っ赤に染まっている。

広く分散しているのは、こちらに狙いを読ませないためだろう。

「まずいな」

呟きは、蔚山城の兵粮の少なさゆえだった。一万近い兵が、蔚山城の普請に携わっている。だが、城内にはそれだけの兵を維持する備蓄がないのだ。西生浦城の湊普請が終われば、海路、釜山から運び込まれる予定だが、それも十日ほどはかかる。それまでに攻められれば、味方の兵の多さに追い込まれることになる。

夕刻、元祥は城代の浅野幸長《よしなが》の元に出向いた。

「加藤殿は、いつお戻りになりますか」

「西生浦城の修築の目途が立ち次第じゃな。危急時には、飛んで戻るとは言っておったが」

西生浦城から蔚山城までは四里の道程で、馬を疾駆させれば半日もかからない。だが、敵もそれは承知だろう。伏兵を置かれれば、清正が生け捕りにされる恐れもあった。

「承知しました。益田勢は、道中の安全を確保するために動きます」

そう伝えると、幸長が恨めしそうな顔をした。吏僚としては優秀だが、戦は不得手とされる。引き留めようとする幸長を振り切り、元祥は夜陰に紛れて蔚山城を出た。兵の鎧を解かせ、城内に放置された骸を担がせた。

暗がりでは、骸を運ぶ人足にしか見えないはずだ。

山中に骸を運び込ませ、元祥も一緒になって土を掘り返した。

月明かりが、厚い雲に隠れた。その一瞬を衝いて、元祥は兵四百を率いて木立の中に踏み込んだ。敵に、動きを察知されるわけにはいかない。残る六百の兵は、骸の埋葬が終わり次第、西生浦城から蔚山城までの道中に埋伏するよう命じた。

益田山道から連れてきた杣師《そまし》（きこり）に先導させ、雲門山《ウンムンサン》を越えた。

「こちらが、当たりか」

夜半、熟練の杣師の一人が、敵影を見つけていた。朝鮮義兵の斥候だ。山奥深くまで、日本勢が入ってきているとは思っていなかったのだろう。不用心にも火を焚く十人ほどを眼下に見据え、元祥は蔚山と東萊に伝令を送った。

山を駆け下りるとすぐに蔚山城だが、東萊城や西生浦城が狙いでないとも言いきれない。

蔓が縦横に垂れる森の中、音もなく杣師が次々に戻ってきた。明の軍勢が、少なくとも一万以上。二刻ほどの間に、それだけの軍勢が見つかるということは、その数倍が山中に潜んでいるとみていい。

大軍で山道を越えることは、至難の業だ。明将麻貴が、この一戦のために周到な準備を重ねてきたことが伝わってきた。

鶏鳴《けいめい》が空に響くころ、山全体が動いたようにも感じた。山肌から、一斉に鳥が飛び立ち、空を埋め尽くす。薄茜の空が、一気に黒く染まった。

「なんだ、あれは」

声を落とすことも忘れ、元祥は駆けだした。見たこともない騎馬武者が、遠くの稜線上を疾駆していた。樹海をものともせず、平地のように駆けている。日本では見たことのない騎兵だった。このままでは、元祥が放った伝令よりも先に、明軍が蔚山城に辿りつく。

「西生浦へ向かう。蔚山には元続がいる」

急襲を受けたとしても、蔚山城の周囲には一万の日本勢がいる。清正によって縄張りされた城郭を頼れば、二、三万の包囲はものともしないはずだ。危険なのは、平地を移動してくる清正の方だ。

雲門山を転がり落ちるように駆け下り、平地に出た時、蔚山城の方角から砲撃の音が轟いた。明軍側に地の利があるとはいえ、時を考えると、蔚山城を襲っているのは騎兵部隊のはずだ。大丈夫だと、自分に言い聞かせるように呟き、元祥は駆けた。

太和江《テファガン》を大きく南に迂回し、西生浦城に近づいたのは、夕陽が西に沈む頃だった。駆けながら四方に放った斥候が戻ってきたことで、戦況が分かってきた。

明軍は四万を超え、そこに二万近い朝鮮王朝軍と義兵が随従しているという。急襲を受けた浅野幸長と宍戸元続は、千近い犠牲を出しながらも城内に退避していた。すでに西生浦城にも届いているだろうが、清正は夜を待って移動するつもりのようだ。

清正を待ち構える二百人ほどの敵小隊を、すでに十三隊捕捉していた。益田勢千を三つに分け、沼沢に潜ませた。

西生浦城の城門が開け放たれたのは、戌の刻（午後八時）を過ぎたあたりだった。

五百ほどの騎兵が、火の玉のような勢いで蔚山城の方角へ疾駆してゆく。敵の小隊がつられるように動いた。

「まだ動くな」

雪がちらつき始めた頃だった。沢のほとりに、人影が三つ現れた。全身が安堵に包まれた。

「礼を」

暗がりから現れた清正が、頭を下げた。

「お主からの伝令通り、騎兵は囮《おとり》とした。迷ったが、確実に蔚山城に辿りつくためにも、五百騎には覚悟をさせた」

清正の拳が震えている。

「礼には及びません。加藤殿が討たれれば、日本勢全てが死地に陥ります」

日本勢の中で、朝鮮を縦断して明の地を踏んだのは清正だけだ。敵からすれば、清正は武の象徴のようにも思われている。清正が死ねば、敵の士気が抗いがたい程のものになることは明白だった。

「蔚山城の包囲軍は六万弱。ここは加藤殿だけでも釜山まで退いていただきたい。諸将の軍を募り、蔚山城を奪回することも考えるべきでしょう」

元祥の言葉に、清正が目を見開き、首を左右に振った。

「できぬ。殿下より蔚山城の守備を仰せつかっているのだ。それは、それがしの死に場は、蔚山城よりも後方であってはならぬことを意味する」

清正がそう言うであろうことは予想していた。猛将を絵にかいたような男で、何より麾下の兵を見捨てられるような性格でもない。遮れば、元祥を斬り捨ててでも蔚山城に向かおうとするだろう。

「されば、蔚山城までの案内は私が」

すでに東萊城の広家には、蔚山城包囲の報せは届いているはずだ。東西の日本勢が集結するのに三日。そこから蔚山城まで四日。七日間耐えれば、勝ちが見えてくる。

息を吐きだし、元祥は苦笑を浮かべた。死地に立つつもりはなかったが、ここで清正を見殺しにすれば、秀吉が始めた戦はさらに大きくなっていく。

「お味方の到着まで、お力添えを」

「有難い」

短く呟いた清正を騎乗させ、蔚山城へと動き始めた。

麻貴は、明軍の中でも精鋭を送ってきたようだ。半里も駆けぬうちに、元祥の動きは捕捉された。左右後方から馬蹄が響いてくる。音の大きさから、こちらと同程度と判断した瞬間、元祥は反転を命じた。

敵の馬の脚は、こちらよりも速い。ただ逃げれば、追い付かれる。

闇の中、敵の騎兵が現れた。驚愕を浮かべる敵の首を、元祥は先頭で斬り上げた。

「このまま東萊城に向かう」

朝鮮言葉でそう叫んだ直後、敵を突破した。左前方の闇の中から、敵の馬蹄が響いている。

「四百、左前方の敵を止めよ」

石見から連れてきた兵たちだ。その親も、子の顔も知っている。傍を駆ける壮年の兵が、にやりとして頭を下げた。その頬の傷は、かつて父藤兼を救ったものであることも知っている。

「頼む」

元祥の言葉に、男を先頭に四百の兵が左へと逸れ、束の間で見えなくなった。

凄まじい乱戦の音が、闇の中に響いた。銃声が轟き、喇叭《ラッパ》の音が空気を裂いた。敵を集めるつもりなのだろう。敵の小隊が、次々に銃声の方角へ集まり、やがて干戈《かんか》の音は消えた。

歯を食いしばり、前を向いた元祥の先で、清正が鬼の形相で目を見開いていた。

凍る太和江まで辿り着いた時、元祥たちを追う馬蹄は、すぐ背後に迫っていた。蔚山城はもう目と鼻の先。馬蹄の大きさを考えれば、数千規模だろう。清正を先に渡らせ、元祥は氷の上で火縄の用意を命じた。

「焦るなよ」

土手を踏み越えてきた瞬間、手を下した。四百の火花が夜に弾け、遠くで落馬する音が聞こえた。

「退け」

混乱する敵をしり目に、元祥は一目散に駆けだした。蔚山城の搦手《からめて》から、惣構えの中に飛びこむと、城内から歓声が響き渡った。

すぐに本丸に諸将が集められた。

幔幕の中では、長烏帽子形兜を身につけた清正が床几に座り、腕を組んでいた。その前には、城代の浅野幸長や宍戸、清正麾下の飯田、森本、庄林といった勇将たちが並んでいる。

「浅野殿、宍戸殿。それがしが不在の間、苦労をかけ申した」

今朝は、敵の急襲を、味方の狩りの音と誤解した幸長によって被害が大きくなったようだが、それを責めるつもりはないようだった。

幸長が明らかにほっとした表情をしている。

「これより、蔚山城の指揮はそれがしが執る。城内の兵はおよそ九千。敵は六万ほどか。浅野殿、城内の兵粮はどれほどもつ？」

「食わすことができるのは、二日程度かと。兵粮以上に、水の貯えがありませぬ」

海に近いこともあり、井戸を掘っても出てくるのは塩水ばかりだ。空を見上げ、清正が頷いた。

「甕《かめ》となりそうなものを、本丸に集めよ。この時期の蔚山は氷雨がよく降る」

清正が戻ったことで、籠城する兵も元気を取り戻したようだった。城内が慌ただしく動きはじめ、普請半ばの堀の築造が、夜を徹して進められた。

陽が昇った。

「震えるな」

本丸から四方を眺める清正が、そう呟いた。

朱色の綿襖甲を身につけた兵が、途切れることなく蔚山城を包囲している。空に響き渡る喇叭の音は、風の塊となって城内を圧《お》し潰そうとするかのような迫力があった。

包囲の前面に布陣するのは、朝鮮王朝兵だ。

「王朝兵を捨て石にする、という布陣ではないな」

「王朝軍、義兵の意思でしょう。朝鮮の民の恨みは極まっております。蔚山城の日本勢を皆殺しにしたところで、彼らの腹は治まりますまい」

清正が黙し、小さく頷いた。

「それがしが死ねば、益田殿、指揮はお主に」

「承知」

包囲の中に十の道が開いた。後装式の仏狼機《フランキ》砲。日本では国崩しとも呼ばれる最新鋭の大筒だ。こちらに見せつけるように、砲弾が詰められていく。

直後、天地を揺るがす轟音が立てつづけに響いた。惣構えの柵が弾け飛び、土煙が立ち昇る。王朝軍二万が前進を始めた。

清正の指揮は、思わずうなり声をあげるほど巧みだった。空から戦場を見ているかのように兵を動かしている。士気も高く、近づく王朝兵を跳ね返し続けていた。日本勢の銃撃に、敵が退いた隙を見て、清正は全軍を三の丸まで下がらせた。惣構えは、守るには広すぎるという判断だろう。

翌二十四日、敵が四方から大量の荷車を曳いているのが見えた。惣構えを埋め尽くすほど大量の薪だ。城内の兵が、一様に怯えるのを感じた。蔚山城を落とすために、どれほど周到な準備をしてきたのか。目の前の光景は、兵の心を折るには、十分なものだった。

麻貴という明将は、こちらを正確に測っている。最初の二、三日は、こちらの士気を削ぐことだけに徹するつもりのようだった。明の本軍も未だ動いていない。

三千挺に及ぶ火縄銃の銃撃によって、火攻めは跳ね返したが、玉薬を使い過ぎていた。弾が無ければ、火縄銃はただの重い棒に過ぎない。だが、それ以上に深刻なのは兵粮の不足だった。三日目の夜、ついに底をつき、軍馬を殺して食べることが決められた。だが、それも一食分に満たない。

二日間、攻めてきた王朝兵を跳ね返す戦が繰り返された。その間、清正が期待していた雨も降らず、兵たちは激しい飢えと渇きに苦しんでいる。中には、日本から身につけてきた紙を食《は》む者もいる。

「広家、急げ」

思わず呟いたのは、飢えた兵が寒さによって斃れ始めた時だった。三の丸の土塀の内側で、銃を構えたままの兵が、相次いで死んでいく。

「薪を焚け」

敵が放置していった薪を城内に持ち帰り、元祥は盛んに火を焚かせたが、それでも兵の死は止まらなかった。

城壁に置いた竹筒の底に、わずかに残っていた水は凍りついていた。こぼれてこない水滴に、大声をあげて刀を振りまわす兵の頬を、気丈な兵が思いきり叩いた。正気を取り戻し、項垂れるように座り込んだ兵も、翌朝には息をしていなかった。

その夜だけで、二千近い兵が息を引き取った。

「氷雨か……」

元祥の身体を叩くのは、凍りついた雨だった。

曇天の中で、兵たちの頬はげっそりと痩せ細り、目の下には隈をはりつけている。紫色の唇を震わせながら、氷雨に打たれた兵が、次々に倒れていった。寒さで、指が動かなくなり、そのまま腐り落ちている者もいる。呻き声を上げる力さえ尽き果てているのだろう。吐息のような念仏が、城内に漂っていた。

もう幾日も耐えられないかもしれない。

空腹は、とっくに限界を超えている。兵だけではなく、将もまた何も口にしていない。酷い吐き気を堪えて遠くを見た時、大地が小刻みに揺れた。

「生き残れよ」

己を鼓舞した元祥の瞳には、土煙を上げて動き出した六万の敵が映っていた。

六

大の字に倒れ込んだ宍戸元続が、二の丸の筵《むしろ》の上で、胸板を大きく上下させていた。

甲冑のあちこちが傷つき、左腕には深い刀傷がある。明軍に包囲された部隊を救おうと、惣構えまで突撃した時に受けた傷だろう。

「気持ちを切らすな。じき、援軍が駆けつける」

「……本当に、来ますか」

息絶え絶えに呟く元続に、心配するなと微笑み、元祥は本丸に向かった。

兵の屍《しかばね》の中に立つ清正は、仁王のような表情で朝陽を睨んでいた。籠城当初は余裕のあった清正も、兵の半数以上が死んだことで、日に日に生気を失っているように見える。

明の包囲によって外部との連絡が遮断されて、すでに五日が経っていた。

「報せはありましたか？」

清正が首を振った。

「早ければ黒田や安国寺、竹中らが西生浦に到着していてもおかしくはないが」

敵軍の南下が、蔚山城だけであればいい。だが、順天や釜山などが同時に攻められていれば、味方は動きたくとも動けない可能性があった。兵粮を集積している釜山が攻め落とされれば、日本勢全軍が窮地に陥るため、蔚山城への援兵は後回しになるはずだ。

「我らが飢えで弱っている以上に、敵が強いな」

それは元祥も感じていた。明軍が精鋭であることはもとより、もとは農夫に毛の生えた程度でしかなかった朝鮮の王朝軍や義兵たちが手強かった。

「一度目の渡海時、長く戦の無かった朝鮮の兵は、日本兵一人で三人を相手にできた。されど、今では一対一でも危うい」

戦は、敵を強くする。親を、子を殺された恨みが、人を兵に変える。

「もって、あと二日だな」

「動くことのできる兵は四千ほど。もう一度、今日のような総攻撃を受ければ、そこで力尽きます」

瞑目した清正が、拳を膝に叩きつけた。

城内の兵が騒《ざわ》めき立ったのは、二十九日の昼だった。朝から降りしきる雨によって、敵の攻撃は止んでいる。酒盛りをする光景だけが城内からは見えていたが、昼過ぎになって、明軍から二十ほどの隊列が三の丸の虎口に近づいてきていた。

その一団は、麻袋の積まれた荷車を曳いている。

「迎え入れよ」

唸るような清正の言葉に、元祥は心の臓が、大きく鳴るのを感じた。

現れたのは、降伏を持ち掛ける明の軍使だった。

「金善忠《キム・サンチョン》と申します」

そう告げた使者は、浅黒い顔を上機嫌にほころばせ、あちこちに倒れ込む日本兵を見つめている。見間違えるはずもない。岡本越後守。一度目の渡海の折、清正麾下から朝鮮王朝に寝返った男だ。

元祥の方を一瞥した岡本が、清正へと視線を向けた。

「降伏されれば、貴殿の首ひとつで、城内の兵は飢えぬようにいたしましょう」

「随分と、信頼されているようだな」

岡本の身につける具軍服《クグンボク》は、朝鮮王朝でも高位の者しか身につけることを許されていないものだ。王朝兵に火縄銃の使い方を指南した功績によるものだろう。

清正の苛立ちを意に介さず、岡本が微笑んだ。

「米を運んできました。城内に生き残っている数であれば、全員にいきわたるでしょう」

「裏切り者の持ってきた米など口にできるものか」

「兵は、そう思ってはおらぬようですぞ」

皮肉げに笑う岡本の視線の先には、荷車に群がる兵たちの姿があった。

「毒などは入っておりませぬ。その証に、今宵はそれがしが人質となりましょう。米を食べて死ぬような者がいれば、お斬りくださいますよう」

「何が狙いだ」

「最初に申し上げたはずです。王朝は、加藤清正という武士の首を何よりも欲しがっております。加藤様の首が手に入るならば、降伏した兵は、それがしの下で農夫として人並みの暮らしを許すとの言葉をいただいてきております」

「たいそう評価されたものだな」

岡本の差し出してきた書簡を受け取った清正が、元祥へと投げ寄越した。訓民正音《ハングル》で記された書簡は、確かに清正の死を引き換えとする日本兵の命の保証が記されていた。

小さく頷くと、清正は天を仰いだ。

「時を」

「それほどは待てませぬが」

「一夜でよい。兵たちに心を決めさせねば、混乱が起きよう」

頼むと頭を下げた清正に、岡本が顎に手をあてた。

「待てるのは、一夜のみです。明日の夕刻までにそれがしが戻らねば、明軍の総攻撃が始まる手筈になっています」

項垂れた清正に、岡本が満足げに頷いた。

「三の丸の片隅をお借りしましょう」

三の丸の城壁から離れたところに幔幕を張り、その内側に岡本とその従者たちを案内した。二十人のうちの半数は、降伏した日本の兵なのだろう。大釜で炊いた米を、城内の兵に配り始めた。降伏すれば、すぐにでも腹いっぱいに米が食える。清正はすでに降伏を決めたと触れ回る者たちを見て、元祥は目頭を右手で押さえた。

「助力は、この一度だけです」

背後から聞こえたのは、静かな声だった。暗くなった城内には、篝火《かがりび》の弾ける音と、久しぶりの米を貪《むさぼ》る音が響いている。

振り返らずとも分かる。沙也可だ。

「越後守の一団に紛れていたのか」

「無用な話をしに来たわけではありません」

氷のような声音に頷き、元祥は息を吐いた。

渡海して以来、首からぶらさげて寝る時も離さなかった革袋を、沙也可の手に握らせた。朝鮮王朝への書が封印されたそれは、幾筋もの暴川《あばれがわ》が流れ込む関東平野で、静かに天下を見つめる男からもたらされたものだ。秀吉の夢から醒めた武士たちに、次なる夢を見せることのできる武士。その夢は、戦への熱狂ではなく、平和への切望だ。

「日本勢が退いた後、次なる天下人は、朝鮮王朝を助けることを約した」

短く、息を吸い込む音が聞こえた。

「日本に連れ去られた朝鮮の民を保護する。貴方が送ってきた使者が、そう申していました」

「私の生涯をかけて」

「必ず、郷里に戻しなさい」

「承知した」

「許したわけではありません。百年後のこの国のためです」

その声からは、怒りを押し殺していることが伝わってきた。

「あと三日もすれば、三万の日本勢が蔚山城に到着するでしょう。それまで、降伏を受け入れたように装って、時を稼ぎなさい」

息を呑み込んだ。もし、その報せが無ければ、清正は明日にでも明軍のもとに出向き、その胴と首は離れていたはずだ。なぜ、と口を開きかけた元祥を遮るように、沙也可が口を開いた。

「清正を殺したとしても、戦が終わるどころか、耄碌《もうろく》した秀吉は怒りのままに、さらなる兵を渡海させてくるでしょう。私は、それを望んでいません」

「明軍が敗れてもよいと?」

「彼らも、我らにとっては敵です。麻貴には、敗北でその罪を償ってもらいます。宗主国を気取っておきながら、彼らはこの国の民を殺しまわってきたのです」

沙也可の殺気に、言葉を発するべきか迷い、元祥は口をつぐんだ。自分が、沙也可にかけられる言葉など、何一つないことは分かっていた。

「この先、私は一族の務めを決して忘れぬ」

同じ過ちを繰り返させぬ。元祥がそう呟いた時、沙也可の気配が消えた。


肌を裂くような寒さにもかかわらず、汗が止まらなかった。

絶望の縁に立っていた兵たちもまた、土気色だった顔を上気させ、最後の力を振り絞るかのように雄叫《おたけ》びを上げている。

「刀を」

そう命じたのは、年が明けた正月四日の夜明け前だった。

黒く蠢く六万の大軍が、一斉に動き出した。

明軍総大将の麻貴が、城内からも見える位置で剣を振りかざし督戦している。退こうとする者が、麻貴の麾下によって斬り捨てられた。明軍の焦りが伝わってきた。これが最後の戦になることを、麻貴も分かっている。

三の丸はいまだ破られず、生き残った三千ほどの兵が、四方八方に銃を撃ちまくっている。

清正の長烏帽子形兜が、朝陽を受けて輝いていた。

直後、清正の采配が、大きく振られた。

麻貴の顔が引きつるのが、遠目に見えた。その瞳が、左右に向けられる。つられるように、元祥もまた二の丸から見える大地を見渡した。

左右の大地の縁に、延々と連なる旗が滲み出していた。

黒田家の藤巴《ふじどもえ》、鍋島家の杏葉《ぎょうよう》、長宗我部家の七つ片喰《かたばみ》。敵であった時は恐怖の象徴だったが、今は枯野に降り注ぐ慈雨のようにも思える。その中央に翻るのは、毛利家の一文字三星の旒旗だ。

城内から歓声が上がった。

突撃――。

遠くの言葉が、はっきりと聞こえた。左右の日本勢が、一斉に駆け始めた。麻貴が顔を歪ませ、指揮棒を地面にたたきつけた。直後、朝鮮王朝兵を盾にして、明軍が撤退を始めた。

「出るぞ。王朝兵には構うな。明軍を討て」

普段、声を張り上げない元祥の言葉に驚くように、兵が駆けだした。両開きの門が開け放たれ、駆け下る勢いのままに、敵にぶつかった。

ここで、明の指揮官を一掃する。日本への撤退を容易にするためにも、敵の主力である明軍将官の戦意を折っておく必要があった。救援軍もそれを分かっているのだろう。広家率いる騎馬隊が、先回りするように駆けていた。

大地は雪で白く染まり、傍の太和江の水面はしんと凍りついている。乾いた蹄が氷を砕くたびに、敵の断末魔があちこちで響き渡った。敵の中で、潰走《かいそう》する兵をまとめ上げようとしている男がいた。将としては優秀なのだろう。男の声に吸い寄せられるように、明兵が一塊となっていく。

刹那、蔚山城から轟音が響き、無数の砲弾が降り注いだ。男の周囲の地面がめくれ上がり、土煙の中にその姿が消える。間髪容れず、元祥は率いる千の兵を突っ込ませた。逃げ出した明の兵を、広家が次々に刈り取っていった。

「追撃は、我らに任せよ」

降ってきた声を見上げると、十文字の槍を携えた広家が、颯爽《さっそう》と馬首を翻して駆けて行った。すでに、夥《おびただ》しい明兵の骸が連なっている。千や二千ではきかない。

周囲から戦いの喧騒がなくなった時、元祥は両膝を地面に突いた。

見渡す限り、屍の原野だった。

どれほどの命が、死んでいったのか。瞳に映るのは、ほんの一握りの死でしかない。戦で十万の兵が死に、その何倍もの民が飢えによって死んでいった。

始めてしまった戦を止めようとして、死んでいったのだ。

一度、戦が始まれば、それを止めるには夥しい犠牲がいる。目の前の光景は、戦の虚しさを元祥に伝えているようだった。戦を起こさぬための戦い方こそが、国を護る術なのだろう。知っていたはずの理《ことわり》は、百年の戦乱を勝ち抜いたという傲慢によって、見失っていたものだ。

蔚山城に戻った元祥のもとに、頬をこけさせた清正が近づいてきた。足元のおぼつかぬ清正に肩を貸し、血に濡れた石垣の上に座らせた。

「この戦は、これで終わるかな」

「大きなものは、そうでしょう」

頷いた元祥に、清正が目を閉じた。深い嘆息が聞こえた。

「国へ帰れば、再び戦か」

それがいかなる種類の戦になるのか、言葉にするつもりはないようだった。朝鮮出兵の失敗は、豊臣家の力を大きく削ぐ。清正もまた、秀吉の死後に起きるであろう戦を見据えている。

歩き出そうとした元祥を、清正の声が追ってきた。

「お主は豊家の武士でよいのだな」

肩越しに振り返った元祥の目に映ったのは、どこか悲しげな清正の顔だった。

百年の借りがある。それを果たすことが、元祥の務めだった。

「神代から先の世まで、益田の血は日本の武士でございます」

そう応え、元祥は清正に深く頭を下げた。

間章　道

長らく目を閉じていた桂の瞼が開き、視線を萩の政庁へと向ける。悠然と腕を組む高杉は空を見上げ、海を睨む久坂は苛立ちを隠そうともしていない。

立ち上がり、右衛門介は三人に背を向けた。

陽を浴びた海は晴れやかで、遥か彼方まで見渡せる。

「太閤秀吉の病によって、毛利家は一足先に朝鮮から日本へ帰ったことは、お前たちも知っているだろう」

「三成との密約によって、太閤亡き後、秀頼公と神君家康との争いの矢面《やおもて》に立つため、毛利勢は帰国したということか。だが、はて。俺の知る限り、その三成を裏切り、神君を助けたのは、吉川広家公と益田元祥公だったと記憶しているが」

背後から響いたのは、高杉の声だ。

「天下分け目の関ヶ原の大戦。西軍率いる石田三成と、東軍を率いる神君家康。両軍の布陣を見て、神君が勝利すると予想する武士は一人もおるまい。それほどに、家康公に不利な布陣だった。公の正面には石田三成、左手の松尾山には小早川秀秋が、背後の南宮山《なんぐうざん》には毛利家の本隊三万が布陣していた」

高杉の言葉通り、開戦前の布陣だけで見れば、関ヶ原の戦は石田三成の勝利が疑いないものだった。

頷き、右衛門介は肩越しに三人を見た。

「夢を見せること。それが天下を治める者が備えるべき器だ。神君家康にあって、石田三成にないものだった。いずれ三成にも備わるかもしれないものではあったが、朝鮮征伐から撤退し、明や王朝の軍の追撃を警戒せねばならぬ中、そのような暇は日本にはなかった」

まあ、伝わる話だがと頬を吊り上げ、右衛門介は桂たちに向き直った。

「毛利家が徳川家に与《くみ》することは、二度目の渡海前から広家公と元祥公の間で決められていた」

久坂が驚くように目を見開いた。

「渡海前、東国に逃げた毛利家の武士たちのことを話しただろう。あれは、何も石田三成との会談を成すためでも、まして家康公を暗殺するための策でもない」

言葉を区切り、自らの言葉が伝わっていることを確認し、右衛門介は口を開いた。

「彼らは関東の野に伏し、関ヶ原直前、神君の前に現れた。毛利家は徳川家に帰参する。山野に潜み、家康公が起てば、そう伝えることが使命だった」

「起たねばどうするつもりだったのだ」

桂の声にも、驚きが滲んでいる。

「誰にも知られず、関東の山野で死んだであろうな」

国の先を見据え、動く。そこに賭けがあっては駄目なのだ。非道の策であろうが、あらゆる局面を想定し、備える必要がある。徒労の末に死のうとも、諾として受け入れる覚悟が必要なのだ。

松陰の死に憤激するだけのお前たちに、そこまで先を見据えた策と覚悟があるのか。

「彼らの働きがあったからこそ、家康率いる東軍は西軍の包囲網の中に自ら入り込んできたのだ。そして、毛利、小早川が三成を裏切ったことで、家康は天下をとった」

その結果が、二百六十年にわたる泰平の時代だ。

「この国の行く末が、今この時にかかっていることは否定すまい。だがな、だからこそお前たちは国を動かすことの重さを知るべきだ。一国の動乱の行く末が、海を越えてどう波紋を広げるのかを、お前たちは考えねばならぬ」

それがお前たちに期待した松陰の望みだろう。

「お前たちは、敵を知るべきだ。日本の敵がいかなる者なのか。幕府はまことに日本の敵なのか。松陰を殺したがゆえに敵などと、愚かなことは言うなよ。見極めろ。世界を知れ。そして、国を動かすだけの力をつけろ」

今のままでは、せいぜい諸藩の浪人たちを糾合して、散発的な蜂起が関の山だろう。老朽化した城跡に立て籠り、いずれ幕府の追討軍に殺されるだけだ。

いつのまにか、身体中から汗が噴き出していた。

遠くから、駆けてくる足音が響いていた。

「九一と稔麿《としまろ》はしくじったようだな」

胡坐《あぐら》をかいていた高杉が、不意に高笑いをあげた。

「当役殿の話は、それなりに面白いものだった。松陰の洒落た最期を飾るにも相応《ふさわ》しいもの。と同時に、まだまだ俺たちのごとき豎子《じゅし》（青二才）では、片田舎の長州の国家老殿にも及ばぬことが分かった」

聞こえてくる足音が、右衛門介の手配した藩兵のものだと分かっているのだろう。

「考えを変えたわけではない。この国に幕府は不要だ。二百六十六もの藩を束ねるだけの力は、今の徳川家にはない。だが、国を変えるならば一気呵成に。失敗は許されぬ。当役殿の話で新たに学んだよ」

目を細めた高杉が、久坂へ目を向けた。

「久坂。京に行け」

「僕に命令をするな」

「命令ではなく頼みだ。俺が誰かにものを頼むことがないのを、お前も知っているだろう」

瞳を怒らせる久坂が、己を落ち着かせるように荒く息を吐きだした。

瞼を閉じ、顔を背ける。

「やはり、当役殿の話に納得はできません。むしろ、その話を聞いて一層、この国を変える必要があると確信しました。この国を変え、日本を貶《おとし》めようとする夷敵《いてき》を討つべきだと。当役殿の話は、我らにはそれを成せる力があるということでしょう」

久坂の瞳にある敵意は消えていない。この男の原動力は、反骨心にある。松陰の言葉を思い出し、右衛門介は心の中で苦笑した。

「京に行くのか？」

「高杉の頼みとあらば、それに応えられるのは僕しかいますまい。京で攘夷《じょうい》の同志を募り、天下に火を上げます。邪魔だてをすれば、容赦はいたしません」

「俺は田舎の国家老にすぎぬ。邪魔だてしようなどとは思わぬが、無為に死のうとすれば全力で止める」

そう返した右衛門介に、久坂が舌打ちして背を向けた。遠ざかる背中が、若く光っているように見えた。若者たちの背を押し、見守ることが、自分にできることだろう。松陰が願ったことでもある。

久坂の背中が見えなくなった時、高杉が立ち上がった。

「俺は東国を見て回り、そのあと海を渡る」

「ほう」

「列強に貪《むさぼ》られる上海を、この目で見ておきたい。昼行燈《ひるあんどん》殿、しばらくの間とはいえ、俺たちを思い留めさせたのだ。その責は果たしてもらうぜ」

「責？」

高杉の頬には、不敵な笑みがはりついている。

「俺がいない間、この国を護ってもらう。滅ぼそうものならば、真っ先にその首を刎《は》ねる」

高杉が、踏み込んできた。

「木偶《でく》であろうが昼行燈だろうが、使えるものは使う。それが俺の信条だ。当役殿が暗愚でないことが分かった。それだけでも大きな収穫だ。老け込むには早い。松陰亡きいま、手綱を握らせてやろう。俺たちを護ってみせろ」

「お前は、つくづく不遜な男だな」

高杉の背後では、胡坐をかく桂が、頬杖をつき、微笑んでいた。

「暴れ牛。あんたたちがつけた渾名だろう」

哄笑《こうしょう》して、高杉が立ち去った。二人残された浜辺で、桂が長い息を吐いた。

「これで、君は巻き込まれたな」

「桂、お前が、巻き込んだのだろう」

古い友の横に座り、右衛門介は膝を抱えた。

「あいつらを導く才が、俺にあると思うのか。益田家の使命を、俺も理解している。だがな、我が子の代、その子の代であれと幾夜も願ってきたのだ」

国の行く末などという大仰な場で、自分が活躍できるなど考えたこともなかった。

「どうするつもりだ？」

波音の中に聞こえた桂の声に、右衛門介は肩を竦《すく》めた。

「高杉や久坂のやろうとしていることは革命。松陰は、この国が選択肢を持てるようにしたかったのだろうな。成功するにせよ、失敗するにせよだ」

吉田松陰という男は、感傷的でも短絡的でも、まして理想的でもなかった。

ただまっすぐにこの国を想い、現実だけを見ていた。日本という国が、自ら何を選び、摑み取るのか。松陰は、その愛弟子たちの犠牲すら計算に入れて、道を増やしたとも言える。

ならば、自分のすべきことは一つだけだった。高杉や久坂の道が潰《つい》えた時、この国が行くことのできる道を整える。

「俺は、幕府と朝廷が結ぶための道を探るさ」

この国が道を選んだ時、どちらかが死ぬ定めだ。

嘆息が止まらなかった。

「久方ぶりに、酒でも呑もうではないか」

やはり、のんびりと言葉にした桂に、右衛門介は大きく舌打ちした。

序幕

禁門

一

益田右衛門介親施《ちかのぶ》は、失敗したのだ。

松陰の仇討ちを止められて三年。もはや、あの男を待つ必要はない。いや、待つことは罪でさえある。迷う自分を叱咤し、久坂玄瑞は拳を強く握った。

この国に走る亀裂に、楔《くさび》を打ちこむ。それが、自分の役割だ。

左右に並ぶ藩士たちを見やり、光明寺の参道へと踏み出した。

文久三年（西暦一八六三年）五月十日——

茜色の光が、大樹の上に広がっている。

篝火《かがりび》の並ぶ参道には、夏の暑ささえ焼き尽くすほどの、藩士たちの熱気が渦巻いていた。誰もが興奮を顔に張りつけている。隣を行く吉田松陰門下の吉田稔麿《としまろ》を一瞥すると、普段は冷静寡黙な男も、悪鬼のような笑みを浮かべていた。

「稔麿、まさか食った狐に憑かれたわけではあるまいな」

気持ちを和《やわ》らげるための言葉だったが、思いのほか藩士たちからは笑いが起きた。稔麿が気恥ずかしそうに笑い、息を吐きだした。

「あの狐肉はまずかったな」

「味の感想が言えるあたり、まだ無事なようだな」

再び起きた笑いに、久坂は静かに右手を挙げた。静寂が広がり、篝火の弾《はじ》ける音だけが響いた。光明寺に並ぶ者が五十名。下関の台場には、さらに九百名を超える藩士たちが今か今かと、その時を待っている。

「時が来た」

呟きは静かだったが、境内《けいだい》に並ぶ者たちの士気が上がるのが、手に取るように分かった。

「攘夷《じょうい》の魁《さきがけ》だ」

響き渡った歓声の中央を進み、久坂は光明寺を出陣した。

馬関《ばかん》海峡までは、一息の距離だ。庚申丸《こうしんまる》に乗り込んだ時、降り始めた雨は、すぐに肌を刺す篠雨となった。

木造横帆船である庚申丸は、三年前、萩の恵美須《えびす》ヶ《が》鼻《はな》造船所で建造されたものだ。欧米列強の技術を学び、造り上げた。攘夷の嚆矢《こうし》として、おあつらえ向きだろう。

「庚申丸が先に仕掛ける。癸亥丸《きがいまる》にはそう伝えろ」

そう号令し、久坂は船首に立った。

雲の中で陽が沈み、背後の陸地から強い風が吹き始める。追い風だ。風だけではない。日本に生きる三千万の民が、進み行けと背を押しているようにも感じた。

海峡の波は、いつになく静かだ。

庚申丸の甲板に緊張が走ったのは、正子《しょうし》（午前零時）を過ぎた頃。指呼《しこ》の距離に、ペンブローク号の船影が滲んでいた。闇夜に翻っているのは、星条旗だろう。染め抜かれた三十四の星は、長く眠っていた日本を震え上がらせた象徴だ。

艦長の命令で、六門の砲が次々に装填されていく。

肌に粟が立った時、砲の準備が整ったことを伝えられた。

「悪いな、益田殿」

呟き、久坂は正面を見据えた。

幕府と朝廷。この国を、自分が二つに割る。

ペリーが浦賀沖に来航してから、ちょうど十年が経った。ようやくだ。ようやく、反撃の狼煙《のろし》が上がる。

「撃て」

次の瞬間、砲撃の閃光が海峡に広がった。

続けざまに、後方の癸亥丸から轟音が四度響いた。悲鳴が響く。ペンブローク号の水夫だろう。蒸気の音が唸り始め、碇《いかり》を上げる音が聞こえてきた。ペンブローク号からは混乱が伝わってきた。

ゆっくりと船影が動き始めた。応戦する気はないらしかった。砲を準備する者はいない。回頭した庚申丸と癸亥丸が撃ち込んだ砲弾が、ペンブローク号の右舷を粉砕した。藩士たちが吠え、久坂は懐から拳銃を取り出し、照準を船影にあわせ、笑った。

引き金から指を離し、そのまま懐中に戻した。

ペンブローク号が徐々に遠ざかっていく。追うかと聞かれて、久坂は首を左右に振った。敵は蒸気船だ。こちらが追い付けるはずもなかった。

これで、欧米は日本が敵となったと認識するだろう。幕府は怯え、朝廷は歓喜する。圧倒的な力を持った欧米を前に、もうこの国は後戻りできない。するつもりもなかった。師である吉田松陰の死に血涙を流してから三年待った。

「餞《はなむけ》だ」

残る砲を闇に撃ち込ませ、久坂は濡れる拳を天に突き上げた。


萩に帰還した久坂を待っていたのは、恰幅の良い福原越後のしたり顔だった。

広庇《ひろびさし》に胡坐《あぐら》をかき、右手には朱塗りの盃を持っている。毛利一門ながら、永代家老福原家を継いだ男で、五十歳近いはずだ。

「よくやったのう」

上機嫌で盃をかかげた福原に、久坂も軽く頭を下げた。

「アメリカの艦船を実力で打ち払ったとなれば、これで益田の青二才も、大きな顔はできまい。朝廷にも、早馬を送った。久坂よ、これよりのちは、儂とお主の時代ぞ」

夜更けから飲んでいるのだろう。福原の顔は、真っ赤に染まっている。

幕府と朝廷を結び、開国すべしと藩を動かしてきた若い益田を、福原は嫌っている。藩政府から益田の力を削ぐために近づいた久坂に、福原は一も二もなく乗ってきた。

「それでのう、久坂よ。これからどうするつもりだ。我が藩の艦隊を横浜に送り込むか？」

壮挙に酔う福原に、久坂は微笑み、首を横に振った。

「それは時期尚早というものでございましょう。我が藩のみでは、攘夷の完遂は難しい」

「何を言う。奴らは砲を撃ちこまれただけで逃げ出したではないか」

この男は現実が見えていない。久坂が打ち払ったのは、あくまでアメリカの商船でしかないのだ。一月もすれば、各国の軍艦が報復のために下関沖に姿を現すだろう。そこで、長州は惨敗するはずだった。その時、この男がどんな顔をするのか拝めないことが残念だった。

嘲笑を腹の中にしまい込み、久坂は徳利の酒を、福原に注いだ。

「大殿への報告はお任せしても？」

そう言った久坂に、福原が嬉しそうに笑った。

「褒美《ほうび》も期待してよいぞ。お主は、ここからどうするつもりじゃ」

「京へ向かいます」

「ふむ。左様か。よし、国許のことは儂に任せておけ」

いそいそと立ち上がった福原を見送り、久坂は萩の城下を北へ向かって歩いた。

青く、空が晴れ渡っている。海に突き出した指月山《しづきやま》の頂上には櫓《やぐら》が連なり、その麓にそびえる五層の天守は、関ヶ原直後に建てられたものだ。

「莫迦な真似をしてくれたな、久坂。俺は止めたはずだ」

雑踏の中でかけられた声の主は、振り返るまでもなく分かった。

「晋作、君は謹慎中のはずだろう」

「お前の後始末に駆り出されるのは、俺だろうからな。先に言い訳を聞いてやろうと、わざわざ出向いてやったのだよ」

ふて腐れたような言葉に苦笑し、久坂は振り向いた。片手を懐に突っ込んだ高杉晋作が、斜に構えて立っている。猫背ぎみだが、傲岸な態度によって、見た目よりも大きく見えるのは、昔から変わらない。

「歩こうか。浜で稔麿が待っている」

鼻を鳴らした高杉が、通りの料亭に入り、暫くして出てきた。大事そうに抱えた甕《かめ》を、久坂に押し付けてきた。酒精が鼻をくすぐった。高杉の左手には、鮎の入った魚籠《びく》がぶら下がっている。

「一人、二尾ずつだ。入江はいないのだろう」

「光明寺に残ってもらった。その方が、君の都合も良いと思ってな」

「減らず口を叩くな」

嘆息した高杉の背を叩き、久坂は笑った。

浜に出た久坂たちは、打ち上げられた田舟に座り込んでいる稔麿を見つけ、手を振った。遠くから高杉の抱える魚籠が見えたのか、周囲に散らばった枝を集め始めたようだ。

手際よく火を熾《おこ》した稔麿が、高杉から魚籠を受け取った。久坂と高杉で、手ごろな枝を削り、串を六本作っていく。

「懐かしいな」

呟いた久坂に、高杉が笑った。

「久坂、お前の不器用さは変わらぬな。なんだその不細工な串は」

「うるさい。僕が苦手なことは知っているだろう。細工などは、大谷君の領分だ」

「益田殿の懐刀、大谷樸助《ぼくすけ》か。松陰先生も褒めそやしていた男だな」

「手強い相手だ」

「藩内で争っている時でもないだろうに」

暴れ牛という渾名らしからぬ言葉を吐いた高杉が、砂辺に座り、鮎に串を打ち始めた。

「稔麿、焼きは任せるぞ」

「ああ。君らに任せると全て黒焦げにするからな」

一番年少の稔麿の言葉に、高杉がその頭を一度叩いた。叩かれた方も、嬉しそうな顔をしている。その光景に腕を組み、久坂はゆっくりと伸びをした。のんびりとしたこの景色を見ることができるのは、次はどれくらい後になるだろうか。

指を脂でべたつかせながら鮎を貪《むさぼ》り、酒を飲んだ。高杉が盃を海に投げ込んだのは、黄昏の空に烏が羽ばたいた時だった。

「アメリカの商船を砲撃した真意を聞かせてもらおうか」

水平線に沈む夕陽を眺める高杉の声に、久坂は小さく頷いた。

この男が味方となるか、敵となるかはまだ分からない。吉田松陰門下の頃から双璧と呼ばれ、識才を競ってきた。確かなことは、高杉が自分に勝てないように、自分もまた高杉には勝てない。だからこそ、身動きの取れない場所に、この男を置いておきたかった。

「砲撃の真意は、ただ一つ、攘夷のためさ」

「耄碌《もうろく》した爺さんや、世間知らずの公家どものような莫迦を言うなよ」

高杉が舌打ちした。

「お前の狙いは、武士の敗走だろうが」

「さすが、お見通しか」

「当たり前だ」

唸り声をあげた高杉が、力なく首を振った。

「久坂、お前は欧米の真の姿を知らなすぎる」

「また、上海の話か」

「何度でも言うさ。奴らは、石垣などとは比べ物にならぬほど堅牢な要塞を、わずかな期間で作り上げる。軍艦、武具の備えは言うに及ばず。攘夷を成すことに否はない。だが、それはこの国が一つにまとまっていてこそだ」

改めて言われなくとも、その程度は分かっている。分かったうえで、久坂はもはや後がないと覚悟したのだ。

「幕府と朝廷の公武合体を推し進めた長井殿が失脚し、益田殿が失敗した時点で、もうこの国が一つにまとまる機会は無くなったよ」

すでに、この国には大きな亀裂が入っているのだ。

開国を進める幕府と、攘夷を望む朝廷――。

欧米という敵の姿を知らぬ諸国の草莽《そうもう》たちは、幕府の姿勢を欧米の武威に屈したと断じて、無謀にも異国を打ち払うべしと声高に叫んでいる。そして、彼らが後ろ盾として見出したのが、京という狭い世界に引きこもり、自らを雲上の人と称する朝廷だった。世界を知らぬ若き公家たちは欧米を蛮夷《ばんい》と蔑《さげす》み、征夷の英雄になろうと興奮している。

「晋作。益田殿や、幕府の考えが理にかなっていることぐらい、僕にも分かっている」

幕府の外交は、弱腰と非難されてきた。

だがその実、巧みな外交で、列強同士の均衡状態を作り出し、彼らが不用意に手出しをできぬよう条約で縛り上げたのは幕府の功績だった。

不平等とされる条約を詳細に見れば、食い物にされた大清帝国の過ちから学び、関税は日本に有利な税率を欧米に認めさせ、異国人の国内移動においても列強の自由を大きく制限している。それらを取りまとめた幕閣の手腕とその先見性に感嘆さえした。

だが、それが分かるほど、全土の民は敵を知らないのだ。

無知の数は圧倒的に多く、幕府を非難する声は日増しに大きくなった。そして公武合体が潰え、朝廷が武力による攘夷に傾いたことで、もはやこの国は割れざるを得なくなったと言っていい。

「幕府に神君の頃の力は無く、全土の無知な者たちは分かりやすい攘夷を信じている。僕たちが為すべきは、無知な大勢をまとめ上げ、暴走させないことだ」

「民の暴走を止めることは、難しい。お前は、それを操れるのか？」

「僕ができないならば、他の誰にも不可能だろう」

押し黙った高杉が、右手でこめかみを摑んだ。

「何をするつもりだ」

「畿内に、主上《しゅじょう》を頂点とした新たな政府を創り、幕府を討つ」

「これはまた勇壮な言葉が出てきた。ふむ。朝廷の公家どもを誑《たぶら》かせば、幕府追討の宣旨を出させることも可能かもしれんな。この三年、お前の朝廷工作によって、姉小路卿や三条卿は討幕に傾いている」

だが、と区切り、高杉が眉間に皺を寄せた。

「朝廷による宣旨が出たとしても、そこに集まる者が、無知蒙昧な攘夷論者では、到底幕府には勝てぬぞ。幕府は、欧米に倣《なら》った軍の創設を始めている。対して、攘夷を叫ぶ者のほとんどは刀で黒船に勝てると思っているような者ばかりだ」

「核となる軍が必要なことは、僕も同意見だ。だから、晋作。君に頼みたい」

目を細めた高杉に、久坂は頭を下げた。

攘夷を叫ぶ者は、欧米の軍事力を甘く見ている。それは、長州の政府でも同じことだ。軍制改革を拒否し、未だに刀槍の修練に勤《いそ》しんでいる。ゆえに、一度、徹底的に敗れるためにペンブローク号への砲撃を仕掛けたと言っていい。

「久坂よ、お前は京へ行くつもりだそうだな」

「ああ」

「美味しいところだけを持っていくつもりか」

「僕は、攘夷の希望であるべきだろう」

一月もすれば、アメリカの軍艦が下関に攻撃を仕掛けてくる。長州の所有する四隻の軍艦は、その日壊滅するだろう。その時、自分が京にいることで、久坂さえいればという希望に変わる。

「敗れた軍の再編を、俺にさせるつもりか」

高杉の言葉に、久坂は頷いた。

「士分以外の者からも兵を募る。身分によって戦わざるを得ない幕府の兵とは、性根から違うものになる。だが、徳川二百六十年で、武士と農工商の間には浅からぬ溝がある。その溝を越えて束ねることができるのは、晋作、君しかいない」

高杉晋作という男の才は、誰よりも自分が認めている。

新たな軍の創設が、この男以外に務まらないという言葉は本心だった。同時に、自分の動きを邪魔することができる男も、高杉しかいない。だからこそ、この男を長州の地に縛っておきたかった。

自分の思惑を、当然高杉も分かっている。高杉が、深く息を吐きだした。

「稔麿、酒を買ってきてくれ」

高杉の言葉に、稔麿が手を差し出した。

「さっきの酒は、俺が買ってきただろう。早く行け」

炎を吹くような声に、稔麿が肩を竦《すく》めて立ち上がった。高杉が口を開いたのは、稔麿の足音が遠くなってからだった。

「久坂。濁すなよ」

その声は低く、殺気さえ帯びている。

「益田殿を討つつもりか」

稔麿に酒を買いに行かせたのは、それを聞くためだったのだろう。三年前、長井暗殺を止められて以来、高杉は益田右衛門介を慕っている様子がある。

すでに、肥後の人斬りを送り出したとは、口にしなかった。

益田は、この国が二つに割れぬように動くという一族の使命を背負っている。その使命がある以上、自分と益田が相容れることは決してない。

藩政府の老臣たちは、益田のことを風見鶏や青二才などと蔑んでいる。だが、師である吉田松陰の友であり、桂や高杉すらも気にかける男が凡庸とは、もはや思っていなかった。益田の手足として動く大谷樸助や小国融蔵《おぐにゆうぞう》といった家臣たちも、一筋縄ではいかない。

道の妨げとなる前に、消えてもらうしかない。

微苦笑を浮かべ、久坂は首を振った。

「僕は、益田殿を討たぬ」

「僕は、か」

立ち上がった高杉が、くつくつと笑った。

「晋作」

背を向けて歩き出した高杉に呼びかけると、五歩先で立ち止まった。肩越しに振り返った顔には、試すような笑みが張り付いている。

「ひとまず、お前に乗せられてやろう。動き出したお前を止めることは、いささか骨が折れるし、お前ならばという思いもある」

暗くなった水平線に、高杉が目を細めた。

「久坂、無知な者たちに呑み込まれるなよ」

そう告げた高杉が去り、遠くで砂を踏む音が交錯した。

二

ひどく眼光の鋭い男だった。

涼しげな目元が、かえって男の酷薄さを際立たせているようにも感じた。

祇園の料亭で差し向いに座り、男の背後には、まだ童《わらべ》と見紛うような痩身の男が控えている。黒衣に身を包み気配を押し殺しているようだが、匂いたつ武の気配は隠しきれていない。

右衛門介の隣に座る桂も、目の前の男たちの一挙手一投足を見逃さぬよう張り詰めている。

「狙われていることは、ご存じでしょうな」

不意に切り出したのは、土方《ひじかた》と名乗った優男だった。灘《なだ》の酒を美味そうに飲み干し、腕で口元を拭う。粗野な様にもかかわらず、床の間に吊るされた桜の墨絵と、その居住まいが妙に似合っている。

土方が苦笑して、こちらを見たまま軽く頭を下げた。

「突然、座敷に上がりこんだ非礼はお詫びいたします。おい総司、お前も膝を崩せ」

土方に声を掛けられた青年が、不承不承といったように、笑いもせず無音で胡坐をかいた。桂の口から、細く息が漏れる。警戒を解いた桂を見て、土方がにこりと笑った。

「桂先生の剣は、一度江戸でお見掛けしました」

桂が無言で頷く。

「思い出したよ。君たちは、試衛館という道場にいた者たちだな。後ろに控える彼は、沖田君だったか」

「総司の名も覚えておいででしたか」

「かつて、私は剣の道で日本一を目指していたのだ。その道が叶わぬかもしれぬと思わされた者の名は、忘れぬようにしていた」

江戸三大道場のひとつ練兵館で塾頭を務めたほどの桂に、そう言わしめるのか。驚く右衛門介をよそに、沖田総司という男は、こちらの声が聞こえていないのではないかと思うほど、無表情だった。

幾分、口のまわり始めた桂が、四つ置かれた盃に酒を注いだ。

「まあ、もはや刀を極めたところで農夫の拳銃に殺される世の中だ。そこで覚えた名は綺麗に忘れていたが、こうして目の前にすれば思い出す」

その瞬間、襖《ふすま》がぴしりと割れた。

思わず息を呑んだ。沖田は、刀を抜いた気配さえなかった。だが、抜身の白刃が、行燈の光にあてられて妖しく輝いている。

「総司、やめろ」

やがて土方が笑い、沖田の刀をゆっくりと鞘に戻した。

「こいつは、この国の行く末なんて難しいことは考えていません。あるのは、剣の道を究めることだけ。攘夷だ尊王だと、たいして意味も分からぬまま猫も杓子も叫ぶ時代だ。そんな中、総司ほど信じられる人間はいないと私などは思っているのですが」

どこか誇らしげな語り口の土方が、再び頭を下げた。

「私は浅学だが、蘭学の偉い先生が教えてくれたことがありましてね」

「ほう」

桂の相槌に、土方が盃を呷《あお》った。

「イギリスやアメリカは変わっていくことが歴史だが、受け継いでいくことこそがこの国の歴史。そんな意味で言えば、総司などはこの国の歴史を無邪気に体現しているようなものだとは思いませんか？」

さらりとした言葉には、ここは異国ではなく、日本——変化を望む者は許さないという、土方なりの示唆があるように感じた。

「我らは、将軍警固のため、江戸から京に上ってきました。上様が東下《とうか》されたのち、今は壬生《みぶ》を根城として王城の守護を命じられています」

「壬生浪士組というやつですね」

会話は、いつの間にか桂と土方のものになっている。

今年の初め、将軍警固のために上洛してきた浪士組がいたことは、右衛門介も知っていた。芹沢鴨《せりざわかも》や近藤勇《こんどういさみ》とともに、土方歳三《としぞう》という名は、浪士組の副長として聞いていた。久坂などは、刀を振り回すことしか考えられぬ愚か者どもの集まりだと罵《ののし》っていたが、土方という男はそれだけではない何かを感じさせる。

もしかすると、この先の京では、この男たちが大きな力を握るかもしれない。

浪士組の取り締まりは苛烈で、血の雨の降らぬ日はないと言われるほどだったが、攘夷派の志士たちによる辻斬りが横行していた京の街では、好意的に受け止められてもいる。

厄介な男に目をつけられたと思った時、襖が開いた。

若い女中が、膝行《しっこう》して膳を四つ畳の上に並べた。無言でその様子を眺めていると、土方の濡れたような視線に、頬を染めたようだ。

思わず出た舌打ちに、土方が勘弁してくれとばかりに手を挙げた。

「ここの漬物は絶品ですよ。うちにも少々舌の肥えた奴がいてね。まあ、京のものであればなんでも褒める男ですが、この漬物は持ち帰るほど気に入っている」

笑みを浮かべた女中に土方がやさしく頷いた。

再び襖が閉まると、土方の表情から笑みが消えた。

「今日、私がここに来たのは、警告です」

「君たちに咎《とが》められるようなことをしているつもりはない」

にべもない桂の言葉に、土方が深く頷いた。

「気になっているのは、どうやら長州という国も一枚岩ではないらしいということです」

そう土方が言った途端、座敷が一気に寒くなったような気がした。

「益田殿」

土方の視線が、右衛門介に向いた。心の底まで見透かすような視線だと思った。

「肥後の河上彦斎《げんさい》が、貴方を狙っているという話を聞きました」

土方は、こちらの反応を見ている。動揺を殺して、右衛門介は小さく頷いた。

「河上君は、我が藩にとって大切な客人です。心の通じた友でもある」

「承知しております。されど、我ら浪士組は、京の治安を任されております。知らぬふりをして、無為の死者を出すわけにはいかないのですよ。それが、久坂君や高杉君といった長州の暴れ者たちが暴発せぬよう、おしとどめている益田殿であればなおさらです」

「土方君は、我ら長州の仲を裂こうとしているのかな？」

桂の言葉に、土方がくつくつと笑って頬杖をついた。

「今日、ここで益田殿と桂殿が酒を酌み交わしていることも、長州の方々は知らないはずだ」

声が低くなった。さきほどまでの優男という印象が一気に消え、沖田以上に禍々《まがまが》しい気配が、土方の身体から滲み出す。

「よく調べている」

「我らは、京に来てまだ半年も経たないが、元は百姓の次男坊や三男坊、はてはやくざ者も交じっています。根っからの武士とは違うのですよ。貴方がたが思いもよらないところから、京の街を見ています」

「どのような景色なのかは気になるね」

「ろくなものではありませんよ。幕府と朝廷。力を持つ者が、己の利のために争っているようにしか見えませんな。心の底では攘夷など無理だと確信しているにもかかわらず、自らが主導権を握るためだけに、攘夷を声高に叫んでいる。犠牲になるのは、私たち弱き民であることを、皆さんは分かっていない」

「土方君、君が弱い民とは見えぬが」

「私は、多摩の百姓の六男坊にすぎません。世が世なら、益田殿とこうして差し向かうことも許されぬ弱き民ですよ。浪士組の近藤などは、武士になることを憧れております。その夢を否定する気もありませぬが、私には眩しい」

「君は、何を望んでいる」

「弱き民が、明日に怯えることなくただ暮らすこと、ですかな」

一呼吸ついて、土方が口を開いた。

「幕府も朝廷も見ているところが同じならば、誰がこの国を導こうとも変わりはしますまい。ならば、せめて争いを小さくすることに、私は全力を尽くしたい。今、この国で実の力を持っているのは、江戸の幕府です。ゆえに、あえてそれを覆《くつがえ》そうとする者を、私は弱き民として斬ると決めました」

「それは、朝廷を煽動する長州の者を斬るという言葉と受け取っても?」

眉間に皺を寄せた桂の言葉に、土方が首を振った。

「できることならば、長州の方々のことも斬りたくはない。同じ国の民です。だからこそ、斬らずに済むよう、無礼を承知でここに伺ったのです」

真剣な眼差しだった。だが、心の底を見せているとも思えない。腰を上げようとした右衛門介を止めるように、土方が刀を鞘ごと身体の右に置いた。

「必要とあらば、総司を傍に置かせていただきたい」

それが狙いか。息を吐きだし、桂に目配せした。

幕府の怯懦《きょうだ》を糾弾し、自ら攘夷の口火を切った久坂は、日出の勢いがある。久坂を慕う藩士は多く、幕府との協調をいまだ模索する右衛門介は、藩内での立場を失っていた。久坂たちの周囲には、益田右衛門介親施を斬るべしという声すらある。

桂が立ち上がる。

「我が藩のご家老は、私がお守りする」

「総司に気後《きおく》れした桂殿が、河上を斬れますか?」

嘲《あざけ》るような土方の言葉に、桂が押し黙った。

河上彦斎という男は、肥後でも有数の剣の遣い手だ。この数年、京の夜で最も多く人を殺した辻斬りだろう。同じく人斬りとして恐れられる田中新兵衛や岡田以蔵と違い、恐ろしく頭が回り、一度狙われれば命を諦めるほかないとも言われていた。

沈黙を破るように、土方が嘆息した。

「まあ、初めてお会いしたばかり。無茶な提案を断られることは承知していました」

「ならばなぜ？」

聞き返した右衛門介に、土方が片目を閉じた。

「手を取り合うことができるならば、それが一番でしょう。草莽崛起《くっき》。俺は良い言葉だと思っている」

言葉遣いが変わった。こちらが素なのだろう。先ほどまでのどこか慇懃《いんぎん》無礼を感じさせるものではなく、祭囃子《まつりばやし》の似合いそうな田舎の土臭さを感じさせる口調だ。

「だが、人は理ばかりで動くものではない。俺も幕府に食わせてもらっている身だ。恩を受ければ、それを返すのは武士である以前に人として当然のこと。幕府には恩がある。浪士組局長の近藤にも恩がある。奴が望むことは、させてやりてえ」

土方が朗《ほが》らかに笑った。

「この先のことはどうなるか分からねえが、今はまだ敵同士というわけではあるまい。こちら側にも、そんな考えの男がいると知ってもらえれば、今日はそれでいい」

「手を取り合えると思っているのか？」

「さあね」

呟き、土方が立ち上がる。

すれ違いざま、声を落とした。

「俺は幕府を助けるが、あんたの敵でもない。壬生の力が借りたくなれば、いつでも歓迎する。それだけを伝えたかった」

そう言い残して、颯爽《さっそう》と去る土方に、沖田が続いた。

「桂、どう思った」

二人が去ってしばらくして、桂が畳の上に胡坐をかいた。

「一筋縄ではいかぬ男だな。最後まで、本心は見せなかったように思う」

「私は、弱き民が生きられる世という言葉は、本心だろうと思った」

土方の言葉は、右衛門介が心の奥底で望む国の在り方に近い。それを察したように、桂の瞳が厳しくなった。

「山師は巧みに相手が望む言葉を口にするものだ。ただでさえ、君は藩内の者から疎《うと》まれていることは分かっているだろう。狙撃隊を率いてきた来島《きじま》さんなどは、懦夫《だふ》は斬るべしと藩邸でも大声で言っている。くれぐれも、身の振り方には気をつけてもらいたい」

来島は荒武者という言葉をそのまま体現したかのような風貌で、五十近いが歳相応の落ち着きとは無縁の男だった。西欧のことをよく知らないまま、攘夷こそが日本のためと無邪気に信じ込んでいるくちであり、いまだ攘夷を認めぬ右衛門介のことを、蛇蝎《だかつ》のごとく嫌いぬいている。

「久坂の思い通りに動いているな」

右衛門介の言葉に、桂が頷く。

「この三年で久坂は京で力をつけ、朝廷すら動かしうる存在になった。攘夷の実行によって、久坂の名はかつてないほどに高まり、右衛門介、今や君の言葉を聞く者は少ない。表に立たずという君の意思は尊重するが、君の行動は久坂らにとって敵か味方か判断しがたいものがある」

「忠告、痛み入る」

「私も河上と斬りあう自信はないからな」

疲れたような桂の言葉だった。

桂も分かっているのだ。久坂の声望が高まるほどに、幕府や薩摩、会津ら京で力を持つ者たちは長州を警戒する。だが、久坂を中心とした一党は朝廷の後ろ盾を得たことで、敵あらずという感覚に陥っている。暴走しかねない危うさがあった。

久坂たちが全土の喝采を浴びているとはいえ、それは力を持たぬ草莽たちの声に過ぎない。まことの力を持った者たちが結束すれば、容易《たやす》く足元を掬《すく》われるだろう。そうなれば、長州一国など一夜にして滅び去る。

桂に守られて祇園を後にしたのは、丑三つ時を越えた頃だった。藩邸に戻るべきではないという桂の判断で、西大路まで歩き、妙心寺の門にたどり着いた時は、すでに朝陽が出ていた。

三

降りそぼる雨の中に、血の匂いを嗅いだような気がした。

六月のなかば、萩の須佐に戻った右衛門介は、益田家の郷校である育英館を訪れ、学生たちに京の時流を語った。

七歳から二十歳過ぎの者たちが、早朝にもかかわらず熱に浮かされたような視線で、右衛門介の話を貪るように聞いている。誰もが、長州が先陣を切る攘夷に、心を奪われている。異国を打ち払えと、目が叫んでいた。

半刻ほど話し、右衛門介はそれ以上耐えられなくなって、撃剣場に独り向かった。

童たちの輪読の声を聞きながら、右衛門介は無心で木刀を振った。

育英館は、享保二十年（西暦一七三五年）、右衛門介から遡って六代前の当主が、益田家臣の育成のために創始した。もともとは儒学を中心として四書五経を教える郷校だったが、異国船が日本近海に現れて以降は、広範な蘭学についても教授している。右衛門介も育英館の運営には力を入れており、江戸で兵学を極めた小国融蔵を招聘《しょうへい》し、吉田松陰が教鞭をとっていた松下村塾とも生徒同士の交わりを盛んにさせていた。

無心で木刀を振っていると、在りし日の光景が浮かんでくるようだった。

五年前の残雪の時期だった。育英館の日進堂には、松下村塾の塾生十四人が身体中に覇気を漲《みなぎ》らせて立っていた。その中心で彼らの首領のごとく腕を組み、育英館の生徒を睥睨《へいげい》していたのが、久坂玄瑞という青年だった。

「その頃、高杉は江戸にいたな」

育英館と松下村塾の交わりは、須佐の若者たちを大きく変えたと言っていいだろう。藩にとらわれず、この国をいかにして守っていくのかという視点で動くことのできる人材が、多く育っていった。

長く息を吐きだし、木刀を静かに腰によせた。

須佐に戻ってきたのは、京で活動する久坂たちに抗する術を整えるためだった。そう思いかけ、情けなく首を左右に振った。違う。本当は、逃げてきたのだ。久坂の起こした攘夷という大波に弾き出されたと言ってもいい。

逃げてきてなお、迷っている。本当に久坂の歩みを止めるべきなのかと。自分にそれができるのかと。三年前に覚悟したつもりだったはずだが、まだ迷っている。

不意に、風に紛れてきた甘い匂いに気づいた。厨《くりや》からは炊煙が上がっている。気づかぬうちに、一刻ほども経っていたらしい。

「行くか」

名残惜しい気持ちを吐き出し、右衛門介は川沿いに歩いた。徐々に視界が開け、須佐湾が見えてくる。館を通り過ぎてなだらかな道を登ると、無数の五輪塔が、木陰の中で静かな海を見守っていた。

右衛門介の先祖が眠る場所だった。戦国の終わりに生きた益田元祥以来の当主たちが眠っている。それよりも以前の当主たちは、石見国《いわみのくに》の各地に眠っている。軽く手を合わせた。

「なぜ、今なのでしょうか」

口にした言葉の、あまりの情けなさに、自分自身驚いた。だが、それが偽らざる本心なのかもしれない。国が二分し、海の外の敵に滅ぼされる。その最悪の事態を防ぐために、益田の一族は長きにわたって生きてきた。決して表舞台には立たず、生き延びることが、一族の務めだった。生き残るためであれば、裏切りさえ厭《いと》わなかった。

そうして、一族はこの国を陰から救ってきた。

だが、と右衛門介は思う。

遠祖とされる中臣鎌足は、国が二分する前から策謀を練り、大海人皇子《おおしあまのみこ》に日本を束ねさせた。元寇の動乱を生きた益田兼久もまた、北条家の兄弟の争いを事前に知り、敵を欺《あざむ》いた。益田元祥の折は、徳川家康に対抗できるほどの存在は無く、二分しようがなかったと言っていい。

だが、今の世はどうだ。

黒船が現れて以来、この国は突如として全土の民が攘夷と開国に分かれて争い始め、己が主張を通すため、力を持つ幕府や朝廷の権威を利用し始めた。気づいた時には、二手に分かれ、右衛門介が止める暇などなかったではないか。

朝廷では、過激な攘夷論を唱える公家たちが力を握り、自ら夷狄《いてき》を討伐すべしと計画されているという。その動きを補佐するため、久坂は長州藩の兵を上洛させようと画策し、藩主の承認もすでに取り付けていた。

だが、攘夷派の暴挙を止めようと、幕府側の大名たちもそれぞれが動き出している。

福井藩主の松平春嶽は、藩の全軍をもって上洛し、朝廷の方針を変えるべしと宣言している。攘夷派の急先鋒である土佐勤王党を抱える土佐藩主山内容堂などは、領国に戻り、勤王党員の苛烈な弾圧を始めようとしている。薩摩も、京都守護職である松平容保《かたもり》と手を結び、長州を筆頭とした攘夷派の排除を決めた。

このまま手をこまねけば、遠からず京で戦が始まる。

幕府と朝廷。この国を二分する大戦だ。

始まってしまえば、燎原の火のごとく日本全土に広がるだろう。攘夷を唱える者は全土に散在する。

黒船を見たことのない育英館の童すら、口を揃えて攘夷を叫ぶ。だが、その中で本当に敵の姿を知る者はほとんどいない。黒船を見たことのある者さえ、少数なのだ。

「あの化生《けしょう》のごとき姿は、見た者でなければ分からぬ」

砲口を江戸城に向けたペリーの艦隊を、右衛門介は浦賀で目《ま》の当たりにした。腹の底から震えた。右手に持つ鋼《はがね》の刀が、乾ききった枯れ枝のように思えた。

敵の強大さを知らぬ多くの者が、無知のまま攘夷に立ち上がる。無知ゆえに、彼らは恐怖しない。その無謀さは、巨大な潮流になるだろう。

彼らを鎮圧するため、幕府はフランスの力を借りる。幕府が力を借りれば、負けぬためという理屈をひっさげ、攘夷を掲げてきた者たちはイギリスやアメリカの力を借りることになる。愚かなことだが、一度戦い始めれば、敵の敵は味方なのだ。勝利する以上に重要なことは無くなる。同胞に勝つため、敵の力を借りる。

史《し》が、繰り返してきたこと。そしてそれこそが、海の外の者たちの望みであることに、無知な者たちは、滅びてから気づくのだろう。

同胞で敵味方に分かれて殺し合い、どちらが勝利したとしても、その時には頼った欧米の力を排除することは不可能だ。欧米諸国は、そうやって世界中に植民地を獲得してきた。せめてと、伊藤俊輔ら五人をイギリスに送り込んだが、彼らが戻る前にはすべてが終わっているかもしれない。

「すでに、この国は二つに割れています」

それをまとめ上げよというのか。たかだか一藩の家老にすぎない男に、何を望むというのだと言いたかった。このような使命を与えるのであれば、もう少しまともな力を残しておけと、口汚く罵りたかった。せめて、国持ちの大名家としての力を、なぜ残してくれなかったのかと。

そう口にしかけた右衛門介を止めたのは、瞼の裏に浮かんだ友の姿だった。選んだならば、ただ行くだけだろうと微笑んでいる。

「松陰、笑うな」

苦く吐き捨て、右衛門介は背筋を伸ばした。

ここに来たのは、己の中にある迷いや弱さを捨てるためだった。神頼みなどはしない。人の世は、人の手によってしか変えられないのだ。それは、父祖より受け継がれてきた心だった。鎌足が、兼久が、元祥が示してきたものだ。

自分にできるかできないかではない。人には、やらねばならぬ時があるのだ。

息を短く吐き、右衛門介は墓所を後にした。

「兵を百名、選び出せ。巻き返すぞ」

館に戻ってすぐ、大谷樸助にそう命じた。育英館で頭角を現し、吉田松陰もその武才を高く評価していた。いつになく好戦的な右衛門介の言葉に、大谷が嬉しそうに笑った。

「私も旦那様とともに京へ？」

違うことを命じるのだろうと、大谷の顔に書いてあった。益田家の家臣の家柄のため、藩内ではあまり目立っていないが、大谷の識才は高杉や久坂に劣らない。

「大谷君。君には別の役割がある」

「会津、それとも薩摩ですかね」

したり顔でそう言葉にする大谷は、久坂に対抗するために必要なことを見抜いているようだった。

頷き、右衛門介は微笑んだ。

「両方、頼もうかな」

大谷の頬がひくついた。

「この先、両藩を抑える必要が出てくるかもしれぬ。会津、薩摩には益田の息のかかった諜者《ちょうしゃ》がいるのだが、締め付けが厳しく、国許から出てくることができていない」

「私が潜入して連絡を取るということですか。何を調べさせているのです？」

懐から三年前から鋳造されている二分金《にぶきん》を取り出して、大谷に渡した。手に取った大谷が、掌で弄《もてあそ》び、首を傾《かし》げた。

「どこか、軽いようですね」

「薩摩による贋金だ。その証《あかし》を摑め」

「それはまた難儀な。これを、私一人で？」

「関わる者が増えれば、諜者の命が危ない」

贋金造りは、幕府に露見すれば改易《かいえき》もありうる秘事だ。漏洩が疑われれば、関わった者はもれなく抹殺されるだろう。久坂や高杉のような大胆さはないが、物事を精緻に進める大谷にしか頼めないことだった。

「旦那様を傍でお守りできないのは残念ですが、確かにこの仕事は私しかできますまい」

自信に満ちた顔で大谷が須佐を出立した二日後、右衛門介は兵を連れて山口へ向かった。

山口の藩政庁に現れた右衛門介を見て、居並ぶ家老たちは顔を真っ赤にした。築城途中の山口城には、明らかに城普請《しろぶしん》で負ったとは思えない傷を抱えている者が多い。彼らの恨めしそうな視線を受け

いた。

沈められ、一隻が大破している。そこに、フランスの陸戦隊が上陸し、長州兵は散々に打ち破られて

った商船砲撃に対する報復だった。藩が所有していた四隻の軍艦は、アメリカの砲撃によって二隻が

六月の初め、アメリカとフランスの攻撃によって馬関が甚大な被害を受けていた。五月に久坂が行

真っ先に口を開いたのは、慶親の傍でむっつりとこちらを睨む国家老の福原越後だった。

「永代家老ともあろうお主が、今ごろのお出ましか」

ながら、右衛門介は藩主毛利慶親《よしちか》の座所まで赴いた。

「攘夷は無謀だと、私は申し上げていたはずです」

「たわけたことを抜かすな。無謀を無謀とせぬよう備えることが、お主の役目であろうが」

無茶を言うなという言葉を、右衛門介はなんとか呑み込んだ。

慶親は瞑目して福原と右衛門介の言葉を聞いている。桂や久坂など、才ある者を見出しては、彼らの言葉をよく聞く器があるが、良くも悪くも周囲の家臣によって藩の政《まつりごと》が大きく左右されることを意味していた。今、慶親の周囲を固めるのは、長州が焦土となろうとも攘夷を敢行すべしと言う者たちだ。慎重な態度の右衛門介は、疎んじられている。

「備える前に、敵を挑発したのは久坂でしょう」

「久坂は見事、敵の船を追い払ったではないか。お主の言葉は、臆病風に吹かれた愚か者のものだ」

福原の言葉に、右衛門介は眩暈《めまい》がした。まともな砲も備えていない商船を追い払ったことに何の意味があるのか。だが、それを言っても受け入れられないことは分かっていた。敵を侮《あなど》り、知ろうともしていないのだ。福原と同じような顔を並べ、こちらを睨む加判役《かはんやく》の老臣たちに、右衛門介は拳を握

りしめた。

　頭を下げ、目を閉じる。

「なれば、汚名返上の機会を賜《たまわ》りたく存じます」

　腸《はらわた》が千切れるようにも感じたが、なんとかそう言葉にした。福原たちが嘲るような笑みを浮かべる。慶親が瞼を開いた。

「在京の久坂は、朝廷を動かし、朝廷による夷狄征伐をなさんとしています。しかし、幕府や会津、福井は実力でそれを止めようとするでしょう。朝廷を動かすためには、我が藩の兵を上京させる必要があります。その先陣を賜りたく、須佐より屈強な者どもを率いてまいりました」

　上洛する長州軍を福原などが率いれば、京での戦端を不用意に開きかねない。

「お主のような懦夫に任せられるものか」

　吐き捨てるような福原の言葉を無視し、右衛門介は慶親を見据えた。

「元祥以来受けてきたご恩に報いるべく、なにとぞ」

「お主は、攘夷に反対しているのだったな」

「力をつける前の攘夷には」

「家中を乱すお主を、斬れという者もある」

　慶親はじっとこちらを見つめて笑うと、不意に席を立った。福原たちが慌ててその後を追う。上洛する兵の統率を命じられたのは、それから五日後のことだった。

　滞在する山口の旅籠《はたご》に、高杉が訪ねてきたのは、六月も終わりかけた頃だ。

「むざむざ、敵中に身を置くつもりか」

にやにやと笑う高杉が、旅籠の桟《さん》に腰を掛け、三味線をかき鳴らした。

「福原の爺さんたちは、行軍中に隙があれば、あんたを殺すつもりだぞ」

福原越後は、まだ爺さんと呼ぶような年齢ではないが、覇気旺盛な二十五歳の高杉にしてみれば、歳を食っているように見えるのだろう。

「福原の狙いなど、分かっている」

「ならば、今すぐにでも断って須佐に引きこもるべきだな」

「それができぬから困っている」

「ほう」

高杉の、調子はずれの都都逸《どどいつ》を聞きながら、右衛門介は団子に手を伸ばした。六つ頼んだはずだが、すでに高杉が四つ食べている。

「私の好物と知っての狼藉《ろうぜき》か」

「俺と違って大身《たいしん》のご家老様ではないか」

嘲笑《あざわら》うように高杉が頬を歪めた。右衛門介はため息を吐く。

「お前もお前だ。大人しく松本村に籠っていたと思えば、久坂の作った光明寺党をまとめ上げて、奇兵隊などという大層な軍にしおって。あげく、馬関の海を渡って小倉《こくら》藩の砲台を占領したそうではないか」

「そのことでご家老に文句を言われるとは思っていなかったな」

「なんだと?」

「なんだ。長州の口先ばかりの活きのいい莫迦どもを、全て京都に向かわせたかったのか？」

ぬけぬけとそう言い放った高杉は、三味線を見世棚の上に置き、残りひとつとなった団子を摑んだ。不敵な瞳で、右衛門介をまっすぐと見ている。

「小倉藩と敵対している今、藩公も全軍をおいそれと京へ送れとは言いはすまい」

「高杉、お前は久坂の企みに反対しているのか」

「時期尚早というやつだ。朝廷を神輿《みこし》に担いでこの国を束ねるのは良い。だが、担ぎ手が長州一人しかいないのでは、神輿は早晩地面にぶつかって粉々になるしかあるまい」

「それを久坂に話さなかったのか」

「俺が話して止まるような器じゃないさ。奴には奴の狙いがあるのだろう。それに久坂ならばもしかすると、一気呵成にこの国をまとめ上げられるやもしれぬ。そう思わせる才があることも確かだ。裏から人を操ることにかけては、久坂に勝る者はいまい」

だがなあ、と肩を鳴らし、高杉が団子を吞み込んだ。

「久坂の周りにいるやつらが、なんとも頼りない。ましなのは肥後の宮部ぐらいのもので、あとは人を大根のように斬るような莫迦と、ものごとの一面しか見ることのできない楠公《なんこう》かぶれ。欧米を鬼とばかりに煽って、無知な民を煽動する者たちばかり。神輿を担ぐには、実力不足も良いところだ」

静かに喋る久坂とは違い、高杉は一度口を開けば、瀑布のような勢いでまくし立てる。多くの若者が、高杉を自然と首領に迎えるのは、彼のその気質もあるのだろう。

「たしかに、民を動かすには、分かりやすさが大事だ。今の暮らしぶりが悪くなるのは、幕府のせいだ。幕府が欧米との間に無茶な交渉をしたからだ。彼らこそが敵だ。なんとも分かりやすい話だ。無理と分かっていながら、久坂が攘夷を掲げるのは、民という数の力を手に入れようとしているからだろうが」

高杉が遠く南へ視線を向けた。

陽は西に沈みかけ、南の空は紫に染まっている。

「上海はひどいものだった。同時に、欧米の凄さをこれでもかというほど見せつけられた。清人は自らの土地を自由に歩くことさえままならず、売りつけられた阿片を片手に日がな一日空を見つめている。それを天守閣よりも高い建物から見下ろすのは、赤ら顔の欧米人たちだった」

「何を思った」

「攘夷は、成せる。が、それは今ではない。赤ら顔と俺たちの違いは、単に手にする道具の違いにすぎぬ。同じものを手に入れることさえできれば、この国は決して負けぬ」

「手に入らねば？」

高杉が苦笑した。路地裏を一瞥し、再び口を開いた。

「だからこそ、久坂を案じている。奴の周りにいるのは、外の世界を知らず、心の底から欧米を嫌いぬいているだけの連中だ。欧米といかに互していくかなど考えていない。やつらがまかり間違って勝ってしまえば、この国は終わる。にもかかわらず、その分かりやすさゆえ数は多い。久坂が呑み込まれぬか、俺は心配だ」

高杉は、繰り返すように、案じていると言葉にした。この男がくどい言い回しをするのも珍しい。わざわざ、右衛門介の前に現れたのは、この男なりの友情ということなのだろう。

「ご家老殿が、神輿の担ぎ手を探していることは、俺も分かっている。そこに幕府が入ろうと、俺は我慢するつもりだ」

「ほう。松陰の仇は忘れるということか？」

「仇討ちよりも大事なことが、俺の一生にはある。それをこの三年で知った」

そう言って、高杉が頭を下げた。

「三年前、俺たちを止めたあんたの言葉は、正しかったのだろう。この三年で、俺はこの国が進むべき道を見つけたと思っている。だからこそ、頼む。久坂の周りで担ぎ手を気取っている莫迦どもに、久坂が呑み込まれぬよう気にかけてほしい」

「私は久坂に追い詰められて、長州から兵を率いて上洛するだけの負け犬に過ぎないぞ。お前の言う莫迦どもに命を狙われてもいる」

「俺は、できぬ人に頭を下げることはしない」

頭を上げた高杉が首を回して笑う。

「俺は国許で兵を練り上げる。ご家老殿には、面白い男を一人、送る。気まぐれな男ゆえ、力を貸してくれるかは分からぬが、まあ腕はそこそこにたつ。肥後の河上や、土佐の岡田とも良い勝負をするだろう」

高杉が巾着を一つ、右衛門介の手に握らせた。

「そいつが現れたら、これを渡してくれ」

丁寧に結ばれた巾着を開けると、その中にあったのは、黒光りする五発式の拳銃だった。

四

文久三年（西暦一八六三年）七月十二日――

長州の兵千を率いて上洛した右衛門介は、兵を天竜寺に分宿させ、一日かけて洛中を歩いた。京を行き交う人々を見て、右衛門介は声なくうめいた。わずか一月ほどで、街の空気がひどく殺気立っていた。

攘夷を声高に叫ぶ武士が我が物顔で練り歩き、京童までもが攘夷の唄をうたっている。攘夷を嗤おうものならば、裏長屋に引き込まれて顔の形が分からなくなるまで折檻《せっかん》される。命があればいい方で、酔った志士による刃傷沙汰がそこかしこで起きていた。

島原（京の花街）の蕎麦を出す店に入ると、若い女中が頭を下げた。矢羽根模様の小袖と、包み込むような笑顔は、桜を感じさせる。

「蕎麦を、あんかけにしてもらえるか。あれば、鱧《はも》のてんぷらを」

妙な食べ方だと思ったようで、怪訝《けげん》な顔をした女中が頷く。

昼過ぎの店内には、浪士風の武士が三人と、彼らを避けるように、五人の町人が隅に座っている。訛《なま》りを聞く限り、武士は西国出身のようだった。肥前か、肥後か。いや、豊前《ぶぜん》かもしれない。とすれば、高杉による門司《もじ》侵略を、面白くは思っていないだろう。

話しているのは、やはり異国についてのことだ。昼間からしたたかに酔っている。口は滑らかで、そのうちの一人が俺は黒船に刀傷をつけたことがあると吠え、それをお決まりのように女中が褒めそやした。

「猫も杓子も攘夷を語るか」

いつもであれば厄介ごとに自分から首を突っ込むことはしない。だが、自分でも不思議なほど、妙に腹が立っていた。

「黒船に刀で傷がつくものか」

「きさん、何を言うとるんじゃ」

ふらつきながら立ち上がった男の顔には、頬から口元にかけて大層な傷がある。たいていの相手は、凄まれただけで低頭するのだろう。

攘夷を語る者は玉石混淆の感が強いが、その数はうっとうしいほどに多い。対して、幕府を中心とした開国派の者たちは、誰もがよく先を見ているが、数は少ない。

そんなものなのだろうと思う。多くの民は国の姿を知らない。政がそうさせるのだ。もの言う民が増えれば、それだけ乱世に近づくからこそ、もの言わぬ民を作ろうとする。だが、それゆえにこの国は弱くなった。

もの言わぬ民を増やす政は、人への諦めに近い。

幕府では、それを変えられない。だが、久坂たちに変えられるのか。それもまた不確かなことだった。無邪気に酔って暴れる目の前の武士を見て腹が立ったのは、久坂たちの艱難《かんなん》を想像したからかもしれなかった。

すぐ目の前に立つ男を、右衛門介は座ったまま見上げた。

「怪我をするぞ」

「きさんがな」

摑みかかろうとした男の手を摑んだのは、浅葱色《あさぎいろ》の羽織の男だった。店の中を覗《うかが》っていたことには気づいていた。だからこそ、落ち着いていられたとも言える。他力本願だなと自嘲し、右衛門介は現れた男に頭を下げた。

「消えろ」

凄みのあるその声は、同一人物と思えぬほど、冷たかった。

土方歳三。店の外には、同じ装束に身を包んだ男たちが、五人ほど立っている。いずれも、尋常ではない遣い手だと分かった。

この数ヵ月の間に、壬生浪士組は攘夷派の浪士を多数斬り捨てている。会津藩麾下《きか》の幕府の斬人部隊として、攘夷を唱える者から恐れられ始めていた。

酔いが醒めたかのように、男が口を二、三度開き、一朱銀を机の上に落とした。

「俺はここで食っていく。永倉、お前は見廻りを続けろ」

外で待つ男たちにそう声をかけると、土方が右衛門介の前に座った。

「ここの蕎麦は美味い。俺もよく食べに来る。店の親爺が道楽で作ったようなところで、使っているものも全て自分でとってくる。親爺、俺にも冷たいものをくれ」

そう叫んだ土方に、女中が嬉しそうに笑った。男前というのはどこにいても様になる。悔しさとともに、運ばれてきた蕎麦をすすった。刻まれた九条葱《ねぎ》の苦みと、出汁の甘みが口の中に広がる。

「美味いな」

「だろう」

土方が無邪気に笑った。先ほどの冷たい声ではない。田舎の土臭さを感じさせる声だ。

「兵を率いて上京してくると聞いていた。まさか、見廻りの途中で見かけるとは思わなかったが」

「俺はそのつもりで島原をうろついていた」

そう口にした右衛門介に、土方が目を細めた。

「話が通じたようで嬉しいね」

「通じたかどうかはさておき、随分と派手にやっているようだな。局長の芹沢という男の話はよく聞く」

「悪い話だろう。酔って暴れまわる。下手な辻斬りよりも質《たち》が悪いってんで、俺たちも困っているが、まあもう少しだな」

なにがとは言わずにやりとした土方に、右衛門介は鱧のてんぷらを塩で食べ、口を拭った。

「攘夷浪士たちを斬っているそうだな」

「会津公のご下命だ。悪手だとは思う。だが、見境なしに人を斬る攘夷浪士を取り締まらねば、京の治安を預かる会津公の評判が落ちかねない」

壬生浪士組は、攘夷論者を激しく取り締まっているが、奏功していない。かえって、攘夷志士たちの結束を高めている。土方も、それを肌で感じているのだろう。

「生け捕りというわけにはいかないのか?」

右衛門介の言葉に、土方が笑った。

「昼行燈《ひるあんどん》と呼ばれているという噂は聞いていたが、どうやら本当に真剣勝負の場を知らないようだな」

「命のやり取りに価値を感じない質でね」

「まあ、生まれながらに地位も名誉も持っているとそうなるか。いや、気を悪くしないでくれ。そういった立場の人がいるからこそ、上手く世の中が回ることも分かっているつもりだ」

「ならば笑うな」

「これは、自嘲に近いな。あんたと違って、俺や諸国の浪士たちが持っているのは命だけなんだよ。何も持っていないからこそ、命を賭けて切った張ったをする」

何も持っていないくせに命を惜しむ奴もいるがと土方は鼻を鳴らし、蕎麦をすすった。

「戦乱の世では下克上、ばさら。流行りのアメリカではレボリューションと言うようだが、いつの世も、天地が入れ替わる時、何も持たない者が命を賭けて勝負のまな板に上がる。戦国の斎藤道三や豊臣秀吉も、もとは油売りに百姓の小倅《こせがれ》だ。幕府を震え上がらせたアメリカも、建国者は一介の商人だという」

「物知りだな」

「昔話が好きでね。だがまあ、そういうことだ。俺たちには、賭けるものが命しかない。だからこそ、向かい合えば命懸けになる。生け捕りなどと甘えを見せれば、こっちが三途の川を渡ることになる」

「そうか」

妙に説得力を持った言葉で、それ以上右衛門介は言葉を継げなかった。気後れに近いものを感じた。

箸を置いた土方が、背筋を伸ばしてこちらを見ていた。

「争いは、避けられないのか?」

土方のまっすぐな言葉が、右衛門介の心を貫くようだった。

「何を感じている」

「今の京は攘夷一色に染まっている。だが、それを簡単に許すほど、幕府は甘くはない。昔、村同士の大きな喧嘩があった。水を争って、人死にもでた。その空気に近いな」

祇園の料亭で初めて出会った時は、小細工を弄する男だと思ったが、それだけではない何かも感じていた。信用するわけではないが、話の通じる部分で手を結ぶことはできるかもしれない。だからこそ、藩邸に向かう前に、右衛門介はここに来たのだ。

「争いが起きぬようにしたい。だが、長州にはそれを望まぬ者が多い。俺も命を狙われるだろうが、いま死ぬわけにはいかない。敵の手を借りてでもな」

壬生浪士組と繋がりを作ることは、右衛門介自身が、長州の武士から間諜と疑われる可能性もある。だが、今ここにいるのは長州藩の国家老としてではなく、日本を護り続けてきた誇りある益田一族の当主としてだと、腹の下に力を込めた。

「新選組にできることがあれば」

「刀を、一振り借りたい」

「ほう」

「斬り合いが不得手でな」

自嘲した右衛門介に、土方がにやりとした。

「とびきり鋭いのを、お貸ししよう」

土方の返答を聞いた右衛門介は、天竜寺で一夜を過ごし、長州藩邸に向かった。

昼はとっくに過ぎ、西に陽が傾いている。桂が合流してきたのは、帷子《かたびら》ノ辻を越えた頃だった。かって、世を騒がせるほど美貌の皇后が打ち捨てられ、その姿形が朽ち果てた後に残った経帷子《きょうかたびら》が、その名の由来だという。

変わらぬものはないことを教えるため、皇后は自ら死んだと伝えられているが、人には抗《あらが》えぬ定めがあると言われているようで右衛門介は気に入らなかった。

「なぜ、兵を率いてきた」

顔を見るなり、桂がそう声を荒らげた。常に冷静なこの男が、焦っている。その言葉だけで、この一月ほど不在にしていた京の情勢が伝わってくるようだった。

「何があった」

横を歩く桂の顔を見ずに言うと、桂が舌打ちした。

「いよいよ、久坂が手を付けられなくなった。久坂と対立していた薩摩が国許に退き、会津公も独力では京洛全てに手を回せはせぬ。私は、君が藩公と会い、出兵を止めてくれるものと思っていたからこそ、送り出したのだぞ」

「出兵を止めていれば、俺は山口で嬲《なぶ》り殺されていたかもしれん。だが、高杉のおかげで、血の気の多すぎる奴らは国許にとどめられた」

「それもだよ。あの莫迦が小倉藩の領地を攻めたせいで、この一月、私は方々に頭を下げて回っているのだ。これまで長州に友好的だった者も、一気に我らと距離を取り始めた。このままでは長州は孤立するぞ」

桂がもう一度舌打ちし、今度は大きく息を吐いた。

「燎原の火だな。一度ついた火は、容易には消えてくれない。薩摩がイギリスに大敗したというにもかかわらず、京の攘夷派の者たちは、かえって猛《たけ》っている」

七月のはじめ、七隻の軍艦からなるイギリスの艦隊が薩摩本国を襲い、城下の過半を燃やすと、悠々と横浜まで引き揚げていた。薩摩藩の国父島津久光の行列を遮《さえぎ》ったイギリス人商人を、武蔵国生麦で惨殺したことへの報復だという。

本来は幕府から沙汰があるべきことで、イギリスも薩摩討伐のために幕府の軍備増強を担うと申し出たようだが、幕閣はそれを断っていた。軍を握られれば、もはや政へのイギリスの干渉を防ぐことは難しく、幕閣の判断は右衛門介から見ても正しいものだ。だが、それに業を煮やしたイギリス公使の判断によって、前代未聞の戦となっていた。

幕府と朝廷の協調を主張していた島津久光も、その対応のために薩摩に戻っている。

幕府を排除し、朝廷を祭り上げようとする攘夷派の志士たちにとって、あくまで幕府と朝廷の協調を模索する島津久光は邪魔な存在だった。久光が国許《くにもと》へ戻ったことで、京の攘夷討幕論者たちが勢いづいていることは、想像に難くなかった。そこに、援兵として右衛門介が兵を引き連れてきたのだ。

「藩邸はどうなっている」

「自分の目で確かめてくれ、と言いたいがな。一つ言っておく。藩邸で久坂を挑発するな。君の慎重な姿勢は、今の藩邸では通用しない」

「久坂は何をしようとしている」

「大和行幸。そして、行幸を隠れ蓑にした主上による攘夷親征」

こちらを見ずにそう言った桂に、右衛門介は思わず足を止めた。

「無茶な」

「私に言うな。久坂が後ろ盾としている攘夷派の公家三条卿は、主上に大和の神武陵へ行幸していただき、そこで夷狄親征の狼煙を上げると言っている」

振り返った桂が、止まるなと視線で言ってきた。

「久坂の策じゃないな。討幕のために攘夷という思想を利用しようとはしているが、彼我《ひが》の戦力差が分からぬはずもない。なにより、主上を矢面に出すなど、あり得ぬ。本当の意味で、この国が二つに割れるぞ」

神武帝以来、この国には幾度となく戦乱が広がった。だが、それでも国が割れて滅ぶことが無かったのは、帝《みかど》という絶対の存在があり、その下で力を持つ者が対立していただけだからだ。帝が、幕府を敵とみなすということは、幕府を自らと同格と認めることにもなりかねない。

「あまりに性急すぎる」

幾分、早足になりながら右衛門介が言うと、桂が頷いた。

「真木和泉の周旋だ」

ひょろりとした色白の面長を脳裏に浮かべ、右衛門介は歯嚙みした。

久留米藩出身の社司であり、攘夷を唱える者から盛んに支持されている。だが、その思想は浅い。日本を神国とあがめ、欧米を夷狄と蔑み、たとえ日本が滅びようとも夷狄に屈するべきではないと吠えている。浅いが、分かりやすい。救国の情に取り憑かれた若者は、考えることもせず真木の言葉に涙する。

久坂は真木の集める人数を当てにしていたようだが、操り切れなくなっているのかもしれない。

藩邸の大広間では、在京の藩士たちが右衛門介を待ち受けていた。四隅に行燈が入れられた広間は、集まった者の熱気によって息苦しくさえあった。

　吉田稔麿や入江九一をはじめとする松陰門下が並び、写本の中から戦国武将がそのまま出てきたかのような来島又兵衛が右衛門介を睨みつけている。渦中の真木和泉も、主役のような顔をして上座に座っていた。それらの中心で、右衛門介をまっすぐ見据えるのは、変わらず生真面目な顔つきの久坂玄瑞だった。だが、生真面目さだけではない。見る者を畏怖させるような覇気が、身体中から溢れている。

　若者の飛躍は、あっという間だ。右衛門介の視線を、正面から受ける若者の姿を見てそう思った。三年前、長州の藩論を占めていたのは、長井雅楽《うた》の唱える開国論であり、右衛門介もまた幕府と朝廷を結び付けるべく動いていた。だが、久坂は朝廷の若い公家を煽動して藩論を攘夷へと変えると、長井を自裁に追い込み、今や長州だけではなく全土の攘夷派の志士たちの頭目の一人とも見なされるまでになっている。

「ご家老様、援兵感謝いたします」

　真っ先に口を開いたのは、甲高い声の真木和泉だった。右衛門介は真木の言葉を無視し、刀を身体の右側に置いた。覚悟を決め、口を開く。

「久坂。君は大和行幸を目論んでいるようだが、今すぐに中止すべきだな」

　言った途端、すぐ後ろにいた桂が右衛門介の袖をつかんだ。桂の呻きが、大広間に集まった者たちの声にかき消された。右衛門介を罵倒する言葉で騒然となった空気に、久坂が手を挙げた。声が、ぴたりと止まる。

「その是非を論ずる時機は、とうに過ぎています」

冷たく言い放った久坂の言葉を引き継ぐように、真木が喋り始めた。

「アメリカやフランスが長州を襲い、イギリスが薩摩を襲ったのじゃ。すでに、夷狄との戦は始まっておる。何もできぬ幕府を今すぐにでも滅ぼし、朝廷による強国を作り上げねば、この国に先はない。今こそ、草莽が一丸となって立ち上がるべき時であろう」

黙れと一喝するか迷い、右衛門介は真木を一瞥した。自らの義挙に酔いしれている。帝の旗を掲げて欧米と戦い、勇ましく戦う自らの姿を夢想しているのだろう。

「真木殿。貴殿はどれほどの銃を用意できますか？」

「なんじゃと？」

「一町（約百九メートル）も離れれば当たらぬ火縄などではなく、中華の大清帝国を恐怖に陥れたミニエー銃。十町先の的すら射貫く欧米列強の銃です。近年、アメリカで発明されたというガトリング砲でもよろしい。かの砲は、一息の間に百発もの弾を撃ちだせるともいいます」

啞然とする真木に、右衛門介は畳みかけた。

「精神論を語ることは大いに結構ですが、貴殿の夢想に我が藩の有望な若者たちを巻き込むことはやめていただきたい。刀や槍で、いかにして夷狄を打ち払うというのです。元寇の折、異国の武具に、武士がどれほど苦戦したか知らぬわけではないでしょうな」

「戦は魂でござろう。猛き魂は神風を吹かせ、この国を勝たしめた」

真木の言葉に、来島が深く頷いた。右衛門介は嘆息した。

「浅い見識で物事を語ることはやめていただきたい」

途端に、真木の顔が赤く染まった。

「わしを侮辱するか」

「魂だけでは、遠くから撃たれておしまいでしょう。なにより、貴殿の言う何もできない幕府は、欧米から最新鋭の銃を買い集め、強力な兵を練り上げ始めている」

「ご家老」

答えに窮する真木を救うように、言葉を発したのは久坂だった。

苦笑し、首をかしげている。

「国許から兵を率いてきたのは、藩公の下命によるものでしょう。今の貴殿に、兵略を語る資格はないと思いますが」

一座を見回し、久坂が微笑む。

「ご家老の言う通り、我らに武器は少ない。されど、幕府にはありましょう。打ち倒し、そっくりそのまま手に入れることが叶えば、異国との戦を有利に進められる」

「本気で言っているかは知らぬが、幕府を打ち倒すことがまず空論だ」

「どうでしょうか」

久坂が左右に首を振った。その視線の先には、人影にまぎれ、腰を落とす河上彦斎がいた。

「河上君。この場に刀はいらぬ。柄から手を放してくれ。口で何と言おうと、ご家老殿に我らの動きを止める力などありはしない」

久坂が立ち上がり、近づいてきた。

「すでに大和には土佐の吉村君が入り、行幸と同時に幕府の天領を襲う手筈になっています。幕府の誇る陸軍とやらも、いまだ練兵の半ばで、止める力はありません」

「君は、雪崩のように全土の草莽の蜂起を狙っているのか」

「そうなるべきだとは思っておりますが」

久坂が頷く。

「この場に集った志士たちの顔を見ていただきたい。いずれも万夫不当《ばんぷふとう》。攘夷のためには命すら惜しまぬ者たちです。幕府とは、覚悟が違う」

久坂の視線の先を見ると、広間に集まった者たちが大いに頷いている。長州だけではない。土佐や肥後、薩摩、水戸の者たちまで揃っている。誰もが心の底から久坂の言葉を信じ切っているようだった。

福原越後などが上洛していれば、この男たちは今日にでも戦を始めていたかもしれない。

「どうやら、高杉の懸念は当たっていたようだな」

眉をひそめた久坂に、右衛門介は国宗《くにむね》を腰に差した。

「藩兵を動かすことはならぬ」

「藩公のご意思に背きましょう」

「家老としての判断だ。久坂。君が為すべきは、討幕の兵を募ることではなく、この国の舵取りをすることだろう。姦人どもに惑わされるな」

そう言い捨てると、右衛門介は大広間にいる者たちが立ち上がるよりも早く藩邸を後にした。走って追ってくるのは、桂だった。

「来島さんが、謀反人を討つべしと騒ぎ立てていたぞ。久坂が止めていたが、大広間からは河上と土佐の連中が姿を消した」

藩論を久坂が握っているとはいえ、家格で言えば右衛門介が最も高い。右衛門介が否と言えば、藩主の詰問が届かぬ限り彼らは一兵も動かせない。だが、右衛門介が死ねば、話は変わる。

「桂。久坂の周りから、真木や河上を排除する。このままでは、真木の短慮に巻き込まれて久坂まで死にかねない。行動のよしあしはどうあれ、たった三年で朝廷すら動かすまでになった久坂は、この先必要な人材だ」

吐き捨てるように言って、右衛門介は北へと向かった。

真木の企む大和行幸は、なんとしてでも止める必要があった。万が一にでも成功してしまえば、朝廷と幕府の間で、血で血を洗う戦が始まってしまう。

「桂。しばらく藩邸には戻らん。兵を動かさぬよう抑えを頼む」

そう言って、右衛門介は高杉から託された巾着を桂に押し付けた。

五

それは、益田家当主が、一代に一度のみ赦されることだった。

永久二年（西暦一一一四年）、益田家の祖である藤原国兼が石見に赴任してから七百年にわたって、一度たりとも行使されたことのない赦しだ。手にした翡翠の璽《じ》は、緊張から汗で濡れている。鳥を象《かたど》っているというが、お世辞にも良い出来とは思えない。嘘か真か、中臣鎌足が死の間際、大海人皇子に授けられたものだという。

「千二百年も前の細工ならば、こんなものか」

己の声が、どこか上ずっていることを感じながら、右衛門介は現れた黒衣の人影に平伏した。玉砂が敷き詰められた地面は、夜だというのに明るく感じる。御所の御内庭《ごないてい》の一角が、右衛門介が通された場所だった。

竜顔を見ることも、直答も、右衛門介には許されていない。

足音は軽いと思った。孝明帝の顔など知るはずもなく、その足音が本当に帝かどうか知る術はない。右衛門介から五歩ほど離れたところで、足音が止まった。

「国見の一族だな」

ひどく疲れている声だと思った。だが、確かに伝わっているようだ。翡翠の璽を捧げるように前に出すと、影が頷いたようだった。

「話すがよい」

声音から、右衛門介を警戒していることが伝わってきた。

孝明帝が、久坂たちの後ろ盾となっている攘夷派の公家たちを快く思っていないことは予想していた。

朝廷の意向は攘夷で固められているが、そこにも対立がある。帝は幕府に攘夷を委任するつもりだが、朝廷の実権を握っている三条実美《さねとみ》ら若い公家たちは、幕府から実権を取り上げ、帝自らの攘夷を望んでいるのだ。その勢いは凄まじく、帝すら彼らを止めることはできていない。増長した三条たちが、偽勅を濫発して、諸大名の抱き込みを始めているとも伝わっていた。

長州藩のことは、三条を煽動する者たちとして、孝明帝は認識しているはずだった。

深く息を吐きだし、右衛門介は地を這う蟻を見つめた。

「益田右衛門介親施にございます。毛利の臣としてではなく、主上の臣としてまかりこしました」

ここにいるのは、長州の意思は関係ない。そう伝えた。

返答はなかった。風の音に紛れた自分の声に、右衛門介は言葉を続けた。

「益田の定めは、この国と民を守護することにあります。攘夷か開国かに割れる世を許したのは、ひとえに我が力不足にございます。いずれを助けるべきか、長く海の外を見続けてきた我らにもいまだ答えは出ておりませぬ。されど、このまま禁裏《きんり》と幕府の対立が大きなものになってゆけば、いずれの道も閉ざされ、この国が滅びゆくことだけは確かでございます」

「いかにせよというのじゃ」

降ってきた言葉に、右衛門介はさらに深く頭を下げた、額に砂がつく。

「しばしの時をいただきたく。三条卿をはじめとして、長州や諸国の武士たちは、恐れ多くも主上を御旗として幕府を討ち、夷狄を滅ぼさんとしております。されど、今の世では、叶わざることにございます」

「なぜじゃ」

「討幕を望むは、長藩の武士たちと、そこに雷同する諸藩の力無き浪士のみ。彼らの言葉は勇ましく、壮観ですらありますが、空虚な像ほどよく音を鳴らすものでございます。芯のある像は、打てど音は鳴りませぬ」

「時を待てば、叶うのか？」

攘夷を期待している孝明帝の声に、首を振った。

「開国を目指す幕府は、欧米の新しき武具を備えております。時が経つほど、攘夷を望む者が討幕を成すことは難しくなります。今、この国がなすべきは攘夷ではなく、夷狄の力を身につけるための開国。軍政を一新し、富国を目指すべき時にございます。先ごろも、長州と薩摩は夷狄の軍艦によって、城下を戦火に包みました。その力は凄まじく、戦となれば勝つ術はございませぬ。夷狄もまた、この国の弱さを知悉《ちしつ》しております。今、この国に、禁裏と幕府に分かれて争っている暇《いとま》などはございませぬ」

長州や三条に不快感を持ちながらも、孝明帝は熱心な攘夷論者でもある。自らの意思のために、不快感を呑み込むことは十分に考えられた。だが、そうして大和行幸から討幕の動きが始まってしまえば、もはや戦になることは避けられない。一度始まってしまった戦は、容易に止められないことを、右衛門介は一族の史から知っていた。

「藤原鎌足より続く、我が一族の務めとして、言上《ごんじょう》いたします。三条卿は近く、大和行幸と攘夷親征を奏上いたしましょう。これに宣下《せんげ》を与えられませぬよう」

攘夷という思想は、確かに多くの者を熱狂させた。それが大きな力となることも右衛門介は理解している。だが、夷狄を打ち払うことに固執するだけの思想では、足りないのだ。

一度は潰《つい》えた幕府と禁裏の協調を、まだ捨てるべきだとは右衛門介には思えなかった。

いつの間にか、人影が消えていた。

翡翠の璽は、たった一度だけ、益田家当主の言葉を言上するための契《ちぎり》だった。帝は、その務めを果たした。孝明帝の意思は、最後まで分からなかった。

御所を後にして、石薬師御門を出たのは、丑三つ時を越えていた。

静まり返った京の街並みは、不気味ささえ感じる。

河原町まで歩きながら、右衛門介は背後に増えた人の気配をちらりと振り返った。姿は隠しているが、漏れ出てくる殺気は隠そうともしていない。逃げられても追いつけると思っているのだろう。まして、仕留め損じるとも思っていない。

「まったく、嫌になるな」

右衛門介の腕前をある程度、知っているということだ。腰に差した国宗を一瞥し、右衛門介は足早に歩いた。つかず離れず、ついてくる。

寺町御門を通り過ぎ、竹屋町に差し掛かった時、正面に小柄な人影が現れた。

これ見よがしに編笠を被り、短刀を地面につきそうなほど低く構えている。ここに追い込まれたということなのだろう。背後の気配を一瞥して、右衛門介は手慣れた辻斬りの技に舌打ちした。

「構えを見れば、誰かぐらいは分かる」

河上彦斎。隠す気もなさそうだった。遠巻きに囲まれているのは分かる。後ろに逃げ場はない。ここから生き延びるには、立ちはだかる最強の人斬りを越える必要がありそうだった。

血が舞う光景が見えた。

それが幻だと気づいたのは、河上がゆっくりと刀を抜いたからだった。これが殺そうとする者と、殺されようとする者の立ち合いか。右衛門介は国宗の柄に手を添えた。

河上が編笠の奥で目を光らせた。

「懦夫も、死ねば神国のためとなる」

「俺は逃げるよ」

「逃げられるものか」

河上が笑った。

音が、遅れて聞こえた。

河上の踏み込んだ足音だ。銃撃のような破裂音。左に躱《かわ》す。斬り返す隙は無かった。すれ違うように駆け、振り向きざまに斬り上げた。手ごたえはない。

息を吐きだすと、五歩先で河上が静かに刀を構えていた。すれ違ったまま走り出していれば、背を討たれただろう。逃げなかった自分を心の中で褒めた。

じりじりと間合いを詰める河上に、右衛門介は一歩ずつ後ろに下がる。

不意に、河上の小柄な身体が、大きくなった。気づけば、背中が汗で濡れていた。顎にもとめどなく流れている。国宗がどうしようもなく重い。

見上げるほどに河上の姿を大きく感じた刹那、短い間隔で地面をたたく音が聞こえた。

河上の舌打ちが響く。

浅葱色のだんだら模様。

地を這うように現れた総髪の若者が放った突きに、河上が吠えた。三つにも見えた突きを、河上が刀で払い落とす。薄明かりに火花が爆《は》ぜた直後、二人が左右に弾け飛んだ。

見覚えのある若者だった。

土方の傍で、桂に殺気を向けていた沖田総司という若者だ。

「市中での私闘は、禁じている」

警告する沖田の声は、だが格好の遊び相手が現れたかのように弾んでいる。

河上も、壬生浪士組だと認識したのだろう。退くか。そう思った瞬間、河上の顔に凄惨な笑みが浮かんだ。

凄まじい斬りあいになった。どちらも一歩も引かない。互いの剣閃を皮一枚で躱している。達人同士、見惚《みと》れてしまうほどの立ち合いだった。直後、複数の足音が聞こえてきた。

遠く、土方の顔が見える。

借りが一つできた。斬りあう二人に背を向けて駆けだした。遠巻きに後をつけていた気配は、壬生浪士組に紛れて分かりにくいが、まだ振り払えてはいないようだ。土手町を通って鴨川まで出た右衛門介は、手を振る大柄な男を見つけた。船頭の格好をしているが、あまり似合わない。ぼさぼさの総髪は、海風で縮れたというわけでもなさそうだった。

近づいた右衛門介に、男がにこりと笑った。

「晋作にあんたを逃がせと頼まれた」

高杉から聞いていた特徴と合致した。男が目を輝かせ、桂から受け取ったのであろう巾着を月明かりにかざした。ひらひらと振り回した巾着を開け、男が中から五発式の拳銃を取り出す。

「こんなものを貰っちゃあな」

背後から足音が近づいてくる。男が拳銃を構え、いきなり引き金を引いた。

夜の静寂を破るような轟音が響く。足音が止まり、慌てて路地に駆け込む姿が見えた。

「逃げようか」

のんびりと笑った男が、そそくさと十石船に乗りこんだ。船頭はおらず、男が自ら操船するようだ。

不安が表情に出たのだろう。男が肩を竦めた。

「なに、心配するな。こう見えても、僕は海軍操練所の塾頭でもある。操船の腕は確かだ」

漕ぎ出した船は、男の言葉通り流れるように進んでいく。ほら見たことかとばかり、男が振り返って二の腕を叩いた。

「益田さんだな。土佐の坂本だ」

「助力かたじけない」

「助力ではないさ。高杉の取引だ。商人は利に敏《さと》いというだろう。高杉の頼みを聞いて、あんたを助けた方が僕にとっては利があるだけだから、別にありがたがらなくてもいい」

飄々とそう言った坂本に、右衛門介は首を傾げた。

「君は土佐勤王党だったな」

「そういうことにはなっているなあ」

「ならばなぜ、高杉の頼みを聞いて俺を助ける。君の仲間は、国許で攘夷を嫌う藩公に捕縛され、拷問を受けているとも聞く。朝廷が攘夷に打って出た方が、君にとっては良いはずだろう。それを止めようとする俺は邪魔なはずだ」

「揺れるぞ」

そう坂本が呟いた直後、船が大きく揺れた。川底が深くなったのだろう。夜だが、坂本には水面の様子でそれが分かるようだった。坂本がおどけるように笑う。

「僕はね、この国が大好きなんだよ」

舳先《へさき》を向き、坂本は遠く南を見つめている。

「瀬戸内ののどかな空気が大好きだし、江戸の活気も捨てがたい。幕府と朝廷が東西に分かれて戦ったらどうなるか。おそらく、列強の力が入り込み、僕の好きな景色は穢《けが》されると思っている」

「だから、土佐勤王党の唱える攘夷には従わぬと？」

「少し違うな。朝廷と幕府。この国が二つの巨大な力に割れることを望んでいない」

話が見えない。坂本もそれを察したように頷いた。

「巨大な力同士が争うから、欧米はどちらかに肩入れするのだろう。ならば、この国が千々《ちぢ》に分かれ、その全てが力を持てばどうなると思う？」

坂本の笑みが、不敵なものに変わった。

「誰もが蒸気船を持ち、海を越えて交易をすることで金を得る。その船には最新鋭のアームストロング砲を備え、いざ国の一大事となれば何百、何千隻が一つの海に集まって敵を駆逐する。想像してみたまえ。瀬戸内に並ぶ巨大な艦隊。強力な国の姿だと思わないか？」

頭がくらくらするようだった。坂本の言葉は、誰もが想像していない第三の道だ。いや、第三ということも烏滸《おこ》がましい亡国の道だろう。誰もが力を持てば、より力を望み、終わりのない闘争が始まる。

「そんな真似をすれば、日本は国としての形を失う」

「僕はそうは思わないよ。二つに割れて戦う方が、よっぽど危険だ。僕たちには、欧米列強という強力な敵がいる。彼らを敵としてまとまることで、僕たちは結ぶことができる。かつて、欧州には都市国家群というものがあったという」

「知らないな」

「蘭学の先生も、嘘か真かと言っていたからね。だがそこは、小さな都市ひとつひとつが国として成立し、ペルシア帝国という強大な敵がいたがゆえに、火急の時は団結していた」

「そんなことは不可能だ」

「できるさ」

そう言い切った坂本が、舌を出して笑った。

「まあ、そんな怖い顔をしないでくれ。何が正解か分からない世の中だ。ならば、自分の信じた道を行くよりほかにはあるまい。僕が信じる道を行くには、幕府と朝廷の対立は不都合。なにより蒸気船を売ってくれる、しかも僕たちが団結するための大敵になってくれる欧米を攘夷で打ち払うなどはもってのほかというわけさ。だからこそ、僕は君を助けた」

傑物の類なのだろう。瀑布のような語り口の高杉とも違う。流れるように、だが力強く響く坂本の言葉は、これまで右衛門介が考え付きもしなかった壮大な構想だった。世が大きく移り変わる時、常識にとらわれない者が出てくる。

坂本龍馬という男は、それを体現しているようにも感じた。

「君にとって、攘夷を叫ぶ者は邪魔というわけか」

「そうだね。まとめて蝦夷地《えぞち》にでも放り込むようにと幕府の勝様に言ったんだが、性急すぎるとかえって怒られたよ。あれだけ血の気が盛んな奴らなんだ。蝦夷地の開拓にはうってつけだと思うのだがね。人を斬るよりも、よっぽど有益だ」

「……蝦夷、か」

呟いた言葉に、坂本がくすりと笑った。

「大坂まで送るか？」

しばらくの沈黙の後、坂本がそう聞いた。首を振り、右衛門介は左右の土手を見渡した。人気《ひとけ》はない。

「いや、ここらでいい。薩摩に用がある」

「ほう。薩摩と協力して久坂たちを止めるか。実現すれば良い手だが、薩摩は久坂のせいで、危うく京から締め出されるところだった。長州の君の話を聞いてくれるかな」

「皆が久坂や高杉と若い奴らを称賛するからな。三十を超えてもそれなりに動けることを見せてみるさ。まあ、あまり期待はするな。俺は田舎で逼塞《ひっそく》していた国家老にすぎん」

面白がるようにこちらを覗き込んだ坂本に、右衛門介は微笑んだ。

人は、生まれる。長州に吉田松陰が生まれ、その胆力、知略を受け継いだ高杉や久坂が生まれた。同時に、まったく新しい考え方をする坂本などという男も現れている。

彼らを生き延びさせることは、この国にとって意味があると思えた。

もしかすると、高杉はこの期に及んで迷っていた右衛門介に、人は育っているということを知らせるため、坂本と引き合わせたのかもしれない。

想像もつかぬほどの才を持つ彼らが手を取りあう将来を夢想し、右衛門介は全身が震えた。

見上げた夜空は高く、かつてないほどに星々は輝いている。

「坂本君。面白い話だった。攘夷に凝り固まった者をまとめて蝦夷に送り込む時は、是非とも君に連絡しよう」

「船賃はしっかりといただくよ」

草むらに降り立った右衛門介に、坂本は早くいけと手を振った。

六

藩邸の遠侍《とおさぶらい》に胡坐をかき、久坂玄瑞は頬杖をついた。

益田右衛門介親施の足取りが、未だに摑めていない。国許の弾圧から逃げ延びてきた土佐勤王党の残党や、西国諸藩の浪士たちに京市中を探らせているが、その姿は杳《よう》として知れない。鰻の寝床とも言われる独特の京の屋敷は、敷地の中に複雑な私道が張り巡らされている。右衛門介が本気で姿を隠そうと思うならば、見つけるのは無理だろう。

放っておくべきだ。心の中で、久坂はそう呟いた。

強引に探そうとすれば、攘夷派志士に目を光らせている奉行所に拘引《こういん》されかねない。なにより、市中警固を命じられた会津藩傘下の壬生浪士組という厄介な男たちもいた。農夫や博徒崩れの不逞《ふてい》な者たちで、己の出世欲のままに人斬りを請け負っている。久坂の手の者も、この数カ月で四人が殺された。

思想も何もなく、人を斬ることだけで食い扶持《ぶち》を得ようとしていることに、身の毛がよだつほどの嫌悪を抱いていた。吉田松陰を処刑した幕府の手先でもある。街中で、だんだら模様の羽織を着て練り歩く彼らを見るたびに、燻《くすぶ》っていた心の奥底の怒りが、炎を上げるようだった。

「何を狙っている」

言葉にして、虎の障壁画を睨みつけた。

もはや、益田が何をしようとも、久坂たちの動きを止めることはできないはずだ。

禁裏の周旋は大詰めを迎え、明日にでも大和行幸の詔《みことのり》が出る手筈になっていた。

朝廷はすでに攘夷一色になっている。対立していた幕府の一橋慶喜《よしのぶ》は江戸から動けず、薩摩藩の島津久光も薩英戦争の後始末のために上洛などできはしない。

会津藩の松平容保率いる千の兵は、大和行幸を実力で止めうる障壁だったが、益田が連れてきた長州藩兵で、実力は互角になった。

孝明帝が大和へ行幸し、伊勢神宮へ攘夷親征を誓えば、畿内諸藩の兵はいやおうなく合流してくるだろう。そうなれば、会津など塵芥《ちりあくた》も同然だった。

そのまま江戸へ攻め入るべしと、真木和泉などは騒いでいるが、幕府はそれほど甘くない。幕府に並ぶ兵を組織し、帝のもとに欧米式の軍隊を作り上げることが、久坂の目的だった。畿内を固め、大坂、神戸を交易の拠点とすることで独自の資金源を作り上げる。交易を支配すれば、収入の大部分を交易に頼っている薩摩藩なども、久坂に首を垂れざるを得ない。

益田が攘夷の動きを止めたがっているのは分かっていた。無謀な攘夷を避け、開国によって日本を大きく成長させ、そのうえで海の外へ出ていくべきだという益田の言葉は、久坂自身分かっていることだ。それしか道がないことも分かっている。

そのためには、この国が二つに分かれて争っている場合でないことも十分に理解しているのだ。だが、それでも人には譲れないものがある。

よりにもよって、なぜ師を殺した幕府の手先などと繋がっているのか。

「あんたは、人に希望を持ち過ぎているよ」

呟き、久坂は真木和泉や河上彦斎といった名の知れた攘夷志士たちの顔を思い浮かべた。欧米の最新式の銃を見てもなお、刀一振りで立ち向かうべしと叫ぶ者たちだ。日本を神の国と称賛し、負けるはずがないと理屈の通らない言葉を振りかざしている。

悲しいことだが、攘夷志士を名乗るほとんどの武士が、似たり寄ったりの者たちだった。彼らに理屈は通らない。幕府が白と言えば、彼らは何も考えず黒と言う。それこそが大義だと思考を止めている。吉田松陰が最も嫌ったことだ。だが同時に、その愚かさこそ、吉田松陰が慈《いつく》しみ守ろうとした日本の民の姿でもある。

愚かで楽天的。盲目的に隣人を愛し、疑うことを嫌う。大勢を動かす者が出れば、付き従うことに疑問を持たない。今もまた、誇りを奪う異国人を打ち払えという、分かりやすい攘夷思想を疑うこともせずに受け入れ、熱狂している。愚かだと思う。だが、その日本人の性《さが》こそが、小さな小さな島国で生き延びるための知恵だったのだ。寸土を争い滅びることなく、二千年以上も生き延びてきた民の性だ。

彼らを護るためにはどうすればいいのか、松陰が死んで三年間、ずっと考え続けてきた。

攘夷を叫ぶ者たちを止めることはできない。愚かな考えだとしても、それが群衆となれば誰にも止められないのだ。幕府との対立は、防ぎようがない。それが、久坂の結論だった。

世界を知り開国を推し進める幕府と、世界を知らず攘夷を望む無知な志士たちは、決して相容れることがない。

国は、二つに割れる。

自分に求められているのは、そう覚悟することだと信じていた。

二つに割れた状況が避けられないのならば、長引かせなければいいのだ。どちらかが、圧倒的な実力で他方を圧し潰せばいい。それならば、恨みのある幕府を滅ぼすことに、躊躇は無かった。攘夷派をまとめ上げ、幕府を敵とする。幕府という敵が生まれれば、敵に勝つため、敵の敵は味方となる。

一度戦を始めてしまえば、勝つことだけが正義となるのだ。いかに攘夷派が欧米を嫌おうと、最新鋭の武具を備える幕府に勝つためには、欧米の力を借りざるをえない。それこそが、久坂の狙いでもあった。そこで、彼らは自らの無知を知るだろう。それでもなお、彼らが攘夷を叫ぶならば、幕府を滅ぼした後、自分がさらに手を汚せばいいだけだ。

味方殺しとなる覚悟を、三年間で固めたと言っていい。

誰が犠牲になろうとも、自分の手がどれほど汚れようとも、師が愛したこの国の民を護る。

大和行幸は、その狼煙となる。

「高杉は、どうやら心から同意していないようだが」

先日、門司の台場を襲った盟友の顔を思い浮かべ、久坂は鼻を鳴らした。高杉のせいで、上洛の兵は千に留まった。だが、まるきり反対しているわけでもないのだろう。できるものならば、やってみろという挑戦にも思える。昔から、傲岸不遜な男だった。村塾の双璧と呼ばれ、久坂にできて高杉にできぬことはなく、逆もまたしかり。だからこそ、高杉よりも先を行きたいという思いもあった。

翌十三日、大和行幸の詔が下された。

久坂は藩邸に集まった真木和泉や来島又兵衛、河上らとともに祝杯を挙げた。大広間の隅には、腕を組んだ桂もいる。この三年間、桂は自分と益田につかず離れずの立場を取ってきた。この場にいるのも、益田の指示かもしれない。

近づいた久坂に、桂が肩を竦める。

「酒宴をやっている場合か?」

「もはや、流れを止めることはできますまい」

「ご家老が、会津と薩摩に近づいているようだぞ」

動揺を気取《けど》られぬよう、久坂は息を吐いた。

「益田殿の動きを摑まれたのですか?」

「所在までは分からないが」

本当かと疑いの視線を向けた久坂だったが、桂の顔からは何も読み取ることはできなかった。首を左右に振った。

「薩摩と会津に近づいて、何ができるというのです。薩摩は長州に恨みを持っている。まともに話を聞くとも思いませぬ」

五月に起きた姉小路卿の暗殺は、京から薩摩の力を排除するため、薩摩の田中新兵衛を使って、久坂と土佐の武市が仕掛けたものだった。それ以来、罪を押し付けられた薩摩は、長州を目の敵《かたき》にしている。

京都守護職に任じられた会津もまた、その取り締まりの最たる対象は長州藩なのだ。益田右衛門介親施という男は、かつて吉田松陰を保護した者としても藩外に知られている。会津藩を動かせるとは思えなかった。

桂の瞳に厳しいものが浮かんだ。

「ご家老はお前や高杉の才を評価しているが、お前はご家老を評価していないのだな」

「そんなことは。三年前、我らを止めた益田殿の言葉は、今でも覚えています。この三年があったがゆえに、我らは朝廷を動かしうるまでになったのです。益田殿に人を見る才があることは分かっているつもりです」

「やはり、つもりになっているだけだな」

桂が嘆息した。

「昼行燈だの木偶坊《でくのぼう》だのと言われているが、お前もまだあの人を見誤っている。我らに見せている姿は、ほんの一部分だと思ったほうが良い」

桂が声を落とした。

「どうやらご家老は、会津と薩摩による贋金の証《あかし》を握っているようなのだ」

「まさか」

驚きを呑み込み、久坂は顎に手をあてた。

贋金造りは、幕府が禁じている。破れば、改易どころか藩主の命さえ危うい。ただ、莫大な費用のかかる京都守護を担う会津と、遠く南端の薩摩については、幕府が黙認しているという噂もあった。証があったとしても、それが薩摩や会津の弱みとなるとは思えない。

「いや、諸藩への箍《たが》が外れることにもなるか」

両藩の贋金の話は昔から噂されてきたことだが、それが真だと知れ渡れば、日本全土で贋金造りが横行することになる。物の値段は大きく乱れ、蕎麦一杯を食べるのにも両手いっぱいの銭が必要になるかもしれない。馬鹿馬鹿しい光景を想像して、久坂は舌打ちした。贋金造りの証が表に出れば、幕府も両藩を見過ごすことはできなくなる。

贋金の証を突き付けられれば、少なくとも薩摩は動く可能性があった。だが、京にいる薩摩藩の兵は二百にすら届かない。

「両藩が組んだとしても、大勢に影響はありますまい。すでに朝廷は三条卿を筆頭に、大和行幸を朝議で決定しました。我らの手元には、千の兵もいる」

顎を掻き、久坂は小者を呼んだ。

「大坂の吉村君に伝令を。主上の行幸を待たず、大和で挙兵するように伝えてくれ」

吉村が率いる天誅組は、本来、孝明帝による大和行幸にあわせて蜂起し、諸藩の兵が合流してくるための呼び水の役割を担うはずだった。公家の中山卿を首魁に据えることで、朝廷の代弁者としての権威も持たせている。

益田が何を狙っているのかは分からないが、薩摩や会津が動く前に、畿内で主上の兵が蜂起したという事実を作ってしまうべきだと思った。

藩邸に三条卿からの急使が駆け込んできたのは、十八日の払暁《ふつぎょう》だった。

「全軍を鷹司《たかつかさ》卿の屋敷に向かわせろ」

飛び起きた久坂の命令に、藩邸が慌ただしくなった。

信じられないことが起きていた。

「何をした……」

手甲のみをつけた久坂は、来島や桂に囲まれ藩邸を飛び出した。御所の南、堺町御門の前は、集まった長州藩士たちでごった返していた。押っ取り刀で駆け付けた者も多いようで、舌打ちして久坂は戦備えに戻れと一喝した。

「これは、見事にしてやられたな」

立ちつくし、堺町御門を眺める桂が、冷静に呟く。

「知っていたのですか」

「予想はしていた。が、これほどの根回しができるとはな」

桂の視線の先、朝陽を浴びる旗が、数えるのが億劫《おっくう》になるほど無数にたなびいていた。御門を背後に盾を構える兵の群れは、門の内側から溢れつづけている。薩摩藩と会津藩だけではない。阿波藩や淀藩、米沢藩の旗印も乱立し、その数は二十を超えているようにも見える。その全てが、久坂たちを警戒し、槍を向けていた。

この全てを益田右衛門介が動かしたというのか。

「在京する長州以外の全ての藩が、我らの敵に回ったようだな」

桂の言葉に答えたのは、別の声だった。

「あの懦夫が上洛してまだ一月も経っておらぬ。僅かの間に、このようなことが可能なものか」

震える声が聞こえてきた。大層な戦帷子を着込んだ真木和泉だった。手をわななかせ、長州兵を威嚇する薩会の陣を恨めしそうに睨みつけている。

「何が起きたのじゃ。もうじき、大和で攘夷の狼煙を挙げるはずではなかったか」

ペリーが来航してきた直後から攘夷を唱え続け、ようやく実現できそうになった矢先のことに、真木が混乱しているのが伝わってきた。

狼狽《うろた》える真木の言葉に、久坂はかえって冷静になった。

目の前の光景を見れば、朝廷が久坂たちを裏切ったことは明らかだ。幕府の意思を体現する会津と、西国の雄藩である薩摩が同盟すれば、諸藩が連合することは納得できる。

不可解なのは、朝廷の許可が無ければ、これほどの兵を御門内に引き入れることなどできないことだった。昨日まで朝廷は、鷹司や三条をはじめとした攘夷派で占められていた。なにより、三条ら過激な攘夷を唱える若い公家を、黒土になることを顧みるなと煽り立てていたのは、孝明帝自身のはずだった。

孝明帝を動かした者がいる。それが誰かは、考えるまでもなかった。想像でしかない。だが、益田一族の史を思えば、あり得ないことではないと思った。

息を吐きだして、久坂は左右を見回した。すぐ傍に、村塾以来の吉田稔麿がいた。落ち着き払った表情をしている。高杉と自分の陰に隠れてあまり目立たないが、吉田は先を予見することにかけては頭抜けている。

「一年は、先送りかな」

こちらに視線を向けてきた吉田に、久坂は一度頷いた。

「京洛全ての藩が、我らを敵とした。それを朝廷も認めたということだろう。おそらく、我らは京へ禁足となる。巻き返すためのきっかけがいる。稔麿、京での潜伏を頼めるか」

「君では目立ち過ぎるからな」

そう微笑んだ稔麿が、喧騒に紛れるようにして姿を消した。

周囲が騒がしくなったのは、その直後だった。振り返った久坂は、思わず目を見開いた。

「益田……」

薩会の兵が、左右にわかれ、道を作っていた。

鷹司卿を伴って姿を現したのは、袴《はかま》姿の益田右衛門介親施その人だった。殺気立った兵の視線を気にするでもなく、悠然と歩いてくる。平素、間の抜けた顔をしている印象が強いが、今は近寄りがたい威容を漲らせていた。

益田が、久坂たちの前で止まった。

「攘夷親征の尖兵を仕《つかまつ》るため、鷹司卿を通して朝廷に掛け合っていたのだがな」

「ぬけぬけと何を」

そう叫んだ真木和泉を、益田が連れていくように指示した。

「勅が下った。我ら長州は京の地を踏むべからず。さもなくば、あれに並ぶ京洛中の幕兵が、我らに襲いかかる」

薩会の陣を見ると、時とともにその兵は増えているようだった。すでに二千を超え、夕刻にはこちらの四倍以上になるかもしれない。

鷹司卿に、攘夷親征を諮《はか》ったという言葉も、真のものだろう。益田は、薩摩や会津が長州を排除するための口実を作ったのだ。この男は、日本を二つに割らぬことだけを考えている。見通しが甘いと思った。この国は、すでに割れているのだ。日本を二分する戦を恐れる怯懦に取り憑かれ、見誤っている。

「ご家老、それほどまでに臆病となりましたか」

久坂の言葉には答えず、益田が目を細めた。

「国許へ帰るぞ」

「藩公に、なんと申し開きをされるおつもりか」

「事実をお伝えするまでだ。久坂、今は身体を休めよ」

いたわるような響きだった。

震える腹に手を添えると、久坂は空を見上げた。曇天が低く垂れこめている。

「稔麿はどこにいる」

鋭く響いた益田の言葉に、久坂は背を向けた。

まだ勝負は付いていない。大和行幸が潰えたとしても、天下の草莽を立ち上がらせる策はまだある。

名を呼ぶ声が聞こえ、その直後、短い嘆息が聞こえた気がした。

七

文久三年（西暦一八六三年）大晦日――

長州勢が追放されたことで、京の街は、凪《なぎ》のような平穏に包まれていた。それを嵐の前の静けさと言うのだろうと、益田右衛門介親施は嘆息した。

まだ、なにも終わっていない。始まってもいない。

八月、久坂や真木ら諸藩の攘夷志士と、彼らの後ろ盾として、朝廷を攘夷へと傾けてきた七人の公家たちが、一斉に長州に下っていった。彼らの行列が長州に入り、高杉に護衛を引き継いだ後、右衛門介は京まで飛び戻ってきた。

薩摩と会津が結び、京から攘夷派の浪士と公家を排除したことは、八月十八日の政変とも、文久政変とも呼ばれ始めていた。

「それで、どうするつもりだ」

島原の旅籠、差し向かいに座って盃を飲み干すのは、やつれ切った顔をする桂小五郎だった。政変の後始末として、桂は諸藩の藩邸を駆けまわり、いずれ長州が京に復帰できるよう工作している。

「右衛門介。君の活躍によって、無謀な攘夷を望む者たちは京から排除できた。このこと自体は、私も理にかなっていると思う。大和行幸を経て、そのまま横浜へ主上とともに攻め込むなど、正気の沙汰ではなかったからな」

「久坂にはもっとましな考えがあったろう」

桂は、右衛門介と久坂の間を行き来して、より可能性の高い方に賭けようとしてきた。どっちつかずとも言えるが、右衛門介にとっては、俯瞰的に大局を見る桂が、いまだどちらにも肩入れしていないことが、重要だった。この男もまた、久坂の策はまだ甘いと思っている証だった。

桂が灘の酒を自らの盃に注ぐ。

「久坂は大和行幸の後、畿内諸藩から徴兵して、神戸と大坂を押さえるつもりだったようだ」

「交易港を押さえ、欧米から武具を買うか」

「幕府と朝廷の対立は、朝廷を無視した幕府の条約批准と開港にある。朝廷が主導権を握れば、開港に同意する諸侯も多い。久坂はそのあたりを取り込むつもりだったのだろう」

「夷狄の武器など穢《けが》れていると、真木和泉や河上彦斎は怒りそうだな」

「殺す覚悟はしていたようだが」

桂が鯉のあらいを一切れ、箸でつまみ、みそをつけて口に放り込んだ。無言の時間を持て余し、右衛門介も箸を手に取った。

「実現が不可能だと思ったからこそ、桂、君は藩士たちを京から追放することに賛同したのだろう」

嚙み応えのある切り身を吞み込み、桂が頷いた。

「状況は厳しい。たしかに、攘夷を唱える者は全土に数多くいる。だが、その多くは武士だ。攘夷の本山とされる我ら長州でも、攘夷を進める藩政府に対して、打ちこわし一揆が起きた。明日の食い物が大事な民草にとっては、攘夷など他人《ひと》ごとなのだと実感させられた」

「久坂はひた隠しにしていたようだな」

「知れ渡れば、攘夷派の士気にかかわると思ったのだろう。だが、民は正直だ。今、大和行幸を強行したところで、散発的な蜂起が全土で起こり、幕府に鎮圧されるだけだろうな」

桂が指を一本ずつ広げ、拳を開いた。

「長州に加え、西国の雄藩のいくつかが同時に立ち上がらねば、久坂の望む速戦で幕府を討つことは難しい」

桂が箸を置く。

「右衛門介。君は、あくまで公武合体の可能性を探るのか」

「ああ。幕府と朝廷、そして全土の雄藩による連合体の可能性はまだある」

これまで攘夷派の浪士たちの声が強かったのは、その背後に攘夷を強く望む孝明帝がいたからでもある。だが、今回の政変で、孝明帝は大和行幸を否定した。帝の後ろ盾を失った攘夷派の声は、小さくなっていくだろう。

攘夷という思想さえ消えれば、この国の指導者たちは、意思を一つにできるはずなのだ。そこに長州が返り咲くため、右衛門介は京に残り、各藩の重役と連携してきた。桂も右衛門介の手足となって、大坂、京を往復している。

「薩摩の国父殿が上京してきてから、状況も動き出した」

「参預会議か」

桂の言葉に、右衛門介は頷いた。

将軍後見職の一橋慶喜、会津藩の松平容保、越前藩の松平春嶽、土佐藩の山内容堂、宇和島藩の伊達宗城《むねなり》ら雄藩の有力者たちが、朝廷参預に任じられていた。その使命は、朝廷と幕府、諸藩が合議によって国政を動かしていくことにある。公武合体の新たな形であり、提案した薩摩藩の島津久光も、年明けに任じられると言われていた。

「政変で攘夷派が一掃された今、参預たちの動きを妨げる者はない」

「邪魔する者はいないが、どれもこれも、曲者ぞろい。山内容堂公など、平素と酔っている時の言葉が違い過ぎて、藩内すら混乱に陥れているからな」

「鯨海酔侯《げいかいすいこう》か。だが、もとは一橋公を将軍職にしようと、一致していた大名たちだ。一橋公を守《も》り立てていくことで大きくは乱れまい」

「上手くいけばいいとは思うが。もとは国の政に、外様の大名が口を挟むことは禁じられてきたのだ。

幕府が唯々《いい》として受け入れるとは思えぬ」

「時をかけるしかあるまい。旧習を変える時、最初から上手くいくことはないさ」

「そうは言うが、久坂や真木も、このまま長州で大人しくしているとは思えぬぞ」

不安そうな桂の言葉に、右衛門介は無言で酒を流し込んだ。

島津や松平は、これまで攘夷を唱えて幕府と対立していた。だが、それも将軍職の後継争いの折、徳川家茂を推した井伊直弼《いいなおすけ》と対立していたことが原因だった。大老となった井伊が、開国を押し通したために、島津らは攘夷を主張していたにすぎない。参預会議に名を連ねる者全てが、もとは開国すべきという考えを持っている。

益田一族の当主として、今が日本の二分を防ぐ唯一の機会だと思っていた。

二百六十年前、益田元祥が全土に忍ばせた武士たちの末裔は、各地で家を繋いできた。その地の地勢や政、戦備えなど、彼らが命を賭けて知らせ続けてきた。薩摩による贋金造りの証を知らせてきた者は、その報せを最後に、消息を絶っている。人知れぬ犠牲は、すでに出ている。

参預会議による政を快く思っていない大名たちには、後ろ暗い藩の内情を突きつける書簡を送りつけた。時に、右衛門介自ら藩邸に乗り込んだ。

命を狙われる覚悟はできている。参預によってこの国が生まれ変わるまで十年、そして産業を興すのに十年。二十年、時を稼ぐ。史に名が残らずとも、この国が残るならそれでいい。

「上手くいかせてみせるさ」

「珍しいな」

「何がだ」

「君が、強気にものを言うことさ」

そう言って、桂が立ち上がった。

「せっかくの京の大晦日だ。どうやら、来年は僕も君も大変な年になりそうだから、無病息災でも願うとしよう」

二朱銀を置いて店を出た右衛門介は、桂に連れられて八坂社までぽつぽつと歩いた。近づくにつれて、白朮《おけら》の匂いが強くなる。人だかりが多くなり、夜の空には除夜の鐘が響いていた。ひと際、大きな音は大谷寺のものだろうか。

「明けたな」

鐘の音が途切れた頃、桂がそう呟いた。

「これを」

桂が懐から取り出したのは、火縄だった。

「八坂社の神火を火縄に付けて、その火で雑煮を炊くと無病息災が叶うらしい」

「どこで雑煮を炊くつもりだ」

長州藩の者は、京では表立って活動することができない今、藩邸に帰ることもままならないのだ。

「馴染みの女ぐらいいるだろう」

呆れたような顔をする桂に、右衛門介は小さく舌打ちした。

「お前みたいに名の通った美丈夫であれば困らんのだろうがな」

「謙遜するな。君も、まあ角度を変えて見ればいい男だ」

「そうかい」

桂に勧められるまま、福寿院拝殿の四方に燃える火に、火縄を近づけた。

「僕は瀧中に行くとするよ」

「幾松殿か。うらやましいものだな。くれぐれも、新選組に見つかるなよ」

文久政変の功績で、近藤勇や土方歳三率いる壬生浪士組は、新選組と名を変えていた。京に潜伏する攘夷派の浪士の取り締まりも、厳しくなっている。

片手を挙げて桂が去った後、右衛門介は手に残された火縄に視線を落とした。

一陣の風が吹いた。肌を刺すような強い風だ。

その直後、火縄の火が大きく燃え上がり、消えた。


二月二日、陽が落ちてすぐの頃だった。

右衛門介の泊まっている伏見の旅籠に、雨に濡れた高杉晋作が姿を現した。暗がりの中から四畳半の部屋に現れた高杉は、真っ赤な丹前《たんぜん》を身につけ、強《した》かに酔っぱらっている。髪は乱れ、衣服もそこかしこが擦り切れており、目を背けたくなるような風体だ。

「随分な様だな」

筆を持つ手を止めた右衛門介に、高杉は自嘲するように笑った。

「そっくり返すさ。随分な言いようじゃないか。ご家老のために、命がけで藩を抜け出してきたのだ」

嘆息し、右衛門介は羅紗地《らしゃじ》の財布を高杉に投げ渡した。

「湯屋に行ってこい」

姿を消した高杉が戻ってきたのは、ゆうに子《ね》の刻を越えた頃だった。待つ間に用意した酒は空になっている。火鉢の火も消え、随分と前から身体は凍えていた。

「遅い」

行燈の明かりを遮るように高杉が前を歩き、窓の縁に腰をかけた。手には無地の瓢箪徳利が握りしめられている。投げ返された財布を受け取ると、そこに入っていたはずの二朱銀は欠片《かけら》も残っていなかった。

「一月暮らせるほどの金が入っていたはずだが」

「天下の京で一晩遊ぶには、ちと足りぬ」

雨に打たれた野良犬のような気配は綺麗に消え去り、高天原《たかまがはら》から下天を睥睨するようないつもの高杉の姿がそこにはあった。

金を渡した時点で、こうなることは薄々予感していた。無一文の時、勝手に藩の金を使って軍艦を買おうとした男だ。あらかじめ、いくばくかの金を抜いておいた判断を、心中で自賛した。空の財布を高杉の足元に投げつけ、右衛門介は冷たくなった手を腕組みした。

「国許はどうなっている」

「報せは届いていないのか」

「藩からの報せは、今のところないな」

高杉は、右衛門介が藩を介さずに、全土に人を放っていることを知っている。

高杉が苦笑した。

「久坂は、京からの追放について、ご家老殿が裏で動いたと思っている。敵と、見定めたのだろう。

自らの動きが伝わるような下手は打つまいよ」

「お前が脱藩したことは、すぐに知れるだろう。俺に会いに来たことも、勘づくな」

頷き、高杉が表情を改めた。

「時は少ない」

脱藩は、時に死を命じられることもある重罪だった。その危険を冒してまで来た高杉の表情に、右衛門介は嫌な汗が流れた。

「西国の攘夷志士たちが、近く京に上る動きがある」

「誰が仕切っている」

「音頭を取っているのは真木和泉だが、その裏で実際の動きを差配しているのは久坂だ。肥後や土佐、北は越後まで人が動いている」

「京に上って、何をするつもりだ」

三味線を持っていれば、かき鳴らすのだろう。高杉が、息を吸った。

「帝の拉致《らち》。京洛に火をつけ、帝を長州に迎え入れるつもりらしい。すでに六百を超える名が揃っている」

荒唐無稽な話だが、追い詰められた真木であれば、その程度のことは言いそうだった。六百という数自体は、彼らが集めようと思えば集められるものだ。

「真木は何を考えている。主上を拉致して長州に立て籠ったとしても、幕府の大軍によって滅びるだけだ」

「心意気さえあれば勝てるとでも思っているのだろう」

「本気で思っていそうで怖いな」

気になるのは、できもしない計画に乗っている久坂の意図だった。

「久坂の狙いが分からんな」

「直接聞いたわけではないが」

そう前置きして、高杉が地図を広げた。グラバーという男が売り出しているものだ。海に囲まれた日本。北には千島や樺太といった諸島が記され、西北には対馬を挟んで朝鮮王朝の韓土が大陸から突き出し、その北には、日本の何百倍もの広さを誇るロシア帝国が広がっている。

この万国航海図を見るたびに、うんざりするほどの世界の広さを感じる。西欧のメルカトル法で作られた世界地図の中で、日本は僅か二寸ほどもない。日本を揺るがしたアメリカ合衆国にしても、地図の中では僅かな土地だ。イギリスなど、日本よりも小さいのではないかとさえ思う。

だが、世界の片隅にある僅か十数か国が、広大な世界を支配しようとしている。黒船を直接見た右衛門介は、百の言葉を弄されるよりも自然に、彼らはそれを夢とも思っていないと納得させられた。すでにアフリカ大陸や天竺《てんじく》と呼ばれていたインド、中華の大地さえも彼らによって支配されている。

日本という島国で生きてきた先祖たちは、中臣鎌足以来、幾度か海を越えようとしてその全てで失敗してきた。二千年かけてできなかったことを、欧米の民は僅か百年の間に成し遂げたのだ。そんな彼らに、日本の民は勝とうと夢想している。

大それたことをしようとしているとも思うし、地図にしてみれば、畳半畳にも及ばない程度のことだとも思える。

こちらを見る視線に、ひとつ咳をした。

高杉の人差し指が、地図の上、京を差した。

「帝を拉致することは、幕府の隙をつけば難しくはなかろう」

「できるやもしれぬが」

「ああ。先はないだろうな。幕府による追討を受ければ、長州に勝ち目はない」

高杉の指がすっと動いた。朝鮮半島で、ぴたりと止まる。

「その先に朝鮮を見ていると言ったら、ご家老、どう見る」

「……朝鮮だと」

呟いて、右衛門介は頭を鈍器で殴られたように感じた。

「主上を長州に迎えれば、そこが朝廷となる。太古、中大兄皇子《なかのおおえのおうじ》が筑紫で朝廷を開いていたこともある。近くは、後醍醐帝が大和の吉野に開いていた。捕らわれた主上は、久坂らの思惑通りの勅書を出さざるをえまい」

高杉が続ける。

「長州と同盟関係にある対馬藩は、先年から武力による朝鮮侵略を幕府に訴えていた。西国雄藩による朝鮮への出兵。主上の勅が下れば、大兵が集まるであろう」

高杉の言葉に、思わずうめき声が漏れた。朝鮮は日本と同じく欧米からの圧力にさらされている。攘夷志士の中には、朝鮮が欧米に占領される前に、韓土を支配すべしと唱える者も多い。

「集まった兵をもって、上洛し、幕府を討つつもりか」

「久坂も朝鮮への出兵が無謀ということぐらいは分かっているだろう。一度、兵を集めてしまえば、主上を抱えている限り、上洛を目指すこともできよう」

都を劫掠《ごうりゃく》する幕府を討ち、帝をお帰しするのだと、声たかだかに叫ぶ真木和泉の姿が目に浮かぶようだった。拳を握り、首を振った。

「それを許すわけにはいかぬ」

「ほう。俺には公武合体よりも幾分ましに思えるが」

「西国の雄藩を集めたとしても、所詮は烏合《うごう》の衆。幕府も東国を中心として兵を集めるだろうが、これもまた烏合の衆。戦は長引き、この国ははっきりと東西に分かれる」

そこまで言って、背中を流れる嫌な汗の正体が何なのか、右衛門介は気づいてしまった。これは長州に追いやられた久坂にとって回天の策だ。

だが同時に、幕府にとっても、日本を今一度主導するための好機となりうる。

「高杉」

「ようやく気付いたか」

いつも不敵な高杉の顔も、気のせいか青ざめているように見える。

「幕府が朝鮮への出兵を打ち出せば、追随する藩は多い。攘夷に傾いている者の中にも、幕府に合流すべきという者が出てくるだろうな」

朝鮮への出兵という大義名分のもとで兵を集め、長州をはじめとする幕府に反抗的な諸藩を、一挙に征伐する動きに出かねない。そうなれば、ようやく全土の諸侯によって国の進むべき道を探る公武合体も崩壊するだろう。幕府が、かつての威光を取り戻すための大義名分としても、朝鮮への出兵は使えるのだ。

山野に屍《しかばね》を晒《さら》す久坂や高杉の姿が、脳裏に浮かんだ。双璧の二人だけではない。薩摩や土佐に広がる死屍累々たる原野が、まざまざと見えた。

「すぐに国許に戻れ、高杉。久坂が動かす六百人を攪乱《かくらん》し、京に入れるな」

高杉にそう命じた半月後、右衛門介は伏見の旅籠を飛び出した。

月が高く昇っている。京の薩摩藩邸までは、一刻ほどで着くだろう。

「太閤の惨禍を忘れたのか」

かつて伏見城の天守がそびえていた指月《しげつ》の森を遠くに見て、右衛門介は舌打ちした。

幕府、将軍後見職の一橋慶喜の動きは、右衛門介の恐れていたものだった。

決裂するはずの無い参預会議が、無惨にも崩壊していた。

攘夷派の志士たちを京から排除し、公武合体を目指した島津久光によって、参預会議は提案された。

その神輿は、彼らがかつて旗印とした一橋慶喜だ。彼らには、開国し、諸国の英知を身につけたうえでの攘夷という共通の認識があったはずだ。

だが、彼らの筆頭となるべき一橋慶喜が、島津久光、松平春嶽、伊達宗城ら三人の大名たちを天下の愚物と言い放ち、一触即発の状態になっていた。

慶喜の突然の変心に、誰もが怒りを忘れ驚いていたという。

事情を知らなければ、驚くだろうと思った。久光たちは、かつて慶喜への将軍宣下を周旋した同志なのだ。慶喜は開明的な思想を持ち、攘夷は不可能だという認識も持っていた。にもかかわらず、突然横浜港の鎖港を朝廷に奏上し、久光らと対立した。

桂からの報せで、幕府の勝安房守《あわのかみ》が長崎へ向かったことも分かっていた。

その目的はオランダ総領事との会談のためと言われていたが、対馬へ渡り朝鮮の実情を探るべしという幕府の密命が下っていることも、桂が懇意にしている対馬藩士から伝わっている。

一橋慶喜をはじめとした幕府が、一つの意思をもって動き出しているように見えた。公武合体を捨て、この国を火の海に包まんとする意思だ。

風の冷たさを感じたのは、全身が汗で濡れていたからだろう。

四条まで辿り着いた右衛門介は、夜の高瀬川のほとりをゆっくりと歩いた。人通りは少なく、街は静けさに包まれている。攘夷派の志士たちが追放されて以来、京の夜は静かだ。

幕府と長州、対立する二つの勢力が、ともに朝鮮へ視線を向けている。

白い息を長く吐きだし、右衛門介はこめかみを掻いた。

攘夷か開国かという意見の相違によって生まれた対立を鎮めるため、両者が踏み込んではならない場所に足を踏み入れようとしている。

それを止めようとする者は、どこにもいない。

久坂たちは回天を夢見て、幕府はかつての威光を夢想している。

「……俺の役目は、ここか」

想定していた時よりも、随分と早い。だが、この国の進むべき道が定まったことだけは分かった。

踏み込んでしまった以上、益田家の当主として自分にできることは、一人でも多くの若者を先の世に送り届けることだ。そこに迷いはなかった。

「俺の命と、幕府の滅び。大層な天秤だな」

呟きが、高瀬川のせせらぎに紛れて消えた。

薩摩藩邸で待っていたのは、軍賦役《ぐんぶえき》に就いたばかりの西郷吉之助だった。薩摩藩士の尊崇《そんすう》を一身に集める怪物。のっそりとした体軀に似合わない小ぶりな瞳が、炯々《けいけい》と光っていた。

「西郷殿。これを」

書簡を畳の上に置き、右衛門介は立ち上がった。西郷に背を向けた時、聞こえてきたのは小さな呻き声だった。

八

元治元年（西暦一八六四年）六月六日——

京の町は、新選組の話題で持ちきりだった。新選組のもたらした惨劇と、それが生み出す報復への恐怖と言うべきだろう。

黒衣に身を包む男たちからは、拭いきれない血の匂いが漂っていた。

新選組の隊列を、左右に並ぶ町人たちは、歓声を上げることもなく静かに見守っている。隊士たちの殺気にあてられ、口の悪い京童が皮肉の一つも言えず、母の裾に縋りついていた。

血刀を携え、池田屋から壬生の屯所へ凱旋する土方と、右衛門介は目があった。

哀しげな瞳をしている。そうさせたのが右衛門介自身であることも分かっている。すまない。謝罪するように目を伏せた右衛門介に、土方が目を細め、顔を背けた。

一日経ってから、右衛門介は壬生を訪れた。

旅装に身を包む右衛門介が止められたのは、新選組の屯所となっている前川邸から五十歩ほど手前だった。青い月明かりが、路地を照らしている。梔子《くちなし》の匂いが、強く漂っていた。

「沖田君の怪我は？」

辻行燈にもたれかかるように立つのは、総髪を後ろでまとめた土方歳三だった。疲れ切った顔をしている。こうして面と向かって会うのは、一月ぶりだ。悩み抜いたのだろう。頬はこけ、涼しげだった目元は、凄惨ささえ滲んでいる。

すまない。そう言葉にしかけて、右衛門介は口をつぐんだ。土方が、苦笑していた。

「総司は天才だよ。刀で遅れをとるものか」

「戸板で運ばれていくのを見た」

「労咳《ろうがい》を患っている。池田屋で血を喀《は》いたらしい。十日ばかりは安静にさせるさ。それで、いつもの奴に戻る」

その言葉に寂しげなものが混じっていることには、気づいていないのだろう。いや、あえて気づかぬふりをしているのか。月を見上げた土方が、気持ちよさそうに腕を伸ばした。

「これで新選組の名は、この国の全土に知れ渡る。近藤さんの望む立身出世の足掛かりとしては、これ以上ないものだろうな。会津公からも褒められたようで、屯所で嬉しそうに酔っていたよ」

「童の頃からの知り合いだと言っていたな」

「兄弟みたいなものだ。出来の悪い弟たちを何人も抱えて、なんとか俺たちが生き延びられるよう、刀で身を立てようと郷里を飛び出してきた。近藤さんの頭は戦国大名のようなもので、攘夷だ開国だは分かっちゃいない。ただ、敵を斬り、名を上げることだけが頭にある」

「遠目に見ただけだが、確かに一国一城の主としての風貌に見える」

「世辞でも嬉しいね」

土方が蹴った小石が、馬留《うまとどめ》の柵にあたって止まった。

「一時かもしれないが、近藤さんは心の底から笑うことができそうだ。益田殿。礼を」

頭を下げた土方に、右衛門介はぎこちなく首を振った。

「礼を言われるようなことはしていない。俺は君たちを利用した」

長州勢が大挙襲来して、京都を火に包もうとしている。

京から大坂にかけて、その噂が広まったのは四月の終わり頃だった。堺や伏見から広まった噂は、瞬く間に京の街を恐怖に陥れた。奉行所や会津藩傘下の新選組も、その真偽を確かめるため、日夜市中を捜索していた。

五月の終わり、新選組の監察を務める山崎丞《すすむ》という男に、古高俊太郎《ふるたか》という男の報せを流したのは、右衛門介だった。古高は、京洛に潜む長州系の志士を支援し、武具弾薬を集める役割を任されていた。新選組は、即座に古高を捕縛している。

「古高は強情だったよ。俺の拷問にも耐え抜き、最後まで口を割らなかった」

「幾度か話したことがある。武士らしい武士と言えばいいのだろうな」

「仲間を売ったことを後悔しているのか?」

「いや」

口をつぐみ、右衛門介は手に滲む汗を握りしめた。

新選組に古高を捕縛させたのは、久坂の息がかかった者たちを殲滅《せんめつ》するためだった。右衛門介の思惑通り、焦った肥後の宮部鼎蔵《ていぞう》や、土佐の北添佶磨《きたぞえきつま》らは、古高奪還のために池田屋に集った。池田屋という場所が知れたのは、桂にもその集会へ参加するように要請があったからだ。

桂を藩邸に避難させた直後、池田屋を急襲した新選組によって、九名が斬殺され、二十名以上が捕縛された。捕縛された者も、その多くが処刑されるだろう。松陰門下の吉田稔磨も、壮絶な斬り合いの末、自刃していた。

自分の掌の上で、見知った若者たちが次々に命を落としていく。心の臓が鷲掴みにされるような気持ちの悪さがあった。

息を吐きだし、右衛門介は肩を竦めた。

「これでもう、俺は後には引けなくなった。これで良かったのだ」

これで良かったのだと、もう一度口ずさみ、右衛門介は頭を下げた。

「新選組には、嫌な役回りをさせたと思っている」

池田屋で殺されたのは、西国諸藩の攘夷志士たちを主導する大物ばかりだった。彼らの恨みは、会津や幕府ではなく、池田屋を襲った新選組に集中するだろう。右衛門介が報せたことが露見すれば、嬲り殺しに遭うだろうとも思う。

だが、露見する前に、自分の役回りは終わるはずだった。

「俺も、嫌な役回りだとは思ったさ。だが、幕府にさせるわけにもいかねえ。あんたの話を聞いて、俺はそう思った。それに」

口を閉ざした土方が微笑んだ。

「命を賭けている顔をしていた」

この先、右衛門介がどう動くのか、土方は予想している。

「喧嘩をするなら、烏合の衆同士ではなく、どちらか片方が強くなった時だ。俺は幕府に強くなって欲しいが」

「どうなるかは見えない。だが、これで烏を一掃する道筋は立った」

「長州に帰るのかい？」

「そうだな」

頷き、右衛門介は脚絆《きゃはん》の紐を結びなおした。

長州に帰り、無謀な攘夷を主張する者たちを一掃する必要がある。彼らの命の代価が自分一人の命であるならば、釣りがくる。攘夷がいかに無謀なのか、この国に知らしめ、そして桂や高杉を、次の時代に送り出す。

土方には悪いが、勝つのは長州になるだろう。

「また会うかな」

歩き出した右衛門介の背を、土方の声が追いかけてきた。

「戦場かな」

片手を挙げ、右衛門介は歩を早めた。


元治元年（西暦一八六四年）六月二十七日――

藩公からの呼び出しに応じ、須佐から山口に向かった。

池田屋で長州藩の武士が多く殺されたことは、すでに長州全土に伝わっている。道々の旅籠に、酒を喰らいながら上洛を喚く者がいた。どの顔もまだ若い。新選組を名指しして殺し尽くせと言う者もいた。中には、すでに脱藩して京に向かった者もいるという。

長州藩全体が、怒りに包まれている。

朋輩を殺されたことに対する、純粋な怒りだ。若い顔を怒りに歪ませる者たちを見て、右衛門介は胸が熱くなった。物を知らぬ純粋な彼らを、生き延びさせたい。

右衛門介が率いるのは、益田家三百の兵。山口に辿り着いた戦備えの三百名の報せは、すでに政事堂にも伝わっているだろう。育英館の学頭にと乞うた小国融蔵や、大谷樸助の姿もある。

「小国先生、高杉は大人しく野山獄《のやまごく》に入っていますか」

壮年の小国が頷き、頬の皺を綻《ほころ》ばせた。二月、右衛門介は脱藩の罪で、高杉を野山獄に入れることを指示していた。

「吉田君から、高杉君のことは頼まれていました。旦那様のご配慮、感服いたしました」

小国と吉田松陰は、ともに育英館と松下村塾の学頭として交流もあった。

「事が終わるまでは、そのままに」

「御意」

「大谷君」

声をかけると、若い大谷が童のように瞳を輝かせた。

「我ら益田家は、長州藩の礎《いしずえ》となる」

「承知しております」

「死ぬなよ。君には、生きて高杉を助けていってもらう役割がある」

「命を賭けるのは、歳食った者の役割ですからのう。されど、旦那様を懦夫と呼ぶ政事堂のお歴々を、いかに動かすおつもりです?」

にやりとする小国も、まだ四十を超えたばかりだ。

「まあ、見ておれ」

苦笑し、右衛門介は進発を命じた。

政事堂の大手門には、来島又兵衛が陣を組んでいた。

来島が率いているのは、三百の遊撃隊。すでに政事堂は、池田屋の恨みを晴らすべく、率兵上京を決定している。右衛門介が、それを止めようとしていると思っているのだろう。

「来島さんらしいことだ」

真木和泉などは、長州勢が怒り狂っていることを、これ幸いとばかりに思っているはずだ。長州の若者たちを焚きつける真木の姿を想像して、右衛門介は舌打ちした。

萩から山口に政事堂の機能を移してから、まだ一年も経っていない。城下の規模は小さく、たとえ衝突が起きても、民に犠牲は出ないだろう。

大手門前の土橋を塞ぐように、遊撃隊士が槍を構えていた。

「来島さん、道を空けてもらえるか」

「藩公のおわす政事堂を、兵によって乱すことは許されん」

時代錯誤の大槍を携えて、来島は遊撃隊の中央から右衛門介を睨んでいる。遊撃隊の兵たちからは、緊張が伝わってきた。いずれも実戦など経験したことがない者たちだ。だが、現れたのが風見鶏とも懦夫とも呼ばれる右衛門介だからなのか、中には笑みを浮かべている者もいた。

俄《にわ》かに政事堂の内側が騒然とした。

右衛門介が現れたことが伝わったのだろう。大手門が開き、藩の首脳たちが姿を見せた。家老職の国司《くにし》や福原が遠くで目を見開き、久坂や真木の姿もあった。対峙する兵は増え続け、遊撃隊の陣列は四百を超えている。

「右衛門介、貴様、兵を引き連れて何を考えておるのだ」

福原が、顔を真っ赤にして遠くで唾を飛ばした。久坂はさすがに冷静を装っているが、右衛門介が実力で上京を止めようとしていると見ているだろう。傍に立つ河上彦斎に、何かを囁いたのが見えた。

小国と大谷に待機を命じ、右衛門介は一人、遊撃隊の陣列に近づいた。両軍が固唾をのんで見守る中、いつの間にか河上が来島のすぐ後ろまで近づいていた。右手を柄に添えている。

「そう、急《せ》くな」

呟くと同時に、右衛門介は遊撃隊の中に足を踏み入れた。

来島との間合いが一気に縮まる。焦る来島が、慌てて槍を握りなおした。槍術の達人も、間合いに入られればなすすべはない。穂先を摑み、力を込めた。来島が後ろに倒れる。その背から、河上がぬらりと現れた。

さすがは、名うての人斬りだ。一切の動揺なく、踏み出してくる。

踏み込み、河上の抜き打ちを、押しとどめた。柄からは、河上の力が伝わってくる。歯を食いしばる河上の身体を、右に突き飛ばした。

大手門が静まり返っていた。

倒れた来島や河上が、信じられないような瞳で、右衛門介を見上げている。遊撃隊の兵たちも動けてはいない。視線を左右に動かすと、兵たちが、一歩下がった。

藩でも屈指の遣い手とされる来島と、京洛を恐怖に陥れた河上。その二人を、懦夫と呼ばれてきた右衛門介が圧倒して見せたのだ。家中の者たちの、呆気にとられる表情も理解できる。背後で、大谷が笑ったようだ。

「益田右衛門介親施、須佐より精鋭三百名を率い着参した」

自分の声は、隅々まで届いている。確かめ、右衛門介は兵たちを見渡した。

「昨年の八月、我らは敗れ、京から追放された」

どの口が言うとばかりに、久坂が右衛門介を睨みつけている。一呼吸置き、右衛門介は国宗の柄に手を添えた。

「都では文久政変などと呼ばれ、我らを陥れた薩摩や会津が、我が物顔で闊歩している。攘夷の志もなく、異国に屈した者たちが朝廷を牛耳っているのだ。それを諫めんとする諸君が、命を賭けて京に行けば、幕府に捕縛され、三条河原に梟首《きょうしゅ》される。国を真に想い、主上を諫めんとする諸君らにとって、これほど理不尽なことがあるか。あまつさえ、去る六月五日、吉田君をはじめとする同志が池田屋で無惨にも殺された」

これは、お前たちが望む言葉だろう。

口から出てくる言葉の空虚さに、右衛門介は耐えた。国宗の柄を握る右拳が痛い。だが、言葉を重ねるほどに、兵たちの瞳が燃え上がるのを感じた。

「京の恨みは、京で晴らすしかない。すでに、藩を脱し、京洛に向かった者もいる。諸君は、今日まで何をしていた。山口で言葉を戦わせて、それで志士と言えるのか」

右衛門介を敵とみなしていたであろう遊撃隊の兵たちが、肩を震わせ始めている。困惑する来島を踏み越え、右衛門介は大手門の内側に足を踏み入れた。

振り返ると、右衛門介を見つめる七百余の兵たちがいた。息を吸い込んだ。

「仇を討つ」

国宗を突き上げた直後、大谷が喊声《かんせい》を上げた。束の間で、それは大歓声へと変わった。

兵たちを見渡し、右衛門介は国宗を鞘に戻した。背を向け、政事堂へと歩き出す。

「兵を焚きつけて、何をするおつもりです」

傍に寄ってきたのは、久坂だった。

「お前の後始末をする」

幕府が朝鮮への侵攻を視野に入れた以上、何よりもまずそれを挫《くじ》かねばならない。幕府の軍を、長州に向けさせる。

そのための大義名分を、幕府に渡す必要があった。

九

元治元年（西暦一八六四年）七月十五日——

京の市中は、空前の混乱に陥っていた。明日にでも戦が始まる。町人たちは口々にそう囁き、荷車に家財を積み込んで避難する者も出始めている。

山城国八幡。男山の山頂への道すがら、市中を眺めた久坂は、益田右衛門介親施という男の描いた絵図に、歯を食いしばった。山麓には千に届く長州藩の兵が駐陣し、天龍寺には兵糧米が続々と運び込まれている。

攻め寄せた長州に対抗するため、すでに禁裏守衛総督である一橋慶喜の指揮により、薩摩や会津、桑名を主力とする四千の兵が布陣を終えていた。

幕府による動員はそれだけにとどまらず、加賀や対馬、岡山が長州に助力するという風聞が流れ出したことで、畿内一円に招集令が出されている。

京の外から長州を包囲する敵の数は、ゆうに数万を超えるだろう。

その規模は、長州の藩政府が予想だにしなかったほど巨大なものだった。

「大谷、僕の負けだ」

山口から京まで、ともに行軍してきた。傍に立つ大谷にそう言うと、呆気にとられたような顔をした直後、大谷が苦笑した。

「らしくないな、久坂。勝ちも敗けもあるまい。旦那様は、いくつもの道を用意するために動かれていた。君の道はまだ潰えてはいまい。いや、むしろなあ」

蟬の声に一度言葉を区切り、大谷が伸びをした。

「君の道を護るため、旦那様は表に立ったとも言える」

大谷がからりと笑った。

「参預会議が潰えたことで、幕府と朝廷が協調する道は消えた。旦那様も、それが分かっていた。ゆえに、君が歩き始めた道を押し広げ、皆が進むことのできるように京侵攻を決められたのだ」

「押し広げるか……」

この国が二つに分かれぬよう、益田は動いてきた。血が流れることを、恐れていたと言ってもいい。その策を捨てて、この国を割ることを決めたのは、何も参預会議の失敗だけではないのだろう。幕府による朝鮮出兵の機運を察知したことで、益田は無血によるこの国の改革を諦めたのだ。

国を二つに割り、少なくない血を流す道を選んだ。そして、益田はその道すらも周到に用意していた。その構想の大きさに、自分は敗北感を抱いているのだ。

この先、日本全土が益田右衛門介親施の描いた壮大な演目を演じることになる。

「行こうか」

促す大谷の言葉に、久坂は舌打ちした。

山頂の開けた場所には、長州の主だった者たちが集まっていた。来島又兵衛や真木和泉、福原越後の姿もある。益田はその中央で、遠く京を眺めていた。

「必勝を期するならば、後軍を待ち、攻めるべきだろうな」

益田の言葉に、来島が眉をひそめた。

「貴様、いまさら臆病風に吹かれたのか。たかだか数倍の敵に、我らが敗れるものか」

猛るような来島の言葉に、真木和泉が同調した。

同じ言葉を口にしているが、この二人の思惑は違う。真木は本心から勝てると思っているのだろうが、想定外の敵の大軍に、来島はすでに長州の敗北を予想している。後軍を率いているのは長州の世《せい》子《し》であり、その着陣を待って戦を仕掛ければ、戦の責が主君に及ぶ。来島は、それを恐れているのだ。

二人を比べるように見つめた益田が、笑ったように見えた。

「ならば、先陣は来島殿にお任せしても?」

「否やがあろうか」

憤然と言い放った来島は、十九日未明の進軍が決定されると、真木と共にその場を去った。一人、また一人と宿舎に戻っていき、山頂には益田と久坂の二人きりとなった。

「久坂、お前が全土に広げた炎は、決して無駄にはならぬ」

昏くなった東の空に、益田がそう呟いた。

「この戦によって、長州は朝敵となる。幕府による征長軍は、関ヶ原以来の大軍になるだろうな。馬関は封鎖され、安芸、石見、門司から敵が大挙する。久坂、お前であれば、いかに防ぐ?」

郷里を囲む数十万の大軍を思い浮かべ、久坂は背が凍った。勝てるはずもない。

「今は、勝てません」

武備で劣り、なにより圧倒的に兵が少ない。勝機を見出すためには、徹底した軍制改革が必要になる。少なくとも二年、時がいる。

ちらりとこちらを見て、察したように益田が頷いた。

「一年、時があれば、高杉にそれができると思うか?」

心を読んだかのような言葉だった。

盟友であり、松下村塾で肩を並べた男の顔を思い浮かべた。自分ならばできる。握りしめた拳を開き、息を吐きだした。自分にできるならば、高杉にもできるだろう。自分が死んだとしても、高杉が生きていれば可能だ。

「高杉にしか、できますまい」

その返答に、益田が悲しそうに笑った。

「済まぬ」

何に対する謝罪なのか口にすることはなく、益田が御所の方角に身体を向けた。

「征長軍に、長州は負けぬ。久坂、それは俺が保証する。だから、ここで死んでくれ」

益田の策の全貌に気付いたのは、山口から京へと向かう道中だった。征長軍が敗れれば、かろうじて残っていた幕府の武威も地に落ち、雄藩が手を結ぶ動きも加速する。この国を二つに割り、一挙に幕府を圧倒するための道だ。

「いかにして勝つおつもりです」

「勝つことは、できまい。だが、撤退させることならば、かろうじてできよう」

予期通りの言葉だった。

「死ぬおつもりですか」

「俺を含めた家老の命程度は必要だろうが。すでに薩摩の西郷殿とも話はついている。大谷君が動いてくれた」

「これまで傍にいなかったと思ったら、なるほど」

薩摩や諸国の弱みを握っているという話は、真なのだろう。大谷樸助であれば、主君である益田の意図を汲みながら臨機応変に動くこともできる。一人で切り抜ける剣の腕もある。

「大谷を、ここで死なせるわけにはいかないということですね」

諸国の弱みを、一手に握っている男が死ねば、征長軍の撤退も画餅《がべい》になる。戦後、大谷に高杉を輔《ほ》弼《ひっ》させようという腹もあるのだろう。

だが、それは征長軍が起きることが前提だった。

京市中で幕府方の軍勢と干戈《かんか》を交えたとしても、長州に同情的な朝廷は、征長軍を認めない可能性がある。ここで死んでくれという益田の言葉は、久坂にしかできない役割があるからだった。朝廷を動かすほどまでに力を付けた自分でなければ、決して務まらない役目だ。

誇らしさと虚しさが、胸の中でない交ぜになった。

「禁門を破り、禁裏を攻撃する役は、僕が承《うけたまわ》りましょう」

朝廷が征長を認めるためには、長州の軍が敵であることを朝廷に認めさせなければならない。禁裏への銃撃は、戦乱の世まで遡っても例はないことだった。

だが、尊王を掲げる長州の兵は、命じられたとしても、恐懼《きょうく》して禁裏を攻撃できないだろう。

ゆえに、益田は、久坂にその役を頼んだのだ。久坂自身が作り上げた道を、高杉や大谷、諸国の者たちに歩ませるために、久坂が断らないことを知っている。

禁門で死んだ後、この国が行く道を想像して、思わず震えた。

高杉や大谷、伊藤といった友がこの国を変える。そこに自分がいないことに、悔しさはある。だが、益田を見れば、その気持ちは消えた。この男もまた、先を見ることはない。

師である吉田松陰と、なぜか益田の顔が重なった。

「なぜ、そのように微笑むことができるのです？」

星の瞬く夜空を見上げた益田が、肩越しに振り返った。

「誰もが果たすべき役がある。当人にしか果たせない役だ。そこに貴賤はない。できることをすれば、それでいい」

「汚名を着て死ぬことになったとしてもですか」

久坂の言葉に、益田が小さく笑った。

「そうして、人は世界を変えていく」

終章　偃《えん》武《ぶ》

明治二年（西暦一八六九年）五月十日――

目の前に立つ男の顔には、濃い死相が浮かんでいた。

隻腕。右手一本で刀を構え、目はひどく血走っている。だが、呼吸は樹海の中の湖のように静かだ。

箱館、五稜郭。外に向かって突き出した土塁の一つ。柔らかな霧雨の中で、土方歳三は伊庭《いば》八郎と向き合っていた。

もうじき夏だというのに、箱館の朝は、冷たい風が吹く。

伊庭は胸に銃撃を受け、もはや助かる見込みはないという。奇跡的に助かったとしても、新政府の軍に捕らわれれば、処刑されるだけだろう。

幕末の人斬りと立ち合いたい――。

そう望んだのは伊庭だった。まだ若く、剣の強さを拠《よ》りどころとしている。

可愛がっていた沖田総司よりも年少のはずだ。

幕府方に産まれ、偶然にも武芸の才に秀でていたせいで、女の酸いも甘いも知らぬまま、死んでいこうとしている。伊庭の申し出を受けたのは、憐れみなのだろう。いずれは、生き残った連中から、自分も憐れまれるのかもしれない。

伊庭の気力が、刀に充溢するのが分かった。

惜しいな。ただ、そう思った。生まれ落ちた場所が違えば。時代が、もう少し後ならば。

すれ違うともなく、すれ違った。

手ごたえは、ほとんどなかった。霧雨の中に響いた金属音は、土方と伊庭にしか聞こえなかっただろう。背後で、伊庭が膝をついた。

「……壬生の狼は、恐ろしいな」

息も絶え絶えにこぼす伊庭が、切っ先の折れた刀を地面に突き立てた。

「京の土方さんと、今の土方さんでは、どちらが強いのです」

地面に血を吐いた伊庭の背中を、土方は右手でさすった。

「比べることに意味はないな。その時々の己が、最も強い。それだけでいい」

その瞬間に持つ力でしか、人は働けないのだ。その力で成せることも、成せないこともある。ただそれだけのこと。京で新選組が名を上げたことも、鳥羽伏見の戦いで幕府が新政府軍に敗れたことも、宇都宮城を陥落させたことも、会津で敗退し箱館まで逃れてきたことも、全てその時の己の力の限りを尽くした結果だった。

近藤を救えなかったことも、箱館で滅びることも、力を尽くした結果だ。

「無力を嘆くことも、持て余した力で油断することも、等しく愚かなことだ」

伊庭を赤松の幹にもたれさせ、土方は兼定を鞘に納めた。

箱館奉行所から昇る炊煙は、あと数日もすれば消えるのだろう。瓦葺《かわらぶき》の重厚な建物は、箱館を諸外国との交易港とするため、幕府が威信をかけて創りあげたものだった。明治政府の追討から逃れ、北へ北へ転戦してきた土方たちが、最後に辿り着いたまほろばだ。

わずか半年前のことだが、ひどく昔のように感じる。一の橋、二の橋を通り、門番所を抜けた先に見えた五層の太鼓櫓《やぐら》が、逃れてきた土方たちをじっと見つめていた。銅板葺の屋根に舞う粉雪が、太鼓の乱れ打ちに震えていた。

冬が終わり、春が過ぎた――。

「随分遠くに来たものだな」

「土方さんは、京からずっと、戦い続けてこられた」

武州多摩からと言いかけて、土方は口を結んだ。大勢の友がいたあの頃の青春は、伊庭にはないものだ。作ってやれなかった。悔しさが、口の中に広がった。

奉行所から目を逸らし、箱館湾の方角に身体を向けた。

「幕府は滅び、明治政府がこの国を創っていく」

壬生の浪士組として京で戦い始めてから、六年が経っている。僅か、六年。権勢を誇っていた幕府が倒れ、薩摩や長州を首班とした明治政府がこの国をまとめ上げた。

信じられないような道だった。

京に上った初めての夜、壬生の八木邸で食べたたくあんの味は、いまでも鮮明に思い出せる。隣には近藤勇や沖田総司、山南敬助がいた。床の間に背を向けて鉄扇を広げていたのは、芹沢鴨という胡《う》散臭《さんくさ》い豪傑だった。

誰もがひと振りの刀に命を預け、刹那に命を賭けていた。

多くの友が死んだ。倍する敵を殺した。

敵、という呼び方が相応《ふさわ》しいのか、いまだ土方には分からなかった。京の路地で斬り殺した浪士も、池田屋で討ち取った浪士も、禁門の変で死んでいった長州藩士も、皆、この時代に翻弄された弱き民同士なのだ。

己にできることを、互いにただ力を尽くしてきた。滅びる幕府の守護者。それが、新選組に与えられた役割だったのだろうと思う。

「……滅びの守護者か」

一人、どうしても忘れられない男がいた。

「伊庭、これは死にゆくお前への餞《はなむけ》だ」

新選組の同胞にも語ったことはない。なぜ伊庭に語ろうとしているのかと思い、土方は苦笑した。

人は他者を認めることで、人と認められる。

狼としてではなく、弱き人として、死にたいのかもしれなかった。

「戦いの果ての滅びは、敗けではない」

長州を包囲した二十万の幕府軍を前に、全ての罪を背負い滅びることで長州を救い、今や明治政府の社稷《しゃしょく》の臣として並ぶ者たちを生き永らえさせた男がいた。

益田右衛門介親施――。

「ある男がいた。幕末の京で、幕府や朝廷のしがらみにとらわれず、この国を宥和《ゆうわ》させようと命を賭けた男だ」

伊庭が聞き耳を立てるのを感じた。

「男が防ごうとしたのは、この国が二つに分かれて泥沼の戦に陥ることだった。幕府と朝廷、そして諸大名を結ばせようと、諸藩を駆けまわり、時に諸侯を脅しもしていた」

「諸侯を、ですか」

「いつも命を狙われていたよ。新選組からすれば、敵対する長州の男だ。放っておいてもよかったんだがな。沖田には、なんども無茶をさせた」

「どうして救おうと？」

「あんな男であれば、身分立場に関係なく、この国を導いてくれる。そう思ったからだろうな。不器用で、面倒くさがり、周囲からは懦夫《だふ》とも昼行燈《ひるあんどん》とも蔑《さげす》まれていた。だが、その目的には一切の迷いがなかった。上に惑わされる弱き民を、いつもその目は見ていた」

池田屋事件の一月後、京へ侵攻してきた長州軍は三軍に分かれて禁門を襲撃した。

最大の激戦となったのは、蛤《はまぐり》御門での衝突だった。来島又兵衛率いる遊撃隊六百は、会津、桑名の兵を突き破り御所内に乱入した。その勢いを止めたのは、西郷吉之助に率いられた薩摩の狙撃兵だった。規則正しく撃ちだされる銃弾に、長州の兵たちが血煙をあげて散っていく。その光景は、刀の時代の終焉を知らしめるには十分なものだった。

長州軍は多く見積もっても二千ほど。対する諸藩連合の幕府軍は全てあわせれば二万を超えていた。

「来島や真木が死に、攘夷を望む者もその多くがあの戦で死んだ」

死んだ男たちの中で、ひときわ鮮明に覚えているのは、御所に向かって銃を構える久坂玄瑞の姿だった。引き金を引いた久坂の笑みは、敗者の顔では決してなかった。

「禁裏に銃を向けたことに孝明帝は震怒《しんど》し、長州を朝敵と決めた。なにより、京の街並みは戦火で焼け野原となった。防ぐことのできなかった幕府も、大いに非難された」

朝敵と名指しされたことで、長州藩の一部が目論んだ孝明帝による朝鮮への侵攻策は潰えた。同じく朝鮮を視野に入れていた幕府も、長州征伐を命じられたことで、それどころではなくなった。

「幕府には、明白な功績が必要だった」

「長州藩を滅ぼすことですか」

伊庭の言葉に頷く。

「長州征伐のため集った幕府軍は、二十万余にも上る。関ヶ原以来の大軍。それだけ、幕府は本気だった。だが、長州征伐そのものが、男が仕掛けた空前の見世物だったのだろうな」

益田は、どれほど前から想定していたのだろうか。

征長軍撤退の報せを聞いて、土方は心が震えたのを覚えている。

征長軍の参謀格となっていた西郷吉之助を説き伏せ、益田は自らを含む長州藩の三家老の切腹と引き換えに、降伏を認めさせたのだ。

「男の死によって、長州は救われた。同時に、西国の一藩にも勝てぬと、幕府の弱さをこの国に知らしめた。一年後、幕府は再び長州征伐に向かった。だが、その一年で長州は薩摩と結び、力を蓄えていた。男の遺志を継いだ高杉や桂、山縣《やまがた》といった男たちは兵を練り上げ、最新式の武具を揃えていた。幕府の大敗は、君も知っているだろう」

すべては、池田屋事件の前夜、益田が土方に語ったことだった。

「もちろん、たった一人の男が全てを描いたというつもりはない。名もなき草莽《そうもう》の死が、澱《おり》のように積み重なったものだ。路地裏ではらわたをこぼして死んでいった者も、畳の上で見事に切腹した者も、その全てが収斂《しゅうれん》した結末だ」

その全ての死を、だが一つの方向に導いたのは、やはり益田という男なのだろう。

「男は、無謀な戦を引き起こし、長州を滅ぼしかけた男とされている。その評価が覆《くつがえ》るかどうかは分からぬ。だが、汚名に甘んじた死が無ければ、明治政府は無かった」

汚名を着て死ぬことを、益田は覚悟していた。

だからこそ、土方も池田屋で志士たちを殺し、いずれ汚名となるかもしれない道を進むことを、受け入れた。箱館まで刀を振ってきたのは、それこそが、時代が自分に求めた役割だと信じたからだ。

不意に、伊庭が咳き込んだ。

顔は青ざめ、苦悶に歪んでいる。

「伊庭君。俺は明日、征くよ」

聞こえたかどうかは分からなかったが、伊庭が無理やり笑った。肩を貸して奉行所内に運び込んだ。

弁天台場が包囲された。

明朝、その報せを受け、土方は五十騎のみを率いて一本木関門へ向かった。包囲されているのは、その大半が知らぬ顔とはいえ、新選組だった。

幾筋もの砲弾が、頭上を越えて飛び交っている。箱館港に現れた甲鉄艦に据えられたアームストロング砲だろう。銃撃の音が天地を支配し、七重浜からは政府軍の軍靴の音が近づいてきている。五百ほどの敵だ。味方は連れてきた五十と、弁天台場から逃げ込んできた二百ほどの歩兵だけ。皆が煤《すす》にまみれていた。

政府軍は隊列を組み、銃を構えている。不用意に近づこうとしないのは、乱戦となれば旧幕府軍に利があることが分かっているからだろう。新選組という名は、やはり畏怖の象徴となっている。

兵が息をひそめる中、不意に傍に近づいてきた者がいた。

箱館政府の伝令の格好をしている。だが、近づくまで気配に気づかなかった。ぞっとして兼定に手をかけた時、伝令が頭を下げた。華奢《きゃしゃ》な身体つきだ。少年かと思ったが、違う。煤にまみれて分かりにくいが、顔つきは女のものだった。

「船を用意しました」

土方にしか届かないほどの声だ。凝視した土方に、女がさらに近づいた。

「海の外から、この国を見守ってきた。そう言えば伝わると、益田宗主はおっしゃっていました。敗れた幕府軍からお救いする機は、この一度のみでしょう」

喊声《かんせい》が近づいてきている。

思わず、笑い声をあげていた。周囲の兵が怯えたように土方を見つめてきた。

あの男には、やはり敵も味方もなかったのだろう。救える命であれば、救おうとする。

ひとしきり笑い、土方は静かに首を左右に振った。

「せっかくだが、俺には俺の決めた役がある」

じっと見つめる女が、不意に微笑んだ。

「無駄足になるかもしれぬとも、おっしゃられていました」

「済まぬな」

視線を外そうとして、思いとどまった。女に兼定を鞘ごと押し付けた。長く、新選組の副長として、武士として戦ってきた。その終焉に、相応しい。

「手間賃だ」

そう告げ、土方は馬上に飛び上がった。懐から六発式拳銃のルフォーショーを抜き、撃鉄を起こした。フランス軍事顧問団の将校から預けられたものだ。

武士の時代は、今日、終わる。

半月に並ぶ政府軍の銃列が、土方一人に集中した。

女の気配が背後から消えた。軽く馬首を叩くと、一歩一歩、前に進んでいく。敵兵が固唾を呑み、騎乗する土方を見つめている。

「時代を呑み込んだ風濤《ふうとう》は、じきに凪《なぎ》となり、穏やかな時代になるのだろう」

死にゆく者も、生き残る者も、等しく聞け。

「凪ぐ大海を見るために、誰もが必死で櫂《かい》を漕ぎ、命を散らせた。その末に、この国は勝利を手に入れたのだ。だが、決して忘れるな」

馬腹を蹴った。

新選組の土方だ。恐怖に満ちた叫び声が聞こえた。

「備えろよ。風は、いつの日か不意に、どこからともなく吹く」

魂の叫びは、直後、銃声と風に紛れた。

了

本書は書き下ろし作品です。

草莽《そうもう》の臣《しん》

二〇二四年十一月二十日　印刷
二〇二四年十一月二十五日　発行

著　者　森山光太郎《もりやまこうたろう》

発行者　早川　浩

発行所　株式会社　早川書房

郵便番号　一〇一 - 〇〇四六
東京都千代田区神田多町二ノ二
電話　〇三 - 三二五二 - 三一一一
振替　〇〇一六〇 - 三 - 四七七九九
https://www.hayakawa-online.co.jp

定価はカバーに表示してあります

Printed and bound in Japan

印刷・製本／三松堂株式会社

ISBN978-4-15-210378-9 C0093

乱丁・落丁本は小社制作部宛お送り下さい。
送料小社負担にてお取りかえいたします。

早川書房の単行本

〈日本歴史時代作家協会賞〉新人賞受賞作

尚、赫々《かくかく》たれ

立花《たちばな》宗《むね》茂《しげ》残照《ざんしょう》

羽鳥好之

46判上製

神君家康がいかにして「関ケ原」を勝ち抜いたのか――寛永八年、三代将軍家光にせがまれ、立花宗茂は語り出す。天下を分けた決戦の不可解さ、家康の深謀、西軍敗走の真相。決戦前夜の深い闇が明らかに……辻原登氏、磯田道史氏、林真理子氏推薦の歴史小説。

早川書房の単行本

遊びをせんとや

古田織部断簡記

羽鳥好之

46判上製

慶長二十年（一六一五）、雷鳴の中で天下茶匠・古田織部が自裁して果てた。権力者・徳川家康の命を受けて毅然と死出についたが、死後十八年——織部が最後に催した茶会の指示書が見つかる。そこに秘められた謎に、織部の茶の弟子である毛利秀元が挑んでゆく。

早川書房の単行本

歌われなかった海賊へ

逢坂冬馬

46判並製

一九四四年、ナチ体制下のドイツ。父を処刑された居場所をなくした少年ヴェルナーは体制に反抗しヒトラー・ユーゲントに戦いを挑むエーデルヴァイス海賊団の少年少女に出会う。やがて市内に敷設されたレールの先で「究極の悪」を目撃した彼らのとった行動とは？